クリスティー文庫
31

ハロウィーン・パーティ

アガサ・クリスティー
中村能三訳

Agatha Christie

早川書房

5258

HALLOWE'EN PARTY

by

Agatha Christie

Translated by
Yoshimi Nakamura
Published 2003 in Japan by
HAYAKAWA PUBLISHING, INC.
This book is published in Japan by
arrangement with
AGATHA CHRISTIE LIMITED,
A CHORION GROUP COMPANY
through TUTTLE-MORI AGENCY, INC., TOKYO.

P・G・ウッドハウスに

彼の本と物語は長い間わたしの生活を明るくしてくれた。

また、親切にもわたしの本を楽しく読んだとおっしゃってくださったことに対する喜びをこめて――。

ハロウィーン・パーティ

登場人物

アリアドニ・オリヴァ……………………探偵作家
ジュディス・バトラー……………………オリヴァの友人
ミランダ・バトラー………………………ジュディスの娘
ジョイス・レノルズ………………………ミランダの友だち
ミセズ・レノルズ…………………………ジョイスの母
アン・レノルズ……………………………ジョイスの姉
レオポルド・レノルズ……………………ジョイスの弟
ルウェリン・スマイス……………………富豪の未亡人
ヒューゴー・ドレイク……………………ルウェリンの甥
ロウィーナ・ドレイク……………………ルウェリンの姪
ジェレミー・フラートン…………………ドレイク家の顧問弁護士
マイケル・ガーフィールド………………造園師
ミス・エムリン……………………………校長
ミス・ホイッティカー……………………教師
スペンス……………………………………もと警視
エルスペス・マッケイ……………………スペンスの妹
エルキュール・ポアロ……………………私立探偵

第一章

友だちのジュディス・バトラーの家に滞在していたミセス・アリアドニ・オリヴァは、その晩に催される子供たちのパーティの支度《したく》を手伝うため、ジュディスといっしょに出かけていった。

二人が着いたとき、会場はてんやわんやの騒ぎだった。エネルギッシュなご婦人たちがドアを出たりはいったりして、椅子や小さなテーブルや花びんを動かしたり、たくさんの黄色いカボチャを運びこんできて、あらかじめ選んでおいた場所に、うまく配置したりしていた。

今夜は、十歳から十七歳までのティーンエイジャーのグループを招待して、彼らのためにハロウィーンのパーティを催すことになっていたのである。

ミセス・オリヴァは、中心のグループからはなれ、装飾のとりはずされた、人目にたたない壁によりかかって、大きな黄色いカボチャを一つ手にとり、ためつすがめつそれを見た——「カボチャを最後に見たのは」と、広い額から灰色の髪をかきあげながら、彼女は言った。「去年、アメリカにいたときだったわ——何百っていうほど。家じゅうカボチャだらけ。あんなにたくさんのカボチャなんて見たことがなかった。ほんとのことを言うと」と彼女は考えこんでつけくわえた。「わたしにはクリカボチャとペポカボチャの区別もつかないんだけど。これは、いったい、どっちなのかしら？」

「あら、ごめんなさい」とミセス・バトラーが、ミセス・オリヴァの足につまずいて言った。

ミセス・オリヴァはいっそう壁のほうに身をよせた。

「わたしが悪かったのよ」と彼女は言った。「ぼんやり突ったって、お邪魔をしたりして。でも、クリカボチャだかペポカボチャだか知らないけど、あんなにたくさんあるところは、ちょっと壮観って感じね。どこにでもあるのよ、店のなかにも、家のなかにも。ローソクや電灯をいれておくとか、つりさげておくとかして。ほんとにおもしろいのよ。でも、あれはハロウィーンのパーティじゃなくて、感謝祭《サンクスギビング》だったわ。わたし、昔からカボチャとハロウィーンを結びつけて考えるんだけど、あれは十月の晦日《みそか》だったわね。

感謝祭はそれよりずっと後じゃなかった？　十一月、それも十一月の三週目くらいじゃなかったかしら？　どっちにしても、ハロウィーンは絶対に十月の三十一日だったわ。はじめにハロウィーンがきて、そのつぎはなんだっけ？　万霊節《オール・ソールズ・デイ》だったかしら？　パリでは、この日、お墓参りをして、お墓に花を供えるのよ。悲しいお祭りじゃないの。だって、子供たちもみんな行って、楽しく遊ぶんだから。その前に花市場に行って、きれいなお花を、そりゃたくさん買いこむの。パリの花市場でみるお花ほどきれいなお花ってないわね」

ときどき、忙しそうに立ち働いているご婦人たちが、なんども夫人にぶつかったりしたが、夫人の話に耳をかす人はいなかった。彼女たちは自分たちの仕事だけで手いっぱいだったのだ。

彼女たちはほとんど母親で、一人二人、有能な独身の女もまじっていた。十六、七の男の子たちは、梯子《はしご》にのぼったり、椅子の上に立ったりして、クリカボチャだのペポカボチャだの、派手な色のガラスの飾り玉などの飾りを適当な高さにぶらさげたり、なかなか役にたつティーンエイジャーもいた。十一から十五くらいの女の子は、何人かずつかたまって、そこらをぶらついたり、くすくす笑ったりしていた。

「そして、万霊節とお墓参りのあと」とミセス・オリヴァは長椅子の肘《ひじ》に腰をおろしながらつづけた。「万聖節《オール・セインツ・デイ》がくるのよ。そうだったと思うけど？」

誰もこの言葉に答えるものはいなかった。パーティの主催者である、美しい、中年のミセス・ドレイクが自分の意見を言った。

「わたくし、これをハロウィーン・パーティとは言わないことにしましたの、といっても、もちろん、ほんとはハロウィーン・パーティなんですけどね。まあ、十一歳以上《イレヴン・プラス》パーティとでも呼びましょうか。そういったエイジ・グループの人たち。主として、エルムズ校をはなれて、これからほかの学校に進学しようとしている人たちのために」

「でも、それじゃほんとうに正確とは言えないんじゃなくて、ロウィーナ？」とミス・ホイッティカーが鼻眼鏡をずりあげながら、賛成できないといった口調で言った。

この土地の学校教師として、ミス・ホイッティカーは正確さに関してはつねに断固たる態度をとった。

「だって、イレヴン・プラスの制度は、もうだいぶ前に廃止したんじゃありませんか」

ミセス・オリヴァが弁解しながら長椅子から立ちあがった。「わたし、まだなにもお手伝いしなかったわね。こんなところにすわりっきりで、クリカボチャだとかペポカボチャだとか、くだらないことばっかり言って」——そして、足を休めていたんだわ、と彼女はいささか良心の痛みを感じながら心のなかで思ったが、だからといって、そのことを口にだして言うほどの罪悪感はおぼえなかった。

「なにか、わたしにできることがあるかしら？」と彼女は言って、またつけくわえた。

「まあ、なんてきれいなリンゴでしょう！」

誰かがリンゴを盛った大きなボウルを部屋に持ちこんできたところだった。ミセス・オリヴァはリンゴが大好物だった。

「きれいな、赤いリンゴだわ」とまた言った。

「ほんとはそれほど上等のものじゃないのよ」とロウィーナ・ドレイクが言った。「でも、みごとでおいしそうね。リンゴ食い競争に使うのよ。すこしやわらかめのリンゴなの。それだと歯をたてるのがやさしいんですものね。これを図書室に運んどいてくださらない、ビアトリス？　リンゴ食い競争をすると、いつだってそこらじゅう水だらけにして、めちゃめちゃになるんだから。でも、図書室のカーペットならかまわないのよ。古いんだから。まあ！　ありがとう、ジョイス」

丈夫そうな、十三歳のジョイスは、リンゴのボウルを持ちあげた。なかから二つ転がり落ち、まるで魔女の杖でおさえられたように、ミセス・オリヴァの足もとで止まった。

「おばさまはリンゴがお好きなのね？」とジョイスが言った。「そうだって、本で読みましたわ。それともテレビで聞いたんだっけ。おばさまは殺人事件の小説なんかお書きになるんでしょう?」

「そうよ」とミセス・オリヴァは言った。

「おばさまをぜひ殺人のからんだ事件にひっぱりこみたいな。今夜、このパーティで殺人が起こって、それをみんなに解かせるとか」

「いえ、結構よ」とミセス・オリヴァは言った。「二度とごめんだわ」

「どういう意味ですの、二度とごめんっていうのは?」

「それがね、わたし、一度やったことがあるの。そして、あんまり成功というわけにはいかなかったのよ」

「でも、おばさまはたくさん本を書いてるし、ずいぶんお金がはいるんでしょうね?」

「まあね」とミセス・オリヴァは言ったが、心は税金のほうへ飛んでいっていた。

「そして、おばさまの小説にはフィンランド人の探偵がでてくるんですね」

ミセス・オリヴァはその事実を認めた。彼女が見たところでは、イレヴン・プラスのうちでも年かさの部類にまだはいらない、小さな血のめぐりの悪そうな男の子が、手きびしい調子で言った。「なんでフィンランド人なの?」

「わたしも、なぜだろうって、よく思うことがあるのよ」とミセス・オリヴァは率直に言った。

オルガン奏者の妻のミセス・ハーグリーヴズが、息をきらしながら、大きな緑色のプラスチックの桶《おけ》を持って、部屋にはいってきた。

「これ、どうかしら？」と彼女は言った。「リンゴ食い競争によ。派手でいいと思うんだけど」

医院の薬剤師のミス・リーが口をはさんだ。「ブリキのバケツのほうがいいんじゃない？　あれなら、そうすぐにはひっくり返らないから。あら、ドレイクの奥さま。それを持ってどこにいらっしゃるの？」

「リンゴ食い競争は図書室でやったほうがいいと思うの。あそこならカーペットは古いし、どうせ、いつも水びたしになるんだから」

「そうね。みんなで運びましょう。ロウィーナ、ここにも、まだリンゴの籠《かご》があってよ」

「わたしにも手伝わせてくださいな」とミセス・オリヴァが言った。

彼女は足もとに転がっていた二つのリンゴを拾いあげた。そして、自分がなにをしているのかほとんど意識もしないでがぶりと歯をたて、そのリンゴをかじりはじめた。ミセス・ドレイクは残っている一つのリンゴをミセス・オリヴァの手から取りあげ、籠にもどした。がやがやと、またおしゃべりがはじまった。

「そうね、でも、〈ぶどうつまみ《スナップ・ドラゴン》（ブランディが燃えている皿から、ぶどうを取って食べる遊び）〉をするのは、どこがいいかしら？」

「〈ぶどうつまみ〉なら、図書室にきまってるじゃないの。あそこがいちばん暗いんですもの」

「だめよ、食堂でやることにしましょうよ」

「それより先に、テーブルになにかかけておかなくちゃ」

「それなら緑色の毛織布《ベイズ》があるわ。その上にゴムのシートをかけるのよ」

「鏡って、どうなの？　これで、ほんとにあたしたちの未来のおむこさんが見えるのかしら？」

ミセス・オリヴァはそっと靴をぬぎ、あいかわらず、音をたてないようにリンゴをむしゃむしゃやりながら、また長椅子に腰をおろし、人でうずまっている部屋をじろじろ見まわした。いまの彼女は作家的精神で考えているのだった。〝いまわたしが、ここにいる人たちみんなのことを小説にするとしたら、どんなふうに書けばいいのかしら？　みんな、だいたいにおいて、いい人ばっかり、でも、はたしてそうかしら？〟

ある意味では、この人たちのことはなんにも知らないほうが、むしろ魅力がある。彼女はそんな気がした。みんなウドリー・コモンの住人で、そのなかには、ジュディスから聞いたので、かすかな知識が記憶に残っている人もいる。ミス・ジョンソン——なにか教会に関係があったけど、牧師さんの妹じゃない。ああ、そうだ、きまってるじゃない、オルガン奏者の妹だわ。ロウィーナ・ドレイク、この人はウドリー・コモンの万事をとりしきってるようだ。桶を持ちこんで、あの息をきらしていた女、よりによってあの特別にいやらしいプラスチックの桶を持ってくるなんて。だいたいミセス・オリヴァは、昔からプラスチック製品が大嫌いだったのだ。それに、あのティーンエイジャーの女の子や男の子たち。

いままでのところ、じつをいえば、彼らはミセス・オリヴァにとって、ただ名前だけの存在であった。ナンだとか、ビアトリスだとか、キャシーだとか、ダイアナだとか、威張っていてなんだかんだと質問を浴びせるジョイス。ジョイスはあまり好きじゃないな、とミセス・オリヴァは思った。アンという女の子は背が高くて、高慢そうだ。それに、いつもヘア・スタイルを変えようと苦心しているらしいが、いっこうに変わりばえがしない、ニキビざかりの男の子が二人いる。

まだ小さな男の子が、きまりわるそうなようすではいってきた。

「ママが、こんなので間にあうならって、この鏡を持っていってって言ったの」と彼はすこし息ぎれした声で言った。

ミセス・ドレイクが鏡を受けとった。

「どうもありがとう、エディ」

「ふつうの手鏡だわ」アンと呼ばれている女の子が言った。「ほんとに、あたしたち、この鏡で見ると、未来のおむこさんの顔が映るのかしら？」

「見える人もいれば、見えない人もいるのよ」とジュディス・バトラーが言った。

「おばさまもパーティに行ったとき、おじさまの顔をごらんになったの？——こういったパーティのことだけど」

「見たわけないじゃないの」とジョイスが言った。

「そうとも言えなくてよ」と高慢なビアトリスが言った。「そういうのを、E・S・Pって言うのよ。超感覚的知覚《エクストラ・センサリ・パーセプション》の略なのよ」と彼女は、現代用語ならなんでもよく知っているという、得意そうな調子でつけくわえた。

「あたし、おばさまの本を一冊、読んだことがあるんです」とアンがミセス・オリヴァに向かって言った。「『瀕死の金魚』っていうの。とってもおもしろかったわ」と彼女はやさしく言った。

「あたし、あれはおもしろくなかったわ」とジョイスが言った。「あれには、あんまり血のでる場面がないんだもの。あたし、うんと血がでる殺人が好きなのよ」

「すこし不潔ね」とミセス・オリヴァが言った。「そう思わない？」

「でも、刺激的だわ」

「そうともかぎらないわ」とミセス・オリヴァが言った。

「あたし、前に人殺しを見たことがあるのよ」とジョイスが言った。

「くだらないことを言うのはおよしなさい、ジョイス」と学校の先生のミス・ホイッティカーが言った。

「だって見たんですもの」とジョイスが言った。

「ほんとに」とキャシーが眼をまんまるくしてジョイスを見ながら言った。「嘘でなく、ほんとに人殺しを見たの？」

「見たことなんかあるもんですか」とミセス・ドレイクが言った。「ばかなこと言うもんじゃありませんよ、ジョイス」

「ほんとに人殺しを見たのよ」とジョイスが言った。「ほんとよ。ほんとよ。ほんとよ」

梯子の上で、うまくからだの釣り合いをとっていた十七歳の男の子が、好奇心にかられた顔で見おろした。

「どんな人殺しだい？」

「あたし、そんなこと信じないわ」とビアトリスが言った。

「そうですとも」キャシーの母親が言った。「作り話ですよ」

「作り話じゃないわ。ほんとに見たのよ」

「じゃ、どうして警察にとどけなかったの？」とキャシーが言った。

「だって、見たとき、それが人殺しだとは知らなかったんだもの。ずっと後になってからなのよ。つまり、それが人殺しだって、あたしにもわかりかけてきたのは。ほんの一カ月か二カ月前になって、誰かが言ったことがきっかけで、突然、あたし、考えたのよ。もちろん、あたしが見たのは殺人事件にきまってるって」

「ねえ、いいこと」とアンが言った。「みんなこのひとの作り話だわね。くだらない話よ」

「そのことがあったのは、いつなの？」とビアトリスがきいた。

「ずっと前のことよ」とジョイスは言った。「そのとき、あたしはまだほんとの子供だったの」

「誰が誰を殺したの？」とビアトリスが言った。

「誰にも言わない。あんたたち、みんな、こわがるから」

ミス・リーが、ほかの種類のバケツを持ってはいってきた。会話は、リンゴ食い競争には、バケツとプラスチックの桶とどっちが適当かという比較に移っていった。現場で判断しようということになって、大多数のものは図書室に出かけた。年少組とでもいうか、まだ幼い連中のなかには、このゲームの難しさを自分たちの技術を前稽古することによって、実地に証明したいと言うものもあった。髪はずぶ濡れになり、水はこぼれ、それを拭くためにタオルを取りにやるというひと騒ぎがあった。そして、結局、すぐひっくり返る、プラスチックの桶のけばけばしい美しさよりも、ブリキのバケツのほうがいいということにきまった。

ミセス・オリヴァは、明日の分がたりなくなったので、補充するため自分で持ってきたリンゴのボウルをおろし、また一つ手にとった。

「おばさまはリンゴをたべるのがすごくお好きだって、あたし、新聞で読みましたわ」とアンだかスーザンだかが——ミセス・オリヴァにはどっちだかまるでわからなかった——とがめるような声で言った。

「これがわたしのとっても陥りやすい罪なのよ」とミセス・オリヴァは言った。

「それがメロンだったら、もっと面白いだろうな」と男の子の一人が言った。「メロンは水気が多いからな。考えてごらんよ。たいへんな騒ぎになるから」彼は楽しげな期待をこめてカーペットを見わたした。

ミセス・オリヴァは食い意地のきたないことを公然と非難され、いささかうしろめたい気持ちをおぼえながら、手洗いを探すために部屋をでたが、ふつうこうした場所の所在はよくわかるものである。彼女は階段をあがり、踊り場の角をまがると、男の子と女の子のカップルにあやうく突きあたりそうになった。二人はおたがいに腕をまわして、しっかりと抱きあいドアにもたれていたが、そのドアこそ、ミセス・オリヴァ自身がはいりたいと思っている部屋へ通ずるドアにちがいないと、かなりの確信をもったドアであった。二人は彼女には注意もはらわなかった。溜め息をつき、からだを寄せあった。この子たちは、いったいいくつだろう、とミセス・オリヴァは考えた。男の子は、たぶん十五歳くらい、女の子は十二歳をいくらか過ぎたくらいだろう。もっとも胸のふくらみ具合からみると、もう大人の仲間にいれてもいいようだが。

この〈リンゴの木荘〉はかなり大きな家である。気持ちのいい隅だの物蔭だのがいくらでもあるのだ。なんという自分勝手な連中だろう、とミセス・オリヴァは思った。

〝他人のことなど考えもしない〟昔からのあの有名なきまり文句が心に浮かんだ。それは子守り、乳母、家庭教師、祖母、二人の大伯母、母、そのほか何人かの人々から、つぎつぎと彼女が言われてきた言葉であった。

「ちょっとごめんなさい」とミセス・オリヴァは、大きな、はっきりした声で言った。

男の子と女の子はいっそうつよく抱きあい、唇はたがいに相手の唇に押しつけられていた。

「ちょっとごめんなさい」とミセス・オリヴァはもういちど言った。「すみませんけど、通してくださらない？　このドアからはいりたいんですから」

しぶしぶと二人は離れた。そして、感情を害したようすで彼女を見た。ミセス・オリヴァはなかにはいり、ドアを手荒く閉め、錠をかけた。あまりきっちりと取りつけられたドアではなかった。かすかな話し声が外から聞こえてきた。

「大人《おとな》らしくないんじゃないか？」とまだいくぶん声変わりしきっていないテノールの声で男の子が言った。「大人なら、ぼくたちが邪魔されたくないのくらい、わかっていそうなものだよね」

「大人って自分勝手なのよ」とかんだかい女の子の声がした。「他人なんてどうでもよくて、自分たちのことばっかり考えてるんだから」

「他人のことなど考えもしないんだ」と男の子が言った。

第二章

子供たちのパーティの準備は、大人のパーティのためのもてなしを考えるよりも、主催者にとって、ふつう、ずっと手間がかかるものである。大人のパーティでは、上等の料理、適当なアルコール飲料――そのほうが好きな人のために、そばにレモネードでもおいておけば、それでパーティを滞《とどこお》りなくすすめるに充分である。費用はかさむかもしれないが、わずらわしさは非常にはぶける。アリアドニ・オリヴァと、その友だちのジュディス・バトラーは、その点では意見が一致した。

「ティーンエイジャーのパーティって、どんなものなの?」とジュディスが言った。

「わたし、あんまりよくは知らないのよ」とミセス・オリヴァは言った。

「考えようによっては」とジュディスが言った。「まるっきり手がかからないんじゃないかと思うの。つまりね、子供たちは、わたしたち大人をみんな追いだしてしまうのよ。そして、なんでも自分たちでやるからって言うわ」

「そして、ほんとに自分たちでやるの？」

「そうねえ、わたしたちの言葉の意味じゃ、そうじゃないけど」とジュディスは言った。

「肝心なものを注文するのを忘れると思えば、誰も見向きもしないものを山ほど注文したり。わたしたちを追いだしておきながら、自分たちのために用意しておいてくれるのが当然だっていう品物が、いくらでもあるなんて言うのよ。コップとか、そのほかいろんなものはこわすし、いつも、あまり好ましくない子が来るか、好ましくない友だちを連れてくる子がいるの。あなたはそういうこと、詳しいんでしょう。特殊な薬――なんと言ったっけ――フラワー・ポット《マリファナ》とか紫大麻《パープル・ヘンプ》とかL・S・Dとか。こんなの、わたし、前はお金のことだとばかり思っていたら、どうもちがうらしいのね」

「お金もかかるらしいわよ」とアリアドニ・オリヴァが言った。

「いやあね、それに、大麻ってひどい匂いなのよ」

「ひどく気のめいる話ばっかりね」

「どっちにしても、こんどのパーティは大丈夫よ。その点、ロウィーナ・ドレイクを信頼していいわ。あの人はこういうことを主催させるとすばらしい腕をふるうんだから。見ててごらんなさいよ」

「わたし、いまのところ、パーティに行く気にもならないのよ」とミセス・オリヴァは溜め息をついて言った。

「二階へ行って、一時間ばかり横になっているといいわ。パーティに行けば、きっと楽しいから。ミランダが熱をだしていなければいいけど――あの子、行けないというので、ひどくがっかりしていたのよ、かわいそうに」

パーティは七時半にはじまった。アリアドニ・オリヴァは友だちの言葉が正しかったことを認めないわけにはいかなかった。みんなは時間どおりに来た。なにもかもがすばらしく運んだ。うまく計画され、うまく管理され、時計仕掛けのように運営された。階段には赤と青の照明がつけられ、黄色いカボチャがあふれるほどあった。男の子や女の子たちは、競争用に飾りのついた箒《ほうき》の柄をもってきた。開会の挨拶がすむと、ロウィーナ・ドレイクが今晩のプログラムを発表した。「最初に、箒の柄競争の審査、一等、二等、三等まで、三つの賞がでます。つぎが、小麦粉切りです。小さな温室のなかでおこなわれます。つぎが、リンゴ食い競争――この競技のパートナーの名が、向こうの壁に張りだしてあります。つぎがダンスです。電灯が消えるたびに、めいめい相手を変えます。それがすむと、女の子さんたちは小さな書斎に行き、そこで各自の鏡が渡されます。その後、食事、スナップ・ドラゴン、それから賞品授与がおこなわれます」

どんなパーティでもそうだが、今夜もはじめはなかなかスムーズにいかなかった。箒の柄は好評だったが、それはごく小さな箒の模型で、全体として、装飾は非常に高い水準に達しているとは言えなかった。「そのほうが楽なのよ」とミセス・ドレイクが、そっと隣にいた友だちの一人に言った。「それに、ほかのことではどうしてもご褒美《ほうび》がもらえないと誰にでもよくわかっている子がいつも一人や二人はいるので、これでちょっとごまかしとけるから、とっても役にたつのよ」

「そりゃひどいわ、ロウィーナ」

「ひどかないわよ、賞品を公平に平等に分配できるようにしているだけなんですもの。要するに、みんな、〝なにかで〟勝ちたいと思ってるってことなのよ」

「小麦粉ゲームって、どんなことをするの？」とアリアドニ・オリヴァがきいた。

「ああ、そうだったわね、わたしたちがそのゲームをやってるとき、あなたはこちらにいなかったんですもの、知らないはずよ。まずね。コップに小麦粉をいれて、よく押しつけてから、それをお盆の上にひっくり返して出して、その上に六ペンス玉をのせるのよ。それから、みんなでその六ペンス玉が落っこちないように、用心しいしい、すこしずつ小麦粉を切りとっていくの。誰かが六ペンス玉を落っことしたら、その人はアウト。一種の勝ち抜き競技ね。最後に残ったものが、もちろん、その六ペンス玉をとるというわけ。さあ、行きましょう」

こうして、彼らは行ってみた。リンゴ食い競争がおこなわれている図書室からは、興奮した叫びが聞こえてきた。そして、競争に参加した連中は髪を濡らし、全身ずぶ濡れになって部屋からもどってきた。

すくなくとも女の子のあいだで、いちばん人気のあった競技の一つは、ミセス・グドボディという、地元の掃除婦が演ずるところのハロウィーンの魔女の到着であった。この女は魔女になくてはならぬ、ほとんどくっつきそうなほどのカギ鼻とあごを持っているばかりでなく、ひどく不吉な低音をともなう含み声をだすのが驚くほど上手で、また、魔法のざれ歌もつくるのであった。

「さあて、はじめるとするかな。ビアトリス、そうじゃな？　うん、ビアトリス。なかなかおもしろい名じゃの。そこで、おまえさんは未来の旦那《だんな》さんがどんな人か知りたいというんじゃな。では、ここに腰をかけて。そうそう、この灯の下じゃ。ここに腰をかけて、この小さな鏡を手にもって。やがて、灯が消えると、未来の旦那さんの姿が見えるのじゃ。おまえさんの肩越しに見ている姿が見えるのじゃぞ。さあ、鏡をじっと持って。〝アブラカダブラ、誰がでてくるかな？　わたしの結婚する男の顔。ビアトリス、ビアトリス、やがて見えるぞよ。そこもとの心を満たしてくれる男の顔〟」

突然、一条の光が、部屋の奥のスクリーンのかげにある脚立《きゃたつ》からさっと射した。それは予定されたとおりの場所にあたり、ビアトリスの興奮した手に握られていた鏡に反射した。

「まあ！」とビアトリスが叫んだ。「見えたわ。彼が見えたわ！　この鏡に映っている彼が見えるわ！」

そのスポットライトが消え、電灯がつくと、カードに貼りつけたカラー写真が一枚、天井からひらひらひら落ちてきた。ビアトリスは興奮して踊りまわった。

「あれが彼よ！　あれが彼よ！　あたし、見たのよ。ええ、すごくかわいいジンジャー色のひげをはやしていたわ」

彼女はミセス・オリヴァのところに駆けよった。いちばん近くにいたからである。

「見てよ、見てよ。ちょっとすてきと思わない？　エディ・プレスウェイトに似ているの、流行歌手のよ。そう思わない？」

ミセス・オリヴァは、その男が、毎朝の新聞で見なければならないので、毎日にがにがしく思っている顔の一つに似ていると、たしかに思った。ひげをつけるのは、天才的な後からの思いつきにちがいない。

「こんなこと、いったい、どこから仕入れてくるの？」と彼女はたずねた。

「うん、ロウィーナがニッキーをつかまえて作らせたのよ。そして、ニッキーの友だちのデズモンドが手伝ったのよ。デズモンドは写真のことじゃ、ずいぶん実験してるの。彼と二、三人の仲間で髪とか、短い頬ひげとか、あごひげとかをうんと使って、自分たちで顔を合成するの。それから、その人に照明をあてたりなんかすると、女の子は喜んで大騒ぎするという仕掛けになっているのよ」

「わたしなんか」とアリアドニ・オリヴァは言った。「このごろの女の子はほんとにお話にもなんにもならなくなった、って考えずにはいられないわ」

「昔からそうだったんじゃないかしら？」とロウィーナ・ドレイクが言った。

ミセス・オリヴァは考えた。

「そうかもしれないわね」

「さあ」とミセス・ドレイクがどなった――「夕食にしますよ」

食事はうまくいった。おいしいアイス・ケーキ、セイボリー（オードブルやデザートに出す辛口の料理）、クルマエビ、チーズとナッツのお菓子など。イレヴン・プラスの連中は腹いっぱい詰めこんだ。

「さて、こんどは」とロウィーナが言った。「今晩の最後のゲーム。スナップ・ドラゴン。あそこ、食器室の向こうまで行ってね。そうそう。それでは、まず賞品です」

賞品が出されると、落胆の嘆き声や、泣き声が起こった。子供たちはホールを駆け抜け、食堂へと引き返した。

食べものは片づけられていた。緑色の毛織布《ベイズ》がテーブルいっぱいにかけてあって、炎をあげている干しブドウの大皿がのせてあった。誰も彼も金切り声をあげ、駆けより、「わあ、あたし、やけどしちゃった！　すごいじゃない？」などと叫びながら、燃えている干しブドウをつかんだ。すこしずつスナップ・ドラゴンの火が弱くなり、やがて消えてしまった。電灯がついた、パーティはお開きになった。

「大成功だったわね」とロウィーナが言った。

「あなたがあれだけ苦労なさったんだから、成功するのが当たり前よ」

「すてきだったわ」とジュディスが静かに言った。「すてき」

「ところで」と彼女は悲しそうにつけくわえた。「みんなで、すこしは後片づけしておかなくちゃ。なにもかもほったらかしにして、明日の朝、ほかの人たちにやらせるわけにはいかないじゃないの」

第三章

ロンドンのあるマンションで電話が鳴った。その部屋の持ち主、エルキュール・ポアロは椅子のなかでもぞもぞ動いた。彼は失望におそわれた。受話器をとらないうちから、電話の意味がわかっていたのだ。今夜をともにすごし、カニング・ロード市営浴場殺人事件の真犯人について、果てしない論争をむしかえすことになっていた友人のソリーが、行けなくなったことを伝えようとしているのだ。ポアロは、いささかこじつけ気味の自分の説に有利な証拠をいくつか集めていたので、ひどくがっかりした。友人のソリーが彼の考えをそのまま認めるとは思わなかったが、逆にソリーのほうから自分のとりとめもない確信を持ちだしたところで、彼自身、つまりエルキュール・ポアロが、正気、論理、秩序、方法の名において、たちどころにそれらを粉砕《ふんさい》するであろうことに、なんの疑念もいだいていなかった。今夜ソリーが来ないと考えると、どんなに控え目にいっても、気が落ちつかなかった。しかし、今日会ったとき、ソリーが咳で苦しんでいて、ひどい伝染性のカタルの状態にあったことは事実であった。

「たちのわるい風邪にかかっていたな」とエルキュール・ポアロは言った。「それにしても、手もとに薬はあるのだが、あの男、もうわたしに風邪をうつしているにきまってる。あの男も来ないほうがいいだろう。それもそうだが《トゥ・ド・メーム》」と彼は溜め息まじりにつけくわえた。「そうなると、わたしは退屈な夜をすごすことになるな」

このごろでは、夜はたいてい退屈なものにきまってしまった、とエルキュール・ポアロは思った。彼の頭脳は、なるほどすばらしいものではあったが（彼はこのことを疑ったことはなかった）外部からの刺激を必要としていた。昔から哲学的な傾向の頭脳は持っていなかった。若いとき警察なんかにはいらずに、神学の勉強でもしておけばよかったと、ほとんど後悔しかけたことがしばしばあった。針の先で踊りができる天使たちがいく人いるか。そんなことが問題になり、同僚たちとその点で激論をかわすのもおもしろそうだった。

召使いのジョージが部屋にはいってきた。

「ミスタ・ソロモン・レヴィからでございました、旦那さま」

「ああ、そう」とエルキュール・ポアロは言った。

「今晩おうかがいできないのは、まことに残念だとのことで、ひどいインフルエンザでおやすみになっていらっしゃるそうでございます」

「インフルエンザじゃないよ。たちのわるい風邪にかかっているだけだ。誰もかれも、自分はインフルエンザにかかっていると、いつも思っている。そのほうがもったいぶって聞こえるからな。ひとからよけい同情してもらえる。カタル性の風邪でこまるのは、友だちからちゃんとした、心のこもった同情をしてもらえないということだよ」

「いずれにいたしましても、レヴィさまはいらっしゃらないほうがようございますよ、はい。頭の風邪はとてもうつりやすいのでございます。そんなご病気の方とお話なんかなさるのは、よろしくないと思います」

「そうなると、ひどく退屈だろうな」とポアロも言った。

電話がまた鳴った。

「こんどは誰が風邪をひいたのかな？」と彼は言った。「わたしは、ほかの客は呼んだおぼえはないぞ」

ジョージは電話のほうへ行った。

「ここで電話にでるよ」とポアロは言った。「なにもおもしろいことじゃないにきまっている。だが、いずれにしても――」彼は肩をすくめた――「――もしかすると、暇つぶしにはなるかもしれない。ま、聞いてみなけりゃな」

「かしこまりました」とジョージは言って、部屋をでていった。

ポアロは手をのばし、受話器をあげると、けたたましいベルの音が鳴りやんだ。

「エルキュール・ポアロです」彼は電話をかけてきたのが誰であろうと、相手に印象づけるために、尊大な調子で言った。

「まあ、よかった」と勢いこんだ声が電話口から聞こえた。息切れのためすこし聞きとりにくい、女性の声だ。「あなたは、きっと外出してらっしゃる、おうちにはいらっしゃらないと思ってましたのよ」

「どうしてそう考えたのです？」とポアロはきいた。

「だって、このごろは、いろんなことが、いつも人を失望させるために起こっているような気がしてならないんですもの。ものすごく大急ぎで誰かに会いたい、とても待っていられない気がする、それなのに、待たされることになるんですよ。わたしね、大至急あなたにお目にかかりたいんです――絶対、大至急」

「それで、あなたは、いったいどなたなんですか」

その女性の声は、びっくりしたようだった。

「おわかりにならないの？」その声は信じられないといった調子だった。

「ああ、わかりましたよ」とエルキュール・ポアロは言った。「わが友、アリアドニですね」

「そして、わたし、いま、ひどい立場にたっているのです」とアリアドニが言った。

「ええ、ええ、声を聞けば、それはわかります。それに、走っていたのですか？　ひどく息切れがしているじゃありませんか？」

「正確に言うと、走ったんじゃありません。気持ちのほうなんです。すぐそちらに行って、お目にかかれません？」

ポアロは返事をする前に、ちょっと考えた。友だちのミセス・オリヴァは、ひどく興奮した状態でいるらしい。なにごとが起こったのかわからないが、きっと自分の不平、悲しみ、欲求不満、そのほか悩んでいることを、ながいことかけて、めんめんとぶちまけるにちがいない。彼女が、いったんポアロの部屋にみこしをすえると、ある程度の非礼を覚悟しなければ、家に帰らせることは困難になるおそれがある。ミセス・オリヴァを興奮させることは無数にあって、しばしば、じつに予想もつかないことがあるので、そういうことを討論するときには、よほど慎重な態度をとらなければならないのだ。

「なにか、だいぶ、あわてていますね？」

「そうよ。もちろん、わたし、あわてています。どうしていいかわからないんです。わかりません――ええ、なんにもわからないんですよ。いまのわたしの気持ちでは、どうしてもあなたのところに行って、お話ししなくちゃ――起こったことのいきさつをすっかり話さなくちゃ。だって、どうしていいかわかるとすれば、あなたよりほかにいないんですもの。わたしにこうしろああしろって教えてくれそうな人っていうと、あなたしかいないんです。ですから、おうかがいしてもいいでしょう?」

「ええ、いいですとも、いいですとも。よろこんでお迎えしますよ」

向こうで受話器をどしんと投げだすようにおく音がした。ポアロはジョージを呼び、しばらく考えてから、レモン入り大麦湯と、自分の分にビター・レモンとブランディを持ってくるように命じた。

「ミセス・オリヴァが十分くらいのうちにお見えになるよ」と彼は言った。

ジョージはひきさがった。そして、ポアロにブランディを持ってきた。ポアロは満足そうにうなずいて、それを受けとった。ジョージはまたミセス・オリヴァの口にあいそうな唯一の飲み物の、アルコール分ゼロの飲み物の支度をしに行った。ポアロはブランディをひとくちおいしそうにすすり、まもなく彼の上にふりかかろうとする厳しい試練に対する心構えをした。

「残念なことに」と彼はひとりぶつぶつ言った。「彼女はひどく怒りっぽい。それでいながら、独創的な頭をもっている。もしかすると、ここに来て話すことはおもしろいことかもしれない。だが、もしかすると――」彼はちょっと考えこんだ。「――今晩ひと晩じゅう話しこまれて、とんでもなくばかげた話だったなんてことにならんともかぎらんぞ。まあ、いいさ《エ・ビアン》。一生のうちには、いちかばちかやってみなきゃならんこともあるのだ」

ベルが鳴った。こんどはこのフラットの玄関のベルだった。たった一度ボタンを押すなんていうものではなかった。ながいあいだ、ボタンを押しつづけ、ただ音をたてるということだけで、非常な効果をあげていた。

「たしかに気がたっているぞ」とポアロは言った。

ジョージが行ってドアを開ける音が聞こえたと思うと、儀礼的な取り次ぎなどあらばこそ、たちまちポアロの居間のドアが開き、アリアドニ・オリヴァが、漁師の防水帽と防水布の雨がっぱのようなものにしがみついているジョージをうしろに従え、猛烈な勢いではいってきた。

「いったい、なにを着てるんです?」とエルキュール・ポアロが言った。「ジョージにぬがせておもらいなさい。ずぶ濡れだ」

「濡れてるのが当たり前ですよ」とミセス・オリヴァが言った。「外はひどい雨ですもの。いままで、わたし、水のことなんか考えたこともありませんでした。考えてみると、いやなものですわね」

ポアロは興味ぶかく彼女を見た。

「レモン入り大麦湯を飲みますか、それとも、小さいグラスにブランディ《オー・ド・ヴィ》を一杯おすすめしましょうか？」

「わたし、水はきらいです」とミセス・オリヴァは言った。

ポアロは度胆《どぎも》を抜かれたようすだった。

「水なんかきらいです。いままで、わたし、水のことなんか考えたこともありませんでした。水なんかにどれだけのことができるかとか、そんなことなんて」

「親愛なるわが友よ」ジョージが濡れてばたばた音をたてている雨がっぱをぬがせているあいだに、エルキュール・ポアロが言った。「こちらにきて、おかけなさい。あとでジョージに始末させ——あなたが着ているものは、いったい、なんですか？」

「コーンウォールで手にいれたんです」とミセス・オリヴァは言った。「雨がっぱ。正真正銘の漁師の雨がっぱですわ」

「漁師には、とても便利でしょう、きっと」ポアロは言った。「だが、どうも、あなたには似合わないようですな。重いでしょう。でも、さあ——こちらにかけて、話をうかがいましょう」

「どうお話ししたらいいか、見当がつきませんの」とミセス・オリヴァは椅子にぐったり腰をおろして言った。「ときどき、ほんとに事実だなんて、どうしても思えないことがあるものですわね。でも、そんなことが起こったんです。現実に起こったんです」

「さあ、話してください」とポアロは言った。

「お話しするために来たんですわ。でも、さて来てみると、どこからはじめていいやらわからなくて、なかなかお話しできませんわ」

「そもそものはじめからでは？　それとも、そんなことは、あんまり常套的《じょうとうてき》すぎますか？」

「いつがはじまりだったのか、わたしにはわかりませんの。ほんとに。ずっとずっと前だったと考えられないこともありませんもの」

「まあ、落ちついて」とポアロは言った。「あなたの頭のなかにある、この問題のいろんな糸を一つに集めて、それを話してごらんなさい。なんでまた、そんなに取り乱しているのですか？」

「あなただって、きっと取り乱すにきまってますわ。すくなくとも、わたしはそう思いますけれど」彼女はいささか自信なさそうな顔をした。「ほんと言うと、どんなことが起こったら、あなたが取り乱すか、誰にもわかりませんわ。あなたはどんなことが起こ

って も、落ちつきはらっていらっしゃるんだから」

「それがいちばんいい方法だということが、しばしばあるんですよ」

「わかりました」とミセス・オリヴァは言った。「事件はあるパーティではじまったんです」

「ほう、なるほど」とポアロは、パーティという言葉で代表される、日常的な、健全なものを想像し、ほっとした気持ちで言った。「パーティですね。あなたがあるパーティに行った。そこでなにごとかが起こったんですね」

「あなたはハロウィーン・パーティって、どんなものかご存じですの？」

「ハロウィーンくらい知っていますよ。十月の三十一日ですね」ポアロはそう言いながら、ちょっと眼を輝かせた。「魔女たちが箒の柄にまたがってくる日ですよ」

「その箒の柄が、実際にあったんですよ。そして、それに賞品をだしたんです」

「賞品？」

「ええ、いちばんきれいに飾った箒の柄を持ってきたものに」

ポアロはすこしばかり変な気持ちになって彼女を見た。はじめはパーティという言葉がでたので、ほっとしたのだったが、また、少々あやしげな気持ちになったのだ。ミセス・オリヴァがアルコール分をとっていないことを知っているので、ほかの場合なら考えてもいい仮説を、彼としても、とるわけにはいかなかった。

「子供たちのパーティなんです」とミセス・オリヴァが言った。「いえ、イレヴン・プラス・パーティと言ったほうがいいかもしれませんわ」

「イレヴン・プラス？」

「ええ、そんなふうに言ってるんですよ、学校ではね。要するに、成績を見て、イレヴン・プラスのテストに合格できると、グラマー・スクールかなんかに行けるんです。でも、それほど頭のよくない子は、セカンダリー・モダンというような学校に行くんですよ。ばかばかしい名前をつけたものですわね。まるで意味ないような気がしますわ」

「じつを言うと、あなたのお話が、わたしにはよくわからないのですが」とポアロは言った。二人の話はパーティから離れて、教育の分野にはいってしまったようだった。

ミセス・オリヴァは深く息を吸いこんで、ふたたび話をはじめた。

「事件のほんとのはじまりはリンゴだったのです」

「ほう、なるほど、そんなところでしょうな。よくあることではありませんか？」

ポアロは、丘の上に小さな車がとまって、大柄な女が降りてくると、リンゴの袋が破けて、リンゴが坂をごろごろ転がり落ちる光景を、心に描いていたのであった。

「そう」と彼は力づけるように言った。「リンゴですね」

「リンゴ食い競争のことですよ」とミセス・オリヴァは言った。「ハロウィーン・パーティでよくやるゲームの一つですわ」

「ああ、そうそう、聞いたことがありますよ、ええ」

「それはそれはいろんなゲームをやったんですよ。リンゴ食い競争、コップに詰めた小麦粉の山から六ペンス玉を削り落とすゲーム、鏡をのぞきこんで――」

「ほんとの恋人の顔を見ようって言うんでしょう？」とポアロが心得顔《こころえがお》に言った。

「ああ、やっとあなたにもわかりかけてきたようですわね」

「昔から代々伝わってきたものばかりですね、ほんとに」とポアロが言った。「そして、そのパーティで、そういうことをみんなやったんですね」

「ええ、みんな大成功でしたわ。そして、しめくくりは、スナップ・ドラゴン。ご存じかしら、大きな皿に燃えている干しブドウがいれてあるんです。わたしの想像では――」彼女の声にためらいがみえた。「――あのことが起こったのは、まさにこのときだと思うんですけど」

「いつ、なにがあったんですか？」

「殺人ですわ。スナップ・ドラゴンが終わると、みんな家に帰りました。そのときなんですよ、彼女がいないことがわかったのは」

「誰がいなくなったって？」

「女の子が一人。ジョイスっていう女の子なんです。みんなで名前を呼んで、そこらじゅうを探してまわったり、誰かほかの人といっしょに帰ったんじゃないかときいたりしたんですけど、彼女のお母さんは心配になってきて、きっとジョイスは疲れたか気分がわるくなったか、そんなことで、ひとりで帰ったにちがいない、誰にもことわらないで帰るなんてとんでもないなんて言っていました。要するに、そんなことが起こったとき、どこの母親でも言うようなことを、ありったけならべたてたわけです。でも、いずれにしろ、ジョイスは見つからないんです」

「それで、ひとりで帰ってたんですか？」

「そうじゃありませんの。家には帰っていなかったんです……」彼女の声に、またためらいがみえた。「結局、みつかったんです――図書室で。その部屋で誰かがやったんですよ。その部屋には、リンゴ食い競争に使ったバケツがありましたの。大きな、ブリキのバケツです。プラスチックのバケツは使わないことになったんです。プラスチックのバケツを使ってたら、たぶん、こんなことにはならなかったでしょうにね。プラスチックなら、そんなに重くはありませんもの。ひっくり返って――」

「なにがあったんです？」とポアロが言った。声が鋭かった。

「その部屋で、ジョイスがみつかったんですよ。誰かが、ねえ、誰かがですよ、ジョイスの首をリンゴのはいっている水のなかに押しこんだんです。押しこんでおいて、もちろん、死ぬまで、そのまま押さえてたんですわ。溺死なんですよ。溺れて死んだんですよ。水が八分どおりはいっていたブリキのバケツのなかで。そこで膝をついて、リンゴをくわえさせようとでもするように、首を水に押さえこんで。わたし、リンゴなんか嫌い」とミセス・オリヴァは言った。「二度とリンゴなんか見るのも……」

ポアロは彼女を見た。それから、手をのばして、小さなグラスにコニャックをついだ。

「これをお飲みなさい。気分がよくなりますよ」

第四章

ミセス・オリヴァはグラスをおき、唇を拭いた。

「おっしゃるとおりでしたわ。いまので——いまので気分がしずまりました。わたし、ヒステリーを起こしかけていたんですのね」

「ひどいショックを受けたんですよ、わたしにもわかりますよ。それで、その事件が起こったのはいつのことです？」

「昨夜です。あれがまあ、つい昨夜のことだったのかしら？　そうですわ、そうですわ、そうにきまってますわ」

「それで、わたしのところに来たというわけですね」

それは単なる質問ではなく、いままでにポアロが得たことより、もっと多くの情報を求めていることを示すものであった。

「わたしのところに来た——なぜです？」

「力になってくださると思ったからですわ。おわかりでしょうけど、これは単純な事件じゃありませんもの」

「そうかもしれないし、そうでないかもしれません。事情次第です。もっと話してくださらなければね。警察で捜査をはじめているでしょう。きっと医者が呼ばれていますね。医者はなんと言っていますか？」

「検視があることになっていますわ」

「当然です」

「明日か、明後日」

「その女の子、そのジョイスというのは、いくつだったのですか？」

「はっきりとは知りません。たぶん十二か十三でしょう」

「年のわりには小柄なほうですか？」

「いいえ、どちらかといえば、成熟してるほうだと思いますわ。ませた子でした」

「発育がよかったというのですね？　セクシーなからだつきだったという意味ですか？」

「ええ、そういう意味なんです。でも、あれはそういう種類の犯罪ではないと思いますわ――つまり、それだったら、もっと簡単なんじゃありません？」

「その種の犯罪なら、毎日のように新聞にでています。少女が襲われる、小学生が殺される——ええ、毎日です。この事件は個人の家で起こったのですから、事情がちがいますが、それでも、ほかの事件とそれほどの違いはないのではないでしょうか。それにしても、あなたはまだすべてを話してくださったわけじゃありませんね」

「ええ、そうだと思いますわ。というのは、わたしがあなたのところに来た理由《わけ》をお話ししていませんもの」

「あなたはこのジョイスという子をご存じだったのですか、よくご存じだったのですか？」

「まるで知らない子でしたわ。わたしがあそこに居あわせたいきさつを、ご説明したほうがいいようですわね」

「そこっていうのは、どこのことです？」

「ウドリー・コモンというところですわ」

「ウドリー・コモン」とポアロは考えこんで言った。「そこは、ちかごろ——」彼は、急に言葉を切った。

「ロンドンからそれほど遠くないところですの。そうですね——まあ、三十マイルから四十マイルってところだと思いますわ。メドチェスタの近くですの。よく世間にあるじゃありませんか、きれいな家がまばらにあって、新しい建物がかなり建った土地。住宅地っていうんですわね。いい学校が近くにあって、ロンドンなりメドチェスタなりに通勤できる土地。まあ世間並みの収入のある人が住んでいる平凡な土地ですわ」

「ウドリー・コモン」とポアロは、またしても考えこんで言った。

「わたし、その土地の友だちの家に泊まっていたのです。ジュディス・バトラー。未亡人です。わたし、今年はギリシャの船旅に出かけて、ジュディスも同じように船旅をしていて、それで友だちになったんです。ジュディスには十二か十三になるミランダという娘がいます。それはさておき、ジュディスが泊まりにくるように誘って、友だちが集まって、子供たちのパーティを催そうということになり、それはハロウィーン・パーティになる予定だと言ってきたのです。そして、わたしなら、なにかおもしろいアイデアを持ちあわせているだろうって言うのです」

「ほう。その方は、こんどは犯人探しとか、そんな種類のものを考えてくれとは言いださなかったんですね？」

「ええ、とんでもない。わたしが、またあんなものを考えるなんて、思っていらしたの？」

「まあ、そんなことはあるまいと思っていましたがね」

「ところが、そのとおりのことが起こったんですよ、だから、おそろしいんですよ。つまり、わたしがそこにいたからこそ、そんなことが起こったのではないかということです、そうじゃないかしら？」

「わたしはそうは思いません。すくなくとも——そのパーティに出席した人のなかに、あなたのことを知っている人がいましたか？」

「ええ。子供たちのなかに一人、わたしが小説を書くことでなにか言ったものがあって、みんな、殺人事件が好きだなんて言っていましたわ。そのことのために事件が——いえ——それが事件の発端《ほったん》になったんです——つまり、わたしがこうしてあなたのところに来ることになった。その事件ですよ」

「その事件のことは、まだうかがっていません」

「ええ、そうでしたわ、はじめ、わたしはそんなこととは思いもしなかったのです。直接結びつけては。だって、子供たちって、ときどき妙なことをするんですものね。つまり、世間には妙な子供がいて、その子供というのは——前は精神病院かなんかにいたことがあったんだけど、いまは家に送りかえされて、普通の生活をするように言いきかされているのに、こんなふうなことをしでかすといったような」

「青年はいたのですか？」

「男の子が二人、警察の報告では、いつも青年と言われそうな年ごろですわ。十六歳から十八歳くらい」

「そのうちの一人がやったのではないかと思いますがね。警察の考えもそうなのでしょう?」

「警察はなにも言いませんけど、そう考えているんじゃないかっていうようすでしたわ」

「そのジョイスという子は、魅力のある子でしたか?」

「そうでもないようでしたけど。あなたのおっしゃるのは、男の子に対して魅力があったかという意味でしょう?」

「いや、そうじゃありません。わたしが言ったのは——そうですな、言葉のごく普通の単純な意味で言ったのです」

「とってもいい子だったとは思いませんわ。あんまりこちらから話しかけたいとは思わないような。これみよがしに、自慢するといったふうな子でした。すこしばかりうるさい年ごろですね。わたしの言ってることは、不人情なように聞こえるでしょうけど——」

「殺人事件で、被害者がどんな人物だったか話すのは、不人情ではありません。とても、とても必要なことです。殺人事件では、被害者の性格が動機になることが多いのです。そのとき、その家には何人いましたか？」

「パーティやなんかのときという意味ですか？　そうですね、大人の女性が五、六人、何人かは母親、学校の先生が一人、お医者の奥さんだか妹だかが一人、中年の夫婦が一組、十六から十八くらいの男の子が二人、十五歳くらいの女の子が一人。十一か十二の女の子が二、三人——まあ、そんなところでしたわ。全部で二十五人から三十人でしょうね、たぶん」

「知らない人は？」

「みんな知り合いだったようですわ。とくに仲のいい人たちもいました。女の子は、たいてい同じ学校だと思います。ほかに、食べものとか夕食とか、そんなことの手伝いに来ていた女性が二人ばかりいました。パーティがお開きになると、おおかたの母親は、めいめい子供をつれて帰りました。わたしはそのパーティの主催者のロウィーナ・ドレイクの手伝いをするため、ジュディスやほかの二、三人といっしょに後に残りました。あんまりひどい散らかり方なので、明日の朝に来る掃除婦に面倒をかけないよう、すこしばかり後片づけをしたのです。だって、そこらじゅう、小麦粉とか、クラッカーから飛びだした紙の火薬玉とかいろんなもので、足の踏み場もないほどだったんですもの。

そこで、わたしたち、すこし掃除して、最後に図書室に行ったんです。そして、そのときなのです――彼女を見つけたのは。そして、そのときになって、彼女が言ったことを、わたし、思いだしたのです」

「誰がなにを言ったことです？」

「ジョイスですわ」

「ジョイスがなにを言ったのです？　いよいよ要点に近づいてくるようですね。あなたがここに来た理由に近づいてくるじゃありませんか？」

「そうです。わたし、そんなことを言っても、なんの意味もなさないと思いましたの――医者とか警官とか、そのほかどんな人にも、だけど、あなたになら、なにかの意味があるんではないかと考えましたの」

「結構《エ・ビアン》。話してください。それはパーティでジョイスが言ったことですか？」

「いえ――その日、パーティのはじまる前です。みんなで準備をしていた午後のことです。みんなで、わたしが殺人小説を書いていることとなんか話した後で、ジョイスが、〝あたし、前に人殺しを見たことがあるのよ〟って言ったのです。そして、お母さんだったか誰だったかが、〝くだらないことを言うのはおよしなさい、ジョイス〟と言うと、年上の女の子の一人が、〝この人の作り話だわ〟って言ったんです。するとジョイスが、〝見たのよ。ほんとに見たのよ。見たのよ。ある人が人を殺すところを見たのよ〟って言ったのです。でも誰一人として信じるものはいませんでした。みんな笑っただけだったので、ジョイスはひどく怒りましたわ」

「あなたは、ほんとだと思いましたか？」

「いいえ。思うものですか」

「わかりました。ええ、わかりましたよ」ポアロは指でテーブルをたたきながら、しばらく黙っていた。やがて、彼は言った。「おかしいですな――ジョイスは詳しいことは話さなかったんですね――人の名も？」

「ええ。ただ得意そうにして、すこし大声でどなり、ほかの女の子が自分を笑うっていうので、怒っていただけですわ。どうも母親たちやほかの人たちは、むしろ、ジョイスのことを苦々しく思ってたようですわ。でも、女の子や、年のいかない男の子たちは、ひやかすように笑っていただけでした。〝先を話してよ、ジョイス、それはいつのことなの？　どうしてあたしたちに話してくれなかったの？〟なんて、みんなは言ってました。すると、ジョイスは、〝あたし、すっかり忘れていたのよ。だって、ずいぶん前のことですもの〟って言ってましたわ」

「ほう！　それで、どれくらい前か、言っていましたか？」

「〝昔のことよ〟って言ってましたわ。いかにも大人ぶった調子でね。〝そのとき、なぜ警察に届けなかったの？〟って女の子の一人が言いました。アンだったと思いますけど、ビアトリスだったかしら。ちょっととりすました、生意気な子でしたわ」

「ほう、それで、それに対して、ジョイスはなんと答えました？」

「〝だって、そのとき、あたし、それが人殺しとは知らなかったんですもの〟って言いましたわ」

「なかなか興味ある言葉ですね」とポアロは、腰をかけたまま、ちゃんとすわりなおして言った。

「そのころになると、ジョイスはすこし混乱してきたようでした。だって、みんなでからかうもんだから、自分の話を説明しようとはするし、腹はたつしでね。

みんなは、なぜ警察に届けなかったのだと言うし、ジョイスのほうは、〝だって、そのときは、それが殺人とは知らなかったんですもの。後になって、突然、自分が見たのは殺人だったんだなって気がついたのよ〟の一点張りなのです」

「でも、誰一人、ジョイスの言うことを信じる素振《そぶ》りさえ見せなかった――あなた自身だって信じなかった――だが、ジョイスが死んだ場面にぶつかると、突然、あなたは、もしかすると、ジョイスはほんとのことを言っていたのではないかという気がしたんですね？」

「ええ、そのとおりです。わたし、どうしたらいいかも、自分になにができるかもわからなかったんです。でも、後になって、あなたのことを思いついたのです」

ポアロは感謝のしるしに、おもおもしく頭をさげた。それから、ちょっとのあいだ無言のままでいたが、やがて言った。

「これから重大な質問をしますから、答える前によく考えてください。その女の子がほんとに人殺しを見たと、あなたは思いますか？　それとも、彼女は自分では人殺しを見たと、思いこんでいるだけだと思いますか？」

「一番目のほうだと思いますわ。あのときは、そうは思いませんでした。あの子は、自分が以前に見たことのあるものを漠然と思いだし、それをたいへんな、興奮するような事件にみえるように、しだいに作りあげていったんだと思っただけでしたの。あの子は、だんだん熱してきて、〝あたし、見たのよ、ほんとに。あたし、人が殺されるところを見たのよ〟って言っていました」

「それで？」

「それで、あなたのところに来たというわけです。だって、ほんとに殺人がおこなわれたことがあって、あの子がその目撃者だったと考えるよりほかに、あの子が死んだことのつじつまがあいませんもの」

「それには、あるいくつかのことが含まれています。パーティに出席していた人のなかの一人が、殺人をおこなったこと、また、その同じ人物は、その日、パーティがはじまる前に来ていて、ジョイスの話を聞いたにちがいないこと、そういうことが含まれていますね」

「まさか、あなたは、わたしが想像だけで話してるとはお考えじゃないでしょうね？　みんな、わたしのひどいこじつけの想像だとお考えになります？」

「女の子が一人殺されたのです」とポアロは言った。「水のはいったバケツに、その女の子の頭を押しこんでおくだけの力のある、なにものかに殺されたのです。無残な殺人だし、われわれが言うところの、一刻の猶予《ゆうよ》もなくおこなわれた殺人です。犯人は脅威を感じ、人間の及ぶかぎりの速さでやったのです」

「ジョイスは、自分が見た人殺しの犯人が誰だったか、見わけはつかなかったんですよ」とミセス・オリヴァは言った。「つまり、もし、その殺人に関係のある人物が、げんにその部屋にいたとしたら、ジョイスはあんなことは言わなかったろうって言いたいのです」

「さよう。そこのところは、あなたの言うとおりだと思います。ジョイスは人殺しは見た、しかし、犯人の顔は見なかった。われわれはその先まで行かなくてはなりません」

「おっしゃることが、よくのみこめませんけど」

「その日、パーティ前に来ていて、ジョイスの言葉を聞いたものは、その殺人のことを知っていたし、殺人犯人も知っていたし、おそらく、犯人と密接なかかわりあいがあったということは、充分に考えられます。もしかすると、その人物は、自分の妻の犯行を、あるいは母の、娘の、息子の犯行を知っているのは、自分だけだと考えていたのかもしれません。あるいは、夫の、母の、娘の、息子の犯行だと知っていた女だと考えられないことはありません。自分以外には誰も知らないと思っていた人物です。ところが、ジョイスが話しはじめたので――」

「それで――」

「あの子は死ななければならなかった、と言うんですか？」

「そうですわ。これから、あなたはどうなさるおつもり？」

「いま、ちょっと思いだしたんですがね」とエルキュール・ポアロは言った。「どうしてウドリー・コモンという名に、聞きおぼえがあるか、その理由《わけ》ですよ」

第五章

エルキュール・ポアロは〈パイン・クレスト荘〉に通ずる小さな門を見やった。それはモダンで、粋《いき》な、りっぱな普請《ふしん》の、こぢんまりとした家であった。エルキュール・ポアロはすこし息をきらしていた。目の前の小さな、こぎれいな家は、いかにもその名にふさわしかった。丘の頂上にあって、その丘の頂上には、いく本かの松の木がまばらに植わっていた。小さな、きちんとした庭があって、一人の大柄な年配の男が、大きなブリキの撒水器《さんすいき》を小径沿いに転がしていた。

スペンス警視の髪は、こめかみにちょっと小粋な白いものがある程度ではなく、いまではすっかり白髪であった。胴まわりはたいして小さくなっていなかった。彼はブリキ缶を転がすのをやめて、門の前に立っている訪問客を見た。エルキュール・ポアロは身動きもせず立っていた。

「これはなんということだ」とスペンス警視は言った。「まちがいはない。そんなはずはないが、そうなのだ。うん、まちがいない。エルキュール・ポアロだ」

「やあ」とエルキュール・ポアロは言った。「わたしとわかりましたね。それはうれしい」

「願わくは、あなたの口ひげが薄くなりませんように」とスペンスは言った。

彼は撒水器を放りだすと、門までおりてきた。

「悪魔のような雑草だ！　それにしても、なんでまたこんなところまで？」

「わたしは在職中いろいろなところに行ったものだが、そのときと同じ理由でね」とエルキュール・ポアロは言った。「そして、むかしむかし、あなたがわたしに会いに来たことがあったが、あのときと同じ理由でね。殺人事件ですよ」

「わたしは殺しとは縁切りですよ」とスペンスは言った。「もっとも、雑草の場合は別ですがね、いま、雑草殺しをやってたところでね。除草剤を使って。思ったほどやさしいものじゃない、いつもなにか邪魔がはいる、たいていは天気ですがね。水が多すぎてもいかん、乾きすぎてもいかん、あれもいかんこれもいかんといってね。わたしがここにいることが、どうしてわかったんですか？」彼は門の掛け金をはずし、ポアロを通しながら言った。

「クリスマス・カードをもらいましたのでね。あなたの新しい住所が書いてありましたよ」

「ああ、そうだ。わたしは旧弊な人間でね。何人かの古い友人には、クリスマスにカードを送るのが楽しみなのです」

「いい趣味ですよ」

「わたしも、もう年をとりましてね」とスペンスが言った。

「おたがいに年をとりましたな」

「なに、あなたはまだたいして白髪じゃない」とスペンスは言った。

「薬をつかって手入れをしてるんですよ」とエルキュール・ポアロは言った。「好きでするのなら別ですが、なにも好んで人前に白髪ででることもありませんからね」

「だが、わたしには真っ黒な髪は似合わないと思うんでね」

「そのとおりですよ」とポアロは言った。「あなたは白髪のほうが、ずんと引き立ってみえますよ」

「わたしは、いままで自分のことを目立つ人間だと思ったことはありませんがな」

「わたしはそう思ってますよ。ところで、なんでまたウドリー・コモンに住むようになったんですかな」

「じつをいうと、妹と持ち寄り世帯で暮らすためですよ。妹は亭主に先立たれて、子供たちは結婚して、外国に行っていましてね、一人はオーストラリア、一人は南アフリカに。そこで、わたしがここに引っ越してきたというわけですよ。ちかごろじゃ、恩給もあまり値打ちがなくなりましたからな。でも、いっしょに暮らせば、どうにかまあまあの暮らしはできるんですよ。こっちにきて、かけてください」

彼は先にたって、椅子とテーブルのあるガラスばりの、小さなヴェランダに案内した。秋の陽が、この隠遁所に気持ちよく振りそそいでいた。

「なにを持ってきますかな」とスペンスが言った。「ここには、あまり気のきいたものはありませんよ、黒スグリも、バラの実のシロップも、そのほか、あなた専売のものはなんにもないんですよ。ビールにしますか？　それとも、エルスペスに言って、お茶をいれさせましょうか？　でなければ、よかったら、混合酒《シャンディ》をつくってあげてもいいし、コカ・コーラでも、ココアでも。妹のエルスペスはココアが好きでね」

「お手数をかけますな。わたしは、混合酒にしましょう。ジンジャー・ビールとビール？　そうですね？」

「そのとおりですよ」

彼は家のなかにはいっていき、まもなく、大きなガラスのジョッキを二つ運んできた。

「わたしもお相伴《しょうばん》しますよ」と彼は言った。

彼は椅子をテーブルに引き寄せ、腰をおろし、自分とポアロの前にジョッキをおいた。

「いまさっき、あなたが言ったのは、どういうことなんですか？」と彼はジョッキをあげながら言った。「〝犯罪に乾盃《かんぱい》〟なんて言うのはよしましょうよ。わたしは犯罪とは縁を切った人間です。それに、あなたが関係しているらしい犯罪、いや、事実、関係せざるを得ない立場になってるらしい犯罪のことを言っているのなら、最近、ほかの犯罪を思いださないところから言うんですが、わたしは、あんな特殊なタイプの殺人は性にあいませんな」

「さよう、そうだろうと思いますよ」

「わたしたちが話題にしているのは、頭をバケツに突っこまれた子供のことでしょう？」

「そうです。わたしが話しているのは、それですよ」

「あなたがわたしのところに来た理由がわかりませんな。わたしは、いまでは警察とはなんの関係もない男ですよ。すべては、ずっと前に終わったのですよ」

「いちど警察官だったものは」とエルキュール・ポアロは言った。「いつまでたっても警察官ですよ。つまり、普通の人としての観点の背後に、いつも警察官としての観点があるということです。わたしにはそのことがわかっています。こうしてあなたに話している、このわたしがですよ。わたしも自分の国で、警察官として出発したのですからな」

「さよう。あなたはそうだった。あなたが話してくれたことを思いだしますよ。そう、人間のものの見方はすこしは片寄っているときもあるでしょう。だが、わたしは現役を退いてから、ずいぶんたっていますからな」

「だが、噂は聞いてるでしょう。昔の同業の友人はいるでしょう。その人たちが、なにを考え、なにを疑い、なにを知ってるか、聞いているでしょう」

スペンスは溜め息をついた。

「みんなが知りすぎているのだ。それが今日《こんにち》の厄介な問題だ。犯罪が起こる、その手口はよく知られた犯罪だ、そこで、誰にでも、つまり現役の警察官には、たぶん犯人は誰それだろうと、たいていは察しがつく。新聞には発表しないが、調査はすすめていて、結局、犯人がわかる。だが、それ以上すすめるかというと——ものごとには、それぞれ困難をともなうものでね」

「つまり、女房とか、ガールフレンドとか、なにやかやという意味ですか?」

「そういうこともあります。結局、おそらく、犯人はつかまるでしょう。ときには一年も二年もかかることがあります。おおざっぱに言うとね、ポアロ、いまどきの娘さんは、わたしの若いころよりも、ろくでなしの亭主と結婚してるような気がしますがね」

エルキュール・ポアロは口ひげをひっぱりながら考えこんでいた。

「そう、そんなことがないともかぎりませんな。若い女の子というのは、あなたが言うとおり、怪しげな男のほうがとくに好きなのじゃないかと、わたしも思うのですが、昔は安全装置がありましたからな」

「そのとおりだ。みんなで気をつけてやっていた。母親が気をつけてやっていた。伯母さんや姉さんたちが気をつけてやっていた。妹や弟たちも、事情を知っていた。父親はたちのわるい若者を、家から蹴とばして追いだすことをためらわなかった。もちろん、なかには、たちのわるい奴と駆け落ちする娘もいた。いまではそんなことすらする必要がない。母親は自分の娘がどんな男とデートしているか知らないし、父親は自分の娘がどんな男とデートしているか知らされていないし、兄弟たちはデートの相手を知っていても〝もっと彼女をばかにする〟ことを考えている。もし、両親が反対でもしようものなら、二人は市長の前に行って、結婚許可証を手にいれる。さてそれから、たちのわるい奴だと世間周知のその若者が、自分の妻も含めて、世間に向かって、たちのわるい男だと証明しはじめると、さあ、ことはただではすまなくなる！　だが、愛は愛だ。娘は、わたしのヘンリーが、そんないやな習慣や、犯罪的傾向や、その他もろもろのものを持っていると考えるのは欲しない。そこで彼のために嘘をつき、黒を白と誓言したりする。そう、なかなか困難だ。われわれにとって困難だという意味です。まあ、昔のほうがよかったなんて、いくら言っていたところで役にはたちません。たぶん、わたしたちがそう思っているだけでしょう。それはともかく、ポアロ、いったい、こんなことにどうして巻きこまれたんです？　ここはあなたの活動範囲じゃないじゃありませんか？　あなたはロンドンで暮らしているものとばかり思っていましたよ。わたしが知っていたころのあなたは、そうでしたよ」

「いまでもロンドンに住んでいるんですよ。ミセス・オリヴァという友人の頼みで、この事件に首をつっこんだのです。ミセス・オリヴァを憶えていますか？」

スペンスは顔をあげ、眼をとじ、考えているようすだった。

「ミセス・オリヴァ？　記憶がないようですな」

「小説を書いている人です。探偵小説をね。あなたは会ったことがありますよ。ミセス・マギンティ殺人事件を調べるように、わたしに勧めていたころのことを思いかえしてごらんなさい。ミセス・マギンティは忘れてやしないでしょう？」

「とんでもない、忘れるもんですか。でも、ずいぶん昔の話ですからな。あのときは、ポアロ、あなたにはずいぶんお世話になりましたね、ほんとに親切にしてもらって。助力を求めに行くと、あなたはちゃんと頼みをきいてくれたんですからな」

「あなたのような方が、わたしのところに相談にいらっしゃるなんて、光栄でして——内心得意になったものでしたよ。いまだから打ち明けますが、わたしは一、二度はもう絶望したことがありましたよ。われわれが首を救ってやらなければならない男——そのころは、たしか、絞首刑でしたね、なにしろ、遠い遠い昔のことですから——その男というのは、なにかをしてやる気にはどうしてもならない男でしたね。自分からは、世の中の役にたつようなことは絶対にしないという好例でしたよ」

「あの娘と結婚したんでしたね？　あのめそめそした女と。髪をオキシドールで脱色した、あまり頭のよさそうな女じゃなかった。いっしょになって、その後どうしているかな。噂を聞いたことがありますか？」

「ありませんよ。たぶん、うまくいっているでしょう」

「あの女が、あんな男のどこを見染めたのか、わたしにはわかりませんな」

「わかりませんよ」とポアロは言った。「だが、現実には、男はどんなに魅力がなかろうと、ある女にとっては、自分は魅力的である——それどころじゃない、もうどうにもできないほどの魅力らしいものがある——と思えるというのは、大きな慰めですよ。彼らは結婚して、それ以後、幸福に暮らした、と言うよりほかに、いや、祈るよりほかにしようがありませんよ」

「あの二人が、〝母親〟といっしょに暮らさなくちゃならなかったとしたら、その後、ずっと幸福に暮らしたとも考えられませんな」

「さよう、たしかに。〝母親〟でなくて〝継父〟といっしょにでもね」

「いやはや」とスペンスは言った。「また昔話になってしまいましたな。みんな過ぎたことです。わたしは昔から思ってるんですが、あの男は、いまじゃ名前も思いだせんが、あの男は葬儀屋をやるべきでしたよ。いかにも葬儀屋向きの顔や物腰をしていましたよ。たぶん、やっているでしょう。あの娘はいくらか金を持ってましたね？　さよう、あいつなら、りっぱな葬儀屋になったでしょうな。黒ずくめの服を着て、葬式の注文をとってまわっているところが、眼の前にうかぶようです。あの男なら、棺桶用の上等のニレとかチーク材に情熱をかたむけていてもおかしくはない。だが、保険の勧誘員や不動産屋には絶対になれない。それはともかく、昔話はよしましょう」それから、彼は藪《やぶ》から棒に言った。「ミセス・オリヴァ。アリアドニ・オリヴァ。リ、ン、ゴ。彼女がこの事件に頭をつっこんだのは、このためじゃないのかな？」

あの気の毒な女の子は、リンゴの浮かんでいるバケツで、頭を水のなかに突っこまれたんでしたね、パーティで？　ミセス・オリヴァが興味をひかれたのは、そのことじゃありませんかな?」

「彼女が、リンゴのために、とくに興味をひかれたとは思いませんね。でもパーティにはでていました」

「彼女はここに住んでいるんですか?」

「いや、ここに住んでいるわけじゃありません。友人のミセス・バトラーという人のところに滞在しているのです」

「バトラー? ほう、その人なら知っていますよ。教会からそう遠くないところに住んでいましてね。未亡人です。ご主人というのは航空会社のパイロットだったのです。娘さんが一人います。なかなかきれいな娘だ。お行儀もいいしね。ミセス・バトラーもなかなか魅力のある婦人ですね、そう思いませんか?」

「まだ、ろくろく会ってもいないんですがね、なかなか魅力のあるご婦人だと思いましたよ」

「それで、この事件になんであなたが手をつけるようになったんです、ポアロ? 事件が発生したときには、ここにはいなかったんでしょう?」

「ええ。ミセス・オリヴァがロンドンのわたしのところに来たんですよ。それも、ひどく興奮していましてね。わたしになんとか力をかしてくれと言うのです」

スペンス警視の顔に、かすかな微笑がうかんだ。

「なるほど。昔とおんなじですな。わたしも、なんとか力になっていただきたいと言って、あなたのところに行ったものです」

「そこで、わたしがもう一歩話を進めまして」とポアロは言った。「こんどは、わたしがあなたのところに来たというわけですよ」

「わたしになにか力をかせといって？　まさか、わたしにできることなんかありゃしませんよ」

「ところが、あるんです。あなたなら人々のことをわたしに話してくださることができます。ここに住んでる人々のことを、パーティに出席した人々のことを。パーティに来ていた子供たちの父親や母親のことを。学校、教師、弁護士、医者のことを。なにものかが、パーティが開かれているあいだに、子供をひざまずかせ、たぶん、笑いながら、こんなふうに言ったのです。〝歯でリンゴをくわえる、いちばんうまい方法を教えてあげよう。こつを知っているから〟って。そして、彼、あるいは彼女が――誰だかわかりませんがね――女の子の頭を押したんです。たいして争いも物音も、そんなふうなものはなかったでしょう」

「下劣なやり方だ」とスペンスは言った。「この話を聞いたとき、そう思いましたよ。

あなたがききたいことは？　わたしはここに来て一年になります。妹はもっとながくて——二年か三年でしょう。大きな町ではありません。また、とくに定住者の多い町でもありません。住民の出入りは多いのですよ。一家の主人は、メドチェスタとかグレート・カニングとか、この近くのほかの町に勤めています。子供たちはこの土地の学校に通っています。そのうちに、主人が転職するんでしょう、彼らはどこかほかの土地に行きます。定着した社会ではないのです。なかには、ながく住んでいる人もいます。校長先生のミス・エムリンがそうです。医者のファーガソン博士がそうです。だが、一般的にいって、すこしずつ変動がありますね」

「いかがでしょうかな。これが下劣きわまる犯罪だというあなたの意見に同意したとして、この土地の下劣な人物というのを知っておいでではないかと思うのですが」

「さよう」とスペンスは言った。「誰でも、まず最初に探すのがそれなのではないでしょうか？　つぎに探すのが、この種のことをやる下劣な若者です。いったい、どういう奴が、わずか十三歳の女の子を、絞め殺したり、溺死させたりする気になるのでしょう？　誰でもまず疑ってみることだが、こんどの事件には、性的暴行とかそんなふうなものの証跡はなかったようです。ちかごろでは、小さな町や村のどこでも、そういったことが後をたたんのですよ。また話をもどすようですが、そんな事件は、わたしの若い時代よりも、ずっと多くなったように思いますな。われわれの時代にも、精神不安定者とかいうものはいたが、現在のように多くはありませんでした。ちゃんととじこめておかなくちゃならんのに、そこらをうろついている人間が、ずいぶんといるんじゃないでしょうかな。精神病院は満員だ。とても収容しきれない。そこで医者は言うんです。〝彼、あるいは彼女には、通常の生活をさせましょう。うちに帰って、身内の人と暮らすんですな〟とまあ、こんなところです。そのうちに、もともと善良だった人間の下劣な一端があらわれたのか、それとも、もともとそういう病気の人間だったのか、そこんところは好きなように考えていいが、そういう連中が、ふたたび衝動にかられ、またしても若い女が散歩にでて、砂利穴《じゃり》で発見されるとか、車に乗せてもらうようなばかばかしいことをする。子供たちが学校から帰ってこない。注意されているにもかかわらず、見ず知らずの人間から車に乗せてもらったからだ。さよう、ちかごろでは、そういうことがいくらでも起こりますな」

「いまのお話のが、こんどの事件の手口にはまりますか？」

「さよう、それですよ、誰もが最初に考えるのは。もともとそういう衝動にかられやすい人物がパーティに来ていた。おそらく、以前にもそういうことをやったことのある人物だったでしょう。おそらく、そのときも、ただ欲望のおもむくがままにやったのでしょう。だいたいの見当で言うのですが、どこかで子供が襲われたという、過去の記録があるんじゃありませんかな。わたしの知っているかぎりでは、その種の前歴が見つかったものはありません。正式に、という意味ですがね。パーティにはちょうどその年齢層のものが二人います。一人はニコラス・ランサムという、なかなかの美青年で、十七か十八でしょう。ちょうどそんな年ごろですよ。生まれは東海岸《イースト・コースト》かどこかだったと思います。ちゃんとした子のようですがね。外見は正常に見えるんだが、中身は誰にもわからない。ほかにデズモンドという子がいて、精神医学的な所見が出て、いちど再拘留されたことがあるんですが、たいしたことじゃなかったようです。犯人はパーティに出席していたものにちがいありません、もちろん、外部からはいってくることだって、できないわけじゃありませんがな。ふつう、パーティのあいだは家には鍵なんかかけておかないものです。横手のドアとか、窓が開いていた。どこにでもいる間抜けな野郎が通りかかり、なにをやっているんだろうと、忍びこんだとも考えられる。相当危険ですな、こいつは。パーティに来ている子供が、知らない人にリンゴ食い競争をしようと言われて、うんと言うかな？　それはともかく、ポアロ、あなたは、なんでこの事件に巻きこまれたのか、説明していませんよ。ミセス・オリヴァのせいだと言いましたね。なにかとんでもない思いつきでも持ちこんできたのですかな？」

「いや、正確に言って、とんでもない思いつきではありませんね。作家というのは、とんでもない思いつきを抱きがちだということは事実です。確率の点から言えば、とても及びもつかないような思いつきをね。でも、これは、その女の子が言うのを、ミセス・オリヴァが聞いたことというだけのものです」

「なんだって、ジョイスという子の？」

「そうです」

スペンスは身をのりだして、先をうながすようにポアロを見た。

「お話ししましょう」とポアロは言った。

静かに、簡単に、彼はミセス・オリヴァが話したことを、順をおって話した。

「なるほど」とスペンスは言った。彼はひげをなでた。「その子がそう言ったんですな？　人殺しの現場を見たって。いつ、どのようにしてか、話しませんでしたか？」

「それっきりです」

「なんで話がそんなところに行ったんでしょうな？」

「ミセス・オリヴァの小説のなかの殺人事件について、誰かがなにか言ったからだったと思います。誰かが、そのことをミセス・オリヴァに言ったんですよ。子供の一人が、ミセス・オリヴァの小説には、あまり血がでてこないとか、死体がでてこないとか、そんなふうなことを言ったんですね。そこへもってきて、ジョイスが口をだして、昔、人殺しを見たことがあると言ったんですよ」

「得意になって？　あなたの話を聞いていると、そんな印象をうけますがね」

「ミセス・オリヴァも同じ印象をうけているのです。そうです、ジョイスは得意そうに話したのですよ」

「そいつは、事実ではないかもしれませんな」

「そうです、まるで事実ではなかったとも考えられます」

「子供というものは、自分に注意をひきよせるためとか、効果をあげるために、よくそんなふうに誇張して話すものです。また、いっぽうから見ると、あるいは、それが事実だったと考えられないことはない。あなたが考えているのは、そっちのほうじゃありませんかな？」

「わたしにはわかりません」とポアロは言った。「一人の子供が、人殺しを見たことを得意になって話す。それから何時間もたたないうちに、その子供が死んでいる。あるいは、それは――おそらく、こじつけの思いつきではありましょうが――原因と結果であったのではないかと信じるだけの根拠があることは、認めざるを得ません。もしそうだとすると、犯人は一刻の猶予もしなかったわけです」

「絶対ですな。その子が殺人について話をしたとき、どれだけの人がその場にいたか、正確にわかっているのですか？」

「ミセス・オリヴァの話だと、十四人か十五人、あるいは、もっといたかもしれないということでしたよ。子供が五人か六人、大人が五人か六人、これはその夜の催し物にかかりきりになっていたようです。しかし、正確な情報は、あなたにお願いしなければなりません」

「ああ、それは簡単でしょう。いますぐここでというわけにはいきませんが、土地の新聞でわけなくわかりますよ。そのパーティのことなら、もうかなりくわしく、わたしの耳にまではいっていますよ。全体として、女のほうが多いんです。父親というのは、子供のパーティにはあまり顔をださないものでしてね。でも、ときには、ちょっとのぞいてみたり、子供を迎えにきたりします。ファーガソン博士が来ていたし、教区牧師も来ていた。ほかに、母親たち、おばさんたち、社会事業の人たち、学校の先生二人。そうだ、リストをつくってあげましょう――それに、およそ十四人の子供。最年少で十歳になるかならず――まだ、ティーンエイジャーの仲間入りもしていない」

「そして、そのなかの容疑者のリストも、あなたには見当がつくと思いますが」

「そう、だが、あなたが考えていることが事実だとなると、それもそう容易ではなくなりますな」

「つまり、性的に不安定な人物は、もはや除外するというわけですね。そのかわり、人殺しをしておいて、まんまと逃げおおせた人物、発覚するとは予想もされない人物、そして、突然、下劣な衝動に駆られる人物を探そうというわけですね」

「いずれにしろ、犯人がどういう奴か、考えがまとまればありがたいのだが。このあたりにいかにもそれらしい殺人者がいるなんて、口にすべきではないのです。それに、実際、殺人というのは、少しも劇的じゃないんですからね」

「殺人者なんて、どこにでもいるものです。というより、殺人なんかしそうにない、しかも、殺人者だという人物と言いなおしましょう。なぜなら、殺人なんかしそうもない人物は、嫌疑をかけられない傾向がありますからね。おそらく、彼らに不利な証拠はあまりないでしょう。そこで、そういう殺人者にとって、げんに彼あるいは彼女の犯罪の目撃者がいたとわかったときのショックは大きかったでしょうね」

「そのとき、ジョイスは、なぜなんにも言わなかったか？　そいつが、わたしは知りたいですね。黙っているようにと、誰かに買収されたと思いますか？　それはあまり危険が大きすぎる」

「そんなことはないでしょう」とポアロは言った。「ミセス・オリヴァの話によると、ジョイスは、そのとき自分が見ているものを殺人とは思わなかったんですよ」

「ほう、それはじつに考えられないことですな」

「必ずしもそうとはかぎりませんよ」とポアロは言った。「なにしろ、話しているのが十三の女の子ですからね。昔、自分が見たことを思いだしているのです。昔といっても、正確には、いつのことかわかりません。三年か、あるいは四年前のことかもしれないのです。ジョイスはなにかを見たのですが、そのことのほんとの意味に気づきませんでした。こういうことはよくあることですよ、わが友《モン・シェル》よ。特殊な事情の自動車事故なんかにね。車が走っていて、運転者はある人物にまともに突っこんだように見え、その人物は怪我《けが》をするか、死んだかしたとします。一人の子供がそれを見ていたが、そのときはそれが故意におこなわれたものだとは気づかなかった。ところが、誰かが言った、なにかの言葉とか、一年も二年もたってから、その子が見るか聞くかしたことがきっかけになって、記憶がよみがえってきて、こんなふうに考える。〝AかBかXかが、わざとやったことなんだわ〟〝たぶん、あれはほんとは人殺しで、事故なんかじゃなかったんだわ〟ってね。ほかにも可能性はたくさんあります。そのうちのいくつかは、じつを言いますと、友人のミセス・オリヴァに教えられたものですが、この婦人は、どんなことにも、十二くらいの、それぞれちがった解答を、やすやすと考えつく人で、そのうちの大部分は、それほどの確実さはありませんが、すべてかすかながら可能性はあるのです。紅茶に錠剤をいれて、誰かに飲ましたというようなふうですよ。だいたい、そんなことです。危険な場所で、人を押すとか。このあたりには崖がないので、可能性のある説という見地からは、まことに残念です。そうです、可能性ならいくらでもあると思います。その子が殺人小説を読んでいて、それで、ある事件を思いだす。その事件というのは、当時は彼女にはなんのことやらわからなかったのかもしれない。そして、その小説を読むと、こんなふうに考えたのです。〝あのときのことは、これこれや、これこれのことだったのかもしれない。あの人は、あれをわざとしたのじゃないかしら？〟ってね。そうです、可能性はたくさんあります」

「それで、それを調べに、ここに来たんですな？」

「これは社会的利益につながることと思いますが、あなたはそうはお思いになりませんか？」

「うん、わたしたちには社会的精神がありますからな、あなたもわたしも、そうでしょう？」

「あなたからは、すくなくとも情報は提供していただけると思っています」とポアロは言った。「なにしろ、この土地の人を知ってるんだから」

「できるだけのことはしますよ」とスペンスは言った。「それから、エルスペスを引っぱりこみます。この土地の人のことで、あいつが知らないことなんか、まずないんですからな」

第六章

ポアロは自分の得たものに満足して、友人の家を辞した。

彼が求める情報は、やがてはいるだろう――そのことを、彼は疑わなかった。彼はスペンスに興味を呼びおこさせたのだ。それに、スペンスは、いったん臭跡をかぎあてたら、それをあきらめるような男ではなかった。ロンドン警視庁犯罪捜査課の元高位警察官としての彼の名声によって、地元の警察当局に知り合いの一人や二人はできているに相違ない。

さて、つぎには――ポアロは時計を見た――きっかり十分後に〈リンゴの木荘〉と呼ばれている家の外で、ミセス・オリヴァと会うことになっていた。まったく、この名前は不思議なほどぴったりしているように思われた。

まったく、とポアロは考えた。われわれは、どうもリンゴから逃げだすわけにはいかないようだ。汁気の多いイギリスのリンゴほどおいしいものがあるはずはない――しかも、ここには、箒の柄や、魔女や、昔からの語り伝えや、殺された子供とこんがらがりあったリンゴがあるのだ。

教えられた道を行くと、ポアロは時間どおりに、きちんと刈りこまれたブナの生け垣にかこまれ、その向こうに気持ちよさそうな庭が見える、ジョージ王朝風の赤煉瓦《れんが》の家の外に着いた。

彼は手をだして掛け金をあげ、〈リンゴの木荘〉と書かれた、ペンキ塗りの表札のついている鋳鉄の門をくぐって、なかにはいった。玄関まで小径がつづいていた。文字盤の上のドアから人形が自動的にでてくるスイス製の時計みたいに、玄関のドアが開いて、ミセス・オリヴァが段々の上に姿をあらわした。

「時間にじつに正確なんですね」と彼女は息をきらしながら言った。「わたし、窓からあなたを見張っていましたのよ」

ポアロは後ろをむき、門を注意ぶかく閉めた。それが約束してであろうと偶然であろうと、彼がミセス・オリヴァと会うと、ほとんどいつでも、リンゴという主題《モチーフ》が、即座といっていいくらいに導入されるような気がした。リンゴを食べているところか、リンゴを食べた後か——彼女のひろい胸にひっかかっているリンゴの芯が、その証拠であった——あるいは、リンゴの袋を持っているかしていた。ところが、今日はリンゴらしいものは、まるで眼につかなかった。それがほんとだ、とポアロは思った。犯罪の現場であるばかりでなく、悲劇の舞台でもあるこの家で、リンゴをかじっているなんて、悪趣味もいいところだ。というのは、あれは悲劇以外のなにものでもないではないか、とポアロは考えたからであった。わずか十三歳の子供の突然の死。彼はそのことを考えたくなかった。そして、考えたくないがゆえに、なんらかの方法で、暗黒のなかから光明が射し、自分がわざわざここまで来て見ようとしたものを、はっきりとこの眼で見るまでは、このことばかりを考えつづけていようと、ますます心のなかで決心を固めたのであった。

「なぜジュディスの家にお泊まりにならないのか、わたしにはわかりませんわ」とミセス・オリヴァが言った。「あまり上等でもない旅館なんかに泊まらないで」

「それは、ある程度ひとりっきりで調査するほうがいいからですよ」とポアロは言った。

「おわかりでしょうが、自分が渦中に巻きこまれてはならないのです」

「どうすれば、あなたが巻きこまれずにいられるのか、わたしにはわかりませんよ。どうせ、あなたはみんなに会って、話をしなければならないんでしょう？」

「それは、絶対ですよ」

「いままで、誰にお会いになりまして？」

「友人のスペンス警視です」

「このごろのあの方は、どんなふうですの？」

「昔よりずっと老《ふ》けましたよ」

「当たり前ですわ。ほかにどう変わると思ってらしたの？　昔より耳が遠くなったとか、眼が見えなくなったとか、肥ったとか、痩《や》せたとか？」

ポアロは考えこんだ。

「すこし痩せましたよ。新聞を読むのに眼鏡をかけています。それとわかるほど耳は遠くなっていないようですよ」

「それで、こんどのことをどんなふうに考えていらっしゃいますの？」

「あなたはせっかちすぎますよ」

「それで、あなたとあの方とは、正確に言って、これからなにをなさるおつもり？」

「わたしは自分の計画をたてているのです。まず手はじめに、古い友だちに会い、相談しました。そして、ほかの方法では手にいれにくい情報を手にいれてくれるように頼みました」

「というのは、ここの警察があの方の仲間になって、その連中から内部情報を手にいれるという意味ですの？」

「いや、そのとおりだとは言いませんが、まあ、そんなところで、わたしがいままで考えていたのは、そういった線に沿ったことなのです」

「それで、その後は？」

「あなたに会いに来ていますよ。マダム。この事件が起こった場所を見ておく必要があります」

ミセス・オリヴァは振りかえって、家を見あげた。

「このなかで殺人が起こった家とは見えませんわね？」

ポアロは、またしても考えこんだ。なんと確かな直感を彼女は持っていることか！

「そうです。そんな家にはまるで見えません。現場を見てから、ごいっしょに、死んだ子のお母さんに会いにいきましょう。そして、できるかぎりのことを聞きます。今日の午後、適当な時間に、土地の警部と話ができるように、友人のスペンスがわたしのために手配をしてくれることになっています。また、ここの医師とも話したいと思っています。それから、たぶん、学校の女校長さんともね。六時には、友人のスペンスと妹さんといっしょに、彼らの家でお茶を飲み、ソーセージを食べ、討論します」

「これ以上、あの方から、どんなことが聞きだせると思っておいでなんですか？」

「わたしはスペンスの妹さんに会いたいのです。ここにはスペンスよりながく住んでいますからね。彼は妹さんのご主人が亡くなった後、ここに来て、いっしょに暮らすようになったのです。たぶん、妹さんなら、ここの人々をかなりよく知っているでしょう」

「あなたのお話がなにに似ているか、わかってらっしゃる？　コンピューターですわ。ご自分でもおわかりですわね。あなたはご自分のことをプログラミングなさっているんですよ。世間じゃ、そんなふうに言うんですわね？　わたしが言ってるのは、つまり、あなたは一日じゅうかかって、いまのようなことをすっかり自分に供給《フィード》しておいて、それからなにがでてくるか、見ようとしてらっしゃるのね」

「いや、たしかにあなたが言うとおりですよ」とポアロはそこばくの興味を示して言った。「そうです、そうです、わたしはコンピューターの役割をしているのです。情報を供給しておいて――」

「もし、まちがった答えがでてきたら？」

「そんなことがあるはずはありません。コンピューターは、そういうことはしないものです」

「しないことになってはいます。でも、ときどき、いろんなことが起こるので、あなただってびっくりなさいますよ。たとえば、先月分のわたしの電気代の請求書ですよ。〝過《あやま》つは人〟という言葉があることは知っています。でも、人間の過ちなんて、コンピューターがその気になって犯す過ちにくらべれば、ものの数じゃありませんよ。さあ、はいって、ミセス・ドレイクにお会いなさい」

ミセス・ドレイクは確かに並の女ではないな、とポアロは思った。背の高い、四十すぎの、なかなかの美人で、金髪にはちらほら白いものがまじり、眼は輝くばかりの青さで、指先から有能さがにじみでているような女であった。どんなパーティだろうと、彼女が手がければ、かならず成功するだろう。応接間には、朝のコーヒーと、砂糖がけのビスケットが二つ、彼らを待っていた。

〈リンゴの木荘〉は、じつに賛嘆に値するほど手入れの行きとどいた家であった。りっぱな調度類が備えてあるし、すばらしく上等のカーペットが敷いてあるし、あらゆるものが念入りに磨かれ掃除されてあって、家のなかにこれといって人目をひくようなものがないということに、すぐとは気がつかないほどであった。カーテンやカヴァーの色は気持ちのよい色だったが、月並みのものであった。好ましい借り手があれば、高い家賃をとるために、いつでも家具の模様がえができ、しかも、貴重な品物を片づけたり、家具の配置を変えたりせずにすむというふうの家であった。

ミセス・ドレイクはミセス・オリヴァとポアロに挨拶した。殺人というような反社会的な事件が起こった社交的な場で女主人をつとめていた自分の立場についての困惑を、雄々しくも押さえつけているのではないか、とポアロとしては疑わざるを得ない感情を、ほとんど表にはあらわしていなかった。ウドリー・コモンという地域社会の著名人として、ある意味で、自分は不適格であることを証明したという、あまりたのしくない気持ちを味わっているのではないか、とポアロは推測した。こんど起こったことは、絶対起こってはならぬことだったのだ。ほかの人の家で、ほかの人に起こったのなら――それはどうしようもない。しかし、彼女によって準備され、彼女によって計画され、彼女によって主催された子供たちのためのパーティで、このようなことが起こってはならないのだ。なんとかして、そんなことが起こらないように気をつけるべきだったのだ。それにまた、彼女は心の奥で、いらいらしながら、なんらかの理由を探してまわっているのではないか、という疑念を、ポアロはいだいた。殺人が起こった理由はそれほど重要なのではなく、彼女の手伝いをしていた人々、なにかの手違いか、注意力の不足のために、こんなことが起こることに気がつかなかった人々の管理の不充分さを見つけ、とっちめてやるために。

「ムッシュー・ポアロ」とミセス・ドレイクはきれいな声で言ったが、その声は、小さな講義室か村の公民館でなら、よく通るだろうな、とポアロは思った。「わざわざこんなところまでおいでいただきまして、ほんとにありがとうございます。こんな怖ろしい立場にたったわたくしどもにとって、あなたのご助力がどれほど貴重なものかということは、かねがねミセス・オリヴァから承っておりますわ」

「ご安心ください。マダム、できるだけのことはいたします。でも、奥さまの人生経験からでも、きっとおわかりと思いますが、これは、どうも難事件になりそうなのです」

「難事件ですって？」とミセス・ドレイクは言った。「もちろん、難事件だろうとは存じますわ。あんな怖ろしいことが起こるなんて、信じられない、ええ、とても信じられないことなんですもの。でも、わたくしの想像では」と彼女はつけくわえた。「警察当局ではなにかわかっているのではございませんでしょうか？　ラグラン警部はこのあたりでは、とても腕ききだという評判ですもの。ロンドン警視庁に援助を求めるべきかどうか、わたくしにはわかりません。あの子の死は、この土地にかぎった事情があるにちがいないという警察の考えらしいのです。なにもわたくしが申しあげるまでもございませんけど、ムッシュー・ポアロ――いずれにしろ、わたくしが読んでる新聞くらい、あなたも読んでらっしゃるんですから――どこの郊外でも、子供たちの痛ましい事件が、ずいぶんたくさん起こってるんでございますよ。しかも、ますます多くなっているようでございますわ。精神の不安定は増加の一方をたどっているようですし。もっとも、ここで申しあげなければなりませんけど、母親や家族のものたちが、一般に、昔ほどちゃんと子供の面倒をみておりませんものね。子供たちは夕方おそく暗いなかを、ひとりで学校から帰され、朝早く暗いなかを、ひとりで登校するのです。子供たちは、どんなに気をつけるように注意しておいても、スマートな車に乗せてやろうと言われると、不幸にも、ついその気になるほど、おばかさんなのです。言われたことは、そのまま鵜呑《うの》みにするのですよ。どうしようもないとは思いますけど」

「でも、ここで起こった事件は、マダム、まるでちがった性質のものです」

「ええ、それはわかっております――わかっておりますわ。だからこそ、わたくし、信じられないっていう言葉を使ったんですわ。いまでも、わたくし、信じられないでいますのよ。すべての点に目がとどいておりました。段どりはすっかりできあがっていました。なにもかも予定どおり申し分なく運んでおりました。だから、まったく――信じられないような気がするのです。わたくし、個人といたしましては、この事件には、わたくし流に申しますと、外部の要素がはいっているにちがいないと考えておりますの。なにものかが、この家にはいりこんできたんです――あのときの事情では、これはむずかしいことではございませんわ――ひどく精神的に不安定な人物、わたくしの見るところでは、ただ病室があいていないというだけの理由で、精神病院から退院させられたというような人物ですわ。ちかごろでは、いつも病室は新しい患者のために用意しておかなくてはならないんですよ。窓からのぞけば、子供たちのパーティが開かれている最中だということは誰にでもわかります。そこで、この気の毒な犯人は——もし、こうした人たちに対して、本心からかわいそうだと思える人なら、気の毒と言ってもいいでしょうけど、正直に言って、わたくしは、いつでもそういう気持ちにはなれないんでございます——なんとかしてあの子を誘いだし、殺してしまったんですわ。そんなことが起こるなんて、とても考えられないでしょうけど、現実に起こったんですわ」

「現場に案内していただけると——」

「よろしゅうございますとも。コーヒーは？」

「もう結構です」

ミセス・ドレイクは立ちあがった。「警察では、事件はスナップ・ドラゴンの最中に起こったと考えているようですわ。スナップ・ドラゴンは食堂でやっていたのです」

彼女はホールを通って、奥のドアを開き、観光バスの一行に堂々たる家を案内してみせる主人役のような態度で、大きな食卓と、どっしりしたビロードのカーテンを示した。

「申しあげるまでもないことですけど、ここは炎をあげている皿以外は真っ暗でした。それから——」

彼女は先にたってホールを通り、小さな部屋のドアを開けた。部屋には肘掛け椅子、狩猟の絵、本棚などがあった。

「図書室ですわ」とミセス・ドレイクは言って、ちょっと身震いした。「バケツはここにございました。もちろん、ビニールのシートを敷いて――」

ミセス・オリヴァはいっしょに部屋にははいってこなかった。部屋の外のホールに立っていて――

「わたし、はいっていけません」と彼女はポアロに言った。「あんまりいろんなことを思いだすんですもの」

「もう、お見せするものはございませんよ」とミセス・ドレイクが言った。「つまり、ただ、お望みどおり現場にご案内しているだけですから」

「たぶん」とポアロは言った。「水はあったんでしょう――水がうんと」

「もちろん、バケツに水はございましたわ」とミセス・ドレイクは言った。

彼女は、まるで彼などそこにいないと思っているようなようすでポアロの方を見た。

「それに、シートの上にも水がこぼれていましたね。つまり、もし、その子の首を水のなかに突っこんだとしたら、ずいぶん水が飛びちったろう、という意味です」

「そりゃそうですわ。リンゴ食い競争のあいだでも、一度か二度はバケツに水を足さなければなりませんでしたもの」

「そうすると、犯行におよんだ人間は？　その人物も濡れたことだと思いますが」

「ええ、わたくしもそう思いますわ」

「そのことはとくに誰も気づかなかったのですね？」

「いいえ、警部さんがそのことはおたずねになりましたわ。パーティが終わるころには、たいていの人は髪が乱れたり、水に濡れたり、粉だらけになっていましたもの。そういうところには役に立つ手掛かりはないような気がしますけど。わたしが言うのは、警察ではそう考えているという意味ですの」

「そうですな」とポアロは言った。「唯一の手掛かりはその子自身にあると思います。その子についてご存じのことをすっかり話していただけませんか」

「ジョイスのことですか？」

ミセス・ドレイクはいささか不意をうたれたようすだった。彼女の心のなかのジョイスは、いまでは、まるでほかのことの影にかくれてしまっていたので、それを急に思いださせられて驚いているように見えた。

「被害者はつねに重要なのです。被害者が犯罪の動機になることがじつに多いんですよ」

「ええ、あなたのおっしゃることはわかるような気がします」とミセス・ドレイクは言ったが、じつはそう思っていなかったのは明らかだった。「応接間にもどりましょうか?」

「では、そちらでジョイスのことをすっかりうかがいましょう」とポアロは言った。

彼らは、ふたたび応接間に腰を落ちつかせた。

ミセス・ドレイクは落ちつかなさそうにしていた。

「あなたがわたくしからなにを聞きだそうとしていらっしゃるのか、ほんと言って、わたくしにはわかりませんの、ムッシュー・ポアロ」と彼女は言った。「情報なら警察かジョイスのお母さんからいくらでも簡単に聞きだせますわ。あのお母さんもお気の毒に、そんなことを質問されたりするのは、きっと、ずいぶんおつらいことでしょうけど──」

「でも、わたしが知りたいのは」とポアロは言った。「死んだ娘に対する母親の考えではないのです。人間性をよく知っている人の、はっきりした、偏見のない意見なのです。マダム、あなたは、当地のたくさんの社会福祉面で、ずいぶん活躍してきた方だと思います。お知り合いの人の性格や気質を、あなたほど適切にまとめることのできる人は、ほかにないと思います」

「そうですね──ちょっとむずかしいですね。というのは、その年ごろの子供たちは──

——あの子は十三でしたかしら、十二か十三でしたわ——ある年ごろになると、みんなとても似てくるのです」

「いやいや、そんなことはありませんよ。性格にも気質にも非常に大きな違いがあるものです。あなたはあの子がお好きでしたか？」

ミセス・ドレイクはその質問に当惑したようすだった。

「ええ、もちろん、わたくし——あの子が好きでしたわ。といっても、そうですね、子供たちはみんな好きだという意味ですの。たいていの人ならそうですわ」

「いや、そこのところはあなたと意見が違いますね。子供たちのなかにも、ひどくいやな子がいると思いますが」

「ええ、そのとおりですわ。ちかごろの子供たちはあまりまともに育てられてはいませんもの。なにもかも学校まかせ、そして、もちろん、子供たちはひどく気ままな生活をおくっています。友だちだって自分勝手に選ぶし——その——ええ、ほんとうですのよ、ムッシュー・ポアロ」

「あの子はいい子だったのですか、それとも、いい子ではなかったのですか？」とポアロはしつこくきいた。

ミセス・ドレイクは彼を見て、非難するような身振りをした。

「ムッシュー・ポアロ、あの子は死んだのだということをお忘れないように」

「死んでいようと生きていようと、これはだいじなことなのです。もしジョイスがいい子だったのなら、誰も殺そうなどとは思わないでしょうが、もし、いい子でなかったら、あるいは誰かが殺そうと思い、ほんとに殺さないともかぎりませんし――」

「でも、わたくしの考えでは――それは、いい子だとか悪い子だという問題ではないんじゃないでしょうか？」

「かもしれません。また、わたしがきいたところでは、あの子は人殺しの現場を見たと言い張っていたそうですね」

「ああ、またそのことですね」とミセス・ドレイクは軽蔑するように言った。

「あなたはあの言葉をまじめにとっておいでではないんですね」

「もちろん、とるものですか。あんなことを言うなんて、まったくばかげてますもの」

「どういういきさつで、そんなことを言うはめになったんですか？」

「それが、こちらのミセス・オリヴァのことで、みんなひどく興奮してたようなんです。あなたはとても有名なのよ。そのことを忘れないで、ね、あなた《ディア》」とミセス・ドレイクはミセス・オリヴァに向かって言った。

〝あなた《ディア》〟という言葉は、彼女の口からでると、あまり熱意がこもっているような気がしなかった。

「そうでなければ、そんな話題がもちあがるはずはなかったと思うんですけど。子供たちは有名な女流作家に会ったというので、すっかり興奮して——」

「そこで、ジョイスが人殺しの現場を見たと言ったわけですね」とポアロは考え考え言った。

「ええ、そんなふうのことを言ってましたわ。ほんとは、わたくし、よく聞いていなかったんですけど」

「でも、ジョイスがそう言ったことは憶えておいでなんですね？」

「ええ、そう言いましたわ。でも、わたくし、信じませんでしたわ。ジョイスの姉がすぐにとめました。それが当然だったのですけど」

「そのことでジョイスは腹をたてたんですね」

「ええ、ほんとよ、ほんとよ、となんども言ってましたわ」

「実際は、ジョイスはそのことで得意になっていたわけですね？」

「そう言えばそうですわ」

「事実だったのではないかと、わたしは思いますね」とポアロは言った。

「ばかばかしい！　わたくし、そんなことは一分間でも信じやしませんわ。ジョイスはそんなくだらないことをよく言ってたんですもの」

「ジョイスはくだらない子だったのですか？」

「ええ、なんでも派手に見せたがるタイプの子だったようですわ。いつも、ほかの女の子たちより余計見るとか、余計するとか、そんなことをしたがる子でしたわ」

「あまり人に好かれる性格ではなかったんですね」とポアロは言った。

「ええ、そりゃもう」とミセス・ドレイクは言った。「ほんとに、いつでも口に戸をたててやらねばならないような子でした」

「その場にいたほかの子供たちは、このことについてどんなふうに言っていましたか？感銘を受けたようでしたか？」

「みんな、からかうように笑っていましたわ。だから、もちろん、なおさら彼女は言いつのったんですわ」

「さて」とポアロは席を立ちながら言った。「その点について、あなたのはっきりした証言を得て、わたしは満足です」彼はていちょうに彼女の手をとって、頭をさげた。「失礼いたします、マダム、この不愉快きわまる事件の現場を見ることを許していただいて、まことにありがとうございました。この事件であまり強く不愉快な思い出が残らないように祈ります」

「そりゃこういうことを思いだすのは、とてもつらいことですわ。わたくしはあのパーティがうまく運ぶようにと願っておりましたの。そして事実、うまく運んでいて、あの怖ろしい事件が起こるまでは、みんな、とても楽しそうにしていたようでしたわ。でも、人間ができることといえば、なにもかもすっかり忘れることですわね。もちろん、ジョイスが人殺しを見たなんて、あんなくだらないことを言ったのが不運なんですけど」

「ウドリー・コモンで、いままでに殺人事件が起こったことがありますか？」

「わたくしが覚えているかぎりではございませんわ」とミセス・ドレイクははっきり言った。

「われわれが生きている、この犯罪増加の時代にしては、それは、いささか異常とは思えませんかね？」

「そう言えば、トラックの運転手が仲間を殺したとか——なにかそんな事件でしたわ——それに、ここから十五マイルばかり離れた砂利穴《じゃり》に、小さな女の子が埋められているのがみつかったとか、そんなことがあったと思いますけど、それはずいぶん昔のことですわ。どちらも下劣でおもしろくもない犯罪でした。たいていお酒のせいだったようですわ」

「実際には、十二や十三の女の子が目撃しそうにもない殺人ですね」

「そんなこと、とても考えられませんわ。それに、ここではっきり申しあげておきますが、ムッシュー・ポアロ、ジョイスが言った話は、ただ、友だちに感銘を与えるため、それから、有名な人物の興味をひくためだったのです」彼女は冷ややかな目つきでミセス・オリヴァを見た。

「ほんとは」とミセス・オリヴァが言った。「わたしがあのパーティに出たのがいけなかったんでしょうね」

「まあ、そんなことはありませんよ。もちろん、わたしはそんな意味で言ったんじゃありませんわ」

ポアロはミセス・オリヴァとならんでその家を離れるとき、溜め息をついた。

「人殺しなんか、とても起こりそうにない家ですね」と彼は門に通ずる小径を歩きながら言った。「雰囲気もない、悲劇にとりつかれた感じもない、殺してやりたいような人物もいない、とは言いながら、ときどき、誰かが、ミセス・ドレイクを殺したい気持ちになるのではないかと、そんな気がしてならないんですよ」

「あなたのおっしゃる意味はわかりますわ。あの人、ひどく人の癇《かん》にさわるようなことを言いますからね。それで、自分ではいい気になり、満足しているんです」

「ご主人というのはどんな方ですか？」

「いいえ、あの人、未亡人なんです。ご主人は一年か二年前に亡くなりました。ポリオにかかって、何年も足が不自由だったのです。もとは銀行家だったと思います。運動や狩猟が大好きで、そんなことをすっかりあきらめ、病人として暮らすのをいやがっていたそうです」

「そうです、まったく」ポアロは話をジョイスという女の子のことにもどした。「これだけ話してください。ジョイスの話をきいていた人で、人殺しのことを本気にした人がありましたか?」

「さあ、どうですかね。そんな人はいなかったと思います」

「たとえば、ほかの子供たちは?」

「わたし、ほんとは、いま子供たちのことを考えていたんです。そうですね、みんなジョイスの話を信じてはいなかったようですわ。作り話をしていると思ってたんです」

「あなたもそう思っていましたか?」

「ええ、そうですわ。もちろん」彼女はつけくわえた。「ミセス・ドレイクは、そんな人殺しなんか実際には起こらなかったと思いたかったんでしょうけど、まさか、そこまでは言えなかったんでしょうね」

「こんどの事件は、あの人にとってずいぶんつらいことでしょうね」

「ある程度はそうでしょう。でも、いまでは、実際のところ、楽しみながらそのことを話すようになってきてると思いますわ。あの人はいつまでもこのことで黙っていなくてはならないなんて、気にいらないいんじゃないかと思います」

「あなたはあの人が好きですか」とポアロはきいた。「いい人だと思いますか？」

「なかなかむずかしい質問をなさいますわね。答えようがありませんわ。あなたが興味をおもちになるのは、いい人か、いい人でないかということだけみたいですね。ロウィーナ・ドレイクはボス的なタイプなんです――いろんなことや、いろんな人々を思うように動かすのが好きなのです。あの人はこの町一帯を、多少なりとも自分で動かしているんではないでしょうか。でも、すごく能率よくやっていますわ。ボス的な女が好きかどうかによりますけど、わたしはあんまり――」

「これから訪ねていこうとしている、ジョイスのお母さんというのは？」

「この人はとてもいい人です。すこし頭はにぶいようですけど。お気の毒ですわ。自分の娘が殺されるなんて、ずいぶん怖ろしいことですわね？　そして、もっとひどいのは、この土地の人がみんな、この事件を性的犯罪だと思ってることですわ」

「でも、性的な暴行の証拠はなかった、そういうふうに、わたしはきいてるんですがね？」

「そうですわ。でも、世間の人はそういうことが起こると思いたがるものですわ。だって、そのほうが刺激的ですもの。人間てどんなものか、ご存じでしょう?」

「人はそう思いたがるものだと思っています――でも、ときには――そうですな――われわれにはほんとはなんにもわからないのですよ」

「ミセス・レノルズに会いにいくには、わたしの友人のジュディス・バトラーに連れてってもらうほうがいいんじゃないでしょうか? ジュディスならよく知っていますし、わたしは会ったこともないんですから」

「わたしたちは計画どおりするのですよ」

「〝コンピューター・プログラム〟は滞りなく働きつづける」とミセス・オリヴァはすこし反抗的な口調でつぶやいた。

第七章

ミセス・レノルズはミセス・ドレイクとはまるで正反対の女であった。彼女には万事ぬかりのない有能さなんて影もないし、また、実際にそんな性格には縁もゆかりもなさそうだった。

彼女はしきたりどおりの黒い服を着て、手には涙にしめったハンカチを握りしめ、いまにも泣きだしそうな風情《ふぜい》であることは、一目でわかった。

「ほんとにご親切に」と彼女はミセス・オリヴァに向かって言った。「わたしたちの力になってくださるために、わざわざお友だちを連れてきてくださるなんて」彼女はしめっぽい手でポアロの手を握り、彼を信頼しきったわけでもない目つきで見た。「そりゃ、この方がどんな意味ででも力になってくださることができれば、わたし、どんなに嬉しいかわかりませんけど、どなたかに、なにかができるなんて思えませんもの。かわいそうに、どんなことをしても、あの子が帰ってくるわけじゃありませんし。考えると、もうぞっとするようで。あんな年端《としは》もいかない子を、わざと殺すなんて、いったい人間にできることでしょうか。あの子が大声さえあげていれば——そんなことを言ったって、犯人はあの子の頭を力ずくで水のなかにいれて、そのまま押さえていたのですね。ああ、それを考えると、わたし、もうたまらない気持ちになって。ほんとに、とても」

「まったくです、マダム、わたしはあなたを苦しめるつもりはないのです。どうぞ、そのことは考えないでください。わたしは、ただ二つ三つおききしたいことがあるだけで、これがわかりますと、あるいは——つまり、お嬢さんを殺した犯人を見つける役にたつかもしれないのです。あなたご自身では、たぶんこれが犯人らしいというような人物には、お心当たりはないのでしょうね？」

「心当たりなんて、そんなもの、どうしてわたしにございましょう？　そんな人がいるなんて思ってもいませんでしたわ、この土地に住んでいる人っていう意味ですけど。ここはとてもいいところなのです。そして、ここに住んでいる人たちは、とてもいい人たちなのです。たぶん、どこかのものが——誰か悪い男が窓からはいったんですわ。たぶん、麻薬かなんかのんでいたんでしょう。明かりを見て、パーティだとわかったので、押しいってきたのですわ」

「あなたは、犯人が男だと、すっかり思いこんでおいでなのですね？」

「だって、そうにちがいありません」ミセス・レノルズはふいをつかれたようだった。「男にきまってますわ。女だなんて、そんな」

「女でも、あれくらいの力がないとは言えませんよ」

「ええ。おっしゃる意味が、ある程度はわかる気がいたしますわ。このごろでは、女でも運動やなんかを、昔よりずっとやるようになったという意味でしょう。でも、女はこんなことはいたしませんわ。ジョイスはまだほんの子供だったんですもの——たった十三で」

「あまりながくお邪魔したり、とんでもない質問をしたりして、お心を苦しめたくないのです、マダム。そんなことは、きっと警察がほかのところで、もうとっくにやっているることでしょうし、心の痛む事実にいつまでもこだわって、あなたを苦しめたくはありません。これはお嬢さんがパーティでおっしゃった言葉にかかわりあいがあるのです。あなたはパーティにはいらっしゃらなかったんでしたね？」

「ええ、参りませんでした。このところ、わたし、あまり気分がすぐれませんでしたし、子供たちのパーティって、すごく疲れるものですから。子供たちを車で送っていって、後でまた迎えにまいりましたの。行くときは三人の子供がいっしょでした。アンというのが一番年上で十六、レオポルドというのは、もうすぐ十一になる子です。あなたがおききになりたいっていう、ジョイスが言ったことっていうのは、どんなことですの？」

「パーティに出ていたミセス・オリヴァが、お嬢さんの言葉を正確に話してくださるでしょう。たしか、お嬢さんは、以前に人殺しの現場を見たとおっしゃったらしいです」

「ジョイスが？　まあ、あの子がそんなことを言うはずはございませんわ。いったい、どんな殺人の現場をあの子が見たというのでしょう？」

「さよう、誰でもそんなことがあったとは考えられないと思ったようです」とポアロは言った。「ただ、あなたはそんなことがあったとお考えになったかどうか、それが知りたかったのです。お嬢さんが、そんなことをあなたに話したことがありますか？」

「人殺しを見たっていうことを？　ジョイスが？」

「忘れないでいただきたいのですが、殺人という言葉は、ジョイスの年ごろの子供は、すこし大まかな意味で使うことがあるものです。もしかすると、誰かが、ただ車にひかれたというだけのことかもしれないし、子供たちが喧嘩《けんか》かなんかして、一方が相手を川に突っこんだとか、橋から突き落としただけのことかもしれません。たいへんなことになるとは思わずにしたことが、不幸な結果になったというようなことです」

「さあ、この土地で起こって、それがジョイスの眼につくような事件なんて、ちょっと思いうかびませんし、ジョイスがそんなことをわたしに話したことなんかございませんわ。きっとジョイスはふざけて言ったんでしょう」

「ジョイスはとても確信ありそうでしたよ」とミセス・オリヴァは言った。「ほんとうだって、自分は見たんだって、一歩もひかずに言いつづけていましたわ」

「あの子の言うことを信じた人があったのですか?」とミセス・レノルズがきいた。

「知りませんな」とポアロが言った。

「信じてはいなかったと思いますわ」とミセス・オリヴァが言った。「というより、みんなは、その——なんと言ったらいいでしょう——信じていると言って、ますますジョイスをいい気にならせたくなかったんだと思いますわ」

「みんなはジョイスを笑いものにして、そんなことは作り話だと言ったようですな」とポアロは、ミセス・オリヴァほどの思いやりを見せずに言った。

「まあ、あんまりひどいじゃありませんか」とミセス・レノルズが言った。「それじゃ、前からジョイスが、そんなふうに嘘ばかりついていたように聞こえるじゃありませんか」彼女は顔を真っ赤にして、怒ったようすだった。

「わかっています。ありそうもないことです」とポアロは言った。「こう考えるほうが、ほんとらしくないでしょうか。つまり、ジョイスはなにか事件を見た、そして、これは殺人だと自分には思えた、ところが、それはあの子の思いちがいだった、というふうにね。まあ、事故かなにかで」

「もしそうだったら、まず、わたしに話すんじゃないでしょうか？」とミセス・レノルズはまだ腹立たしさがおさまらないといったようすで言った。

「誰でもそう考えます」とポアロは言った。「あの子が、いままでなにかの拍子《ひょうし》に、そのことを話したことはありませんか？　あなたが忘れているということも考えられますよ。とくに、それがたいして重要なことでなかった場合にはね」

「いつごろのことだと思ってらっしゃるんですか？」

「わかりません」とポアロは言った。「これもこの事件の謎の一つです。三週間前のことかもしれない――あるいは、三年前のことかもしれない。ジョイスはそのとき自分は、〝まだとっても小さかった〟と言っています。十三の子が、とっても小さかった、と考えるのは、いくつくらいのことでしょうか？　この界隈《かいわい》で、なにかセンセイショナルな事件があったのを憶えておいでではありませんか？」

「さあ、ないようですわ。といっても、いろんな話は耳にはいります。あるいは、新聞の記事で眼につくこともございます。わたしの言うのは、つまり、女が襲われたとか、娘と恋人が襲われたとか、そんな事件のことですわ。でも、記憶に残ってるような大きな事件とか、ジョイスが関心を持ったりするようなことはなかったようですわ」

「でも、ジョイスが人殺しを見たと確信ありげに言ったとすると、ほんとに見たと考えていたのだとはお思いになりませんか?」

「ほんとに見たと考えていなければ、そんなことは言わないんじゃないでしょうか?」とミセス・レノルズは言った。「ほんとは、なにかをごっちゃにしたにちがいないと思いますけど」

「さよう、そう考えられないこともないようです。いかがでしょう。その夜のパーティにでてた二人のお子さんと、お話しするわけにはまいりませんでしょうか?」

「ええ、よろしゅうございますとも。といって、あの子たちからなにが聞きだせるとお考えになってるか存じませんけど。アンは〝A〟をとるんだと言って、二階で勉強してますし、レオポルドは庭で模型飛行機の組み立てをしてますわ」

レオポルドというのは、がっしりした体つきの、がっしりした肉付きのいい顔の男の子で、機械の組み立てに夢中になっているようすだった。しばらくしてから、やっと自分に向けられている質問に注意を向けた。

「きみはあそこにいたんだね、レオポルド? 姉さんが言ったことを聞いたんだね? 姉さんはなんて言ったの?」

「ああ、あの人殺しのことかい?」彼はうるさそうに言った。

「うん、そうだよ。姉さんは、前に人殺しを見たことがあるって言ったんだ。ほんとにそんなものを見たのかな？」

「ちがうよ、見てなんかいるもんか。いったい、誰が殺されてるのを見たというんだい？　いかにもジョイスの言いそうなことさ」

「どういう意味だい、いかにもジョイスの言いそうなことだっていうのは？」

「人の気をひきたいのさ」とレオポルドは言って、電線を巻きながら、鼻から大きく息を吐き、夢中になって仕事をしていた。「姉さんは、まあ、すごくばかというのかな。人が急にすわりなおして、聞き耳をたてるようなことなら、どんなことでも言うんだもん」

「じゃ、あれはみんな姉さんの作り話だって、ほんとにきみはそう思ってるんだね？」

レオポルドは視線をミセス・オリヴァのほうに移した。

「姉さんは、おばさんの気をひきたかったんじゃないかな。おばさんは探偵小説を書いてるんだろう？　姉さんがあんなことを言ったのは、ほかの子より自分のほうに、おばさんの注意をひくためだったと思うな」

「それもまた、やっぱり姉さんらしいやり方だと言うんだね？」とポアロが言った。

「うん、姉さんはでたらめでもなんでも言うんだ。でも、誰もほんとだと思った人なんかいやしないよ」

「きみは、ちゃんと聞いてたのかい？　誰かひとりでも、ほんとだと思った人がいたとは思わないかい？」

「そうだな、ぼく、姉さんが言ってたのは聞いたんだけど、ほんというと、ちゃんとは聞いてなかったんだよ。ビアトリスが姉さんのことをからかうように笑ったし、キャシーも笑ってたよ。みんな、〝そんなの嘘っぱちの作り話よ〟っていうようなことを言ってたよ」

レオポルドから聞きだせそうなことは、もうあまりなさそうだった。彼らが二階へあがっていくと、十六歳という年齢よりは、ややませてみえるアンが、あたり一面いろんな教科書やなんかを散らかして、テーブルにかじりついていた。

「ええ、パーティには行ってました」彼女は言った。

「妹さんが人殺しを見たことがあるとかで、なんか言ってたのを聞いていましたね？」

「ええ、聞いてました。でも、まるっきり気にしてませんでした」

「あの話をほんとだと思わなかったんですね？」

「だって、嘘にきまってますもの。ここでは、もうながいあいだ、人殺しなんか起こっていません。ここ何年間か、ほんとの殺人事件なんか起こったことはないと思います」

「では、なんでまた妹さんはあんなことを言ったんだと思いますか？」

「だって、人の目をひくのが好きなんです。いえ、ふだんから人の目をひくのが好きだったという意味です。いちどなんか、インド旅行のすばらしい話をしていたことがあります。伯父が船でインドに行ったことがあるものですから、いっしょに行ったみたいに言うのです。学校の女の子では、その話をほんとだと思ったものが、ずいぶんたくさんいたものです」

「とすると、ここ三年か四年のあいだに、このあたりで殺人と言えるような事件があった記憶はないんですね？」

「ええ、月並みのは別ですけど。つまり、毎日、新聞にでているようなのはっていう意味です。それに、そういう事件でも、ほんとにこのウドリー・コモンでは起こっていないのです。たいてい、メドチェスタだったと思います」

「妹さんを殺したのは、誰だと思いますか、アン？　あなたはジョイスの友だちを知っているはずだし、ジョイスに好意をもっていなかった人も知っているはずです」

「誰かが妹を殺したいと思っていたなんて、あたし、想像もできません。すこし頭のおかしい人だと思いますわ。そんな人でなくちゃ、そんなこと考えるでしょうか？」

「妹さんと喧嘩をしたり──うまく折り合ってなかったりしてた人はいませんでしたか

？」

「つまり、敵がいたかってことですか？　そんなの、ばかげた考えだと思います。人間にはほんとの敵なんかいるものじゃありませんもの。ただ、好きでない人がいるだけです」

彼らが部屋を出ようとすると、アンが言った。

「ジョイスのこと、悪口は言いたくありません、だって、もう死んでるんですもの、それに、そんなこと、意地わるみたいになるんですもの。でも、ほんと言うと、ジョイスはとってもすごい嘘つきでした。自分の妹のことでいろんなことを言うのはいやなんですけど、ほんとだったのです」

「調査はいくらか進んでいますの？」二人でレノルズ家を後にしながら、ミセス・オリヴァが言った。

「いや、いっこうに」とエルキュール・ポアロは言った。それから、「それがおもしろい」と考え考え言った。

ミセス・オリヴァは、彼の意見には賛成しかねるというような顔をしていた。

第八章

〈パイン・クレスト荘〉に着いたのは六時であった。エルキュール・ポアロはソーセージを一きれ口のなかに押しこみ、その後からお茶をひとくち飲んだ。お茶は濃すぎて、ポアロにはとても口にあわなかった。ところがソーセージのほうはおいしかった。調理には申し分がなかった。彼は、テーブルの向こう側で、大きな褐色のティーポットを前に、女主人役をつとめているミセス・マッケイのほうへ、賞賛のまなざしを送った。

エルスペス・マッケイは、あらゆる点で、兄のスペンス警視とはまるで正反対であった。彼は肩幅なんかたっぷりしているのに、彼女のほうはぎすぎすしていた。彼女の彫りの深い、肉のない顔は、抜け目なく値ぶみするような表情で、世間を見ていた。彼女は糸のように痩せていたが、それでも二人のあいだには、どこか似たところがあった。おもに、眼と、あごのがっしりと目だつ線であった。二人とも判断力と良識にかけては信頼してもよさそうだな、とポアロは思った。それぞれ違った意見を吐くのではあろうが、それはそれだけのことである。スペンス警視は、充分な思考と熟慮の結果として、ゆっくり、慎重に発言するだろう。ミセス・マッケイはネズミに飛びかかる猫のように、すばやく、鋭くまくしたてるだろう。

「問題は」とポアロが言った。「この子の性格如何《いかん》によるところが多いのです。ジョイス・レノルズ。この子のことが、いちばんわたしの頭を悩ませているのです」

彼は物問いたげな視線をスペンスに向けた。

「わたしではだめですよ」スペンスが言った。「わたしはこの土地に住むようになってからまだ日は浅いんでね。エルスペスにきいたほうがいいでしょう」

ポアロは問いかけるように眉をあげて、テーブルの向こう側を見た。ミセス・マッケイの答えは例によってはっきりしていた。

「あの子は、まるっきりの嘘つきだったと言っていいでしょうね」

「当人を信用して、言ったことを信ずるような気にはならない子だったのですね？」

エルスペスはきっぱりと首を振った。

「ええ、そのとおりですの。とほうもない作り話をするのです、おまけに、それが上手なんですよ。でも、わたし、ほんとだなんて思ったことは、いちどもありませんわ」

「人の目をひくために、そんな話をするのですか？」

「そうですの。インドの話は、もうお聞きになったでしょうね？　あの話をほんとにした人もずいぶんいたんですよ。休暇で行ったんですって、家族みんなで。どこか外国へね。父親だったか、母親だったか、伯父さんだったか、伯母さんだったか知りませんけどね、なんでもインドへ行ったとかで、その休暇から帰ってくると、家族に連れてってもらったときのいきさつを、とんでもない作り話にして話すのです。マハラージャのこととか、虎狩りや象のこととか——ええ、そりゃすばらしい話ばっかりで、このあたりでもほんとだと思いこんでた人がずいぶんいましたわ。でも、わたし、はっきり言ってやりましたの、あの子の話はオーバーだって。最初のうちは、ただ誇張して言ってるだけかもしれないって思ってましたの。ところが、話をするたんびに、だんだん大きくなるんですよ。虎の数がふえるんですよ、わたしの言う言葉、おわかりでしょうけど。ほんとにあり得ないほどの虎が出てくるんです。象にしてもそうなんですの。わたしは、あの子がとほうもない作り話をすることは、前から知ってましたけどね」

「いつも人の注意をひくために？」

「ええ、おっしゃるとおりですわ。あの子は人の注意をひくことにかけては天才的でしたもの」

「ある子供が行ったこともない旅行のことで、とほうもない作り話をしたからといって」とスペンス警視が言った。「その子が話すとほうもない話は、みんな嘘ばっかりとは言えないだろう」

「それはそうかもしれません」とエルスペスが言った。「でも、二度のものは三度っていうこともありますからね」

「では、かりにジョイス・レノルズが殺人の現場を見たと口走ったとしても、おそらく嘘をついてるんだと思って、その話が事実だったとは信じなかったろうと考えるんだね？」

「まあ、そうでしょうね」

「おまえのほうがまちがってないとは言えないよ」とスペンスが言った。

「そうですわ」とミセス・マッケイは言った。「誰にだってまちがいはありますよ。〝狼だ、狼だ〟って叫んでいた男の子が、あまりしょっちゅう叫んでいたものだから、ほんとの狼があらわれたとき、誰もほんとと思わなかったので、狼に食われてしまったという、昔話に似てますわね」

「すると、あなたは、結局——」

「それでも、やっぱり、あの子はほんとのことを言ったんではないんじゃないかと思いますわ。でも、わたしは偏見のない女です。あるいは、あの子はほんとのことを言ってたのかもしれません。あるいは、なにかを見たことがあったのかもしれません。自分で言ってたほどのことではなくても、なにかをね」

「そのために、あの子は殺されたのだ」とスペンス警視は言った。「このことを忘れちゃいけないよ、エルスペス。あの子は、そのために殺されたのだ」

「そりゃわかってますよ。だからこそ、あの子のことを誤解してたんじゃないかと言ってるんですよ。そして、もしそうだったらすまないと思いますわ。でも、あの子を知ってる人にきいてごらんなさい、嘘をつくのはあの子の生まれつきだったと言いますから。あの子はパーティに来ていて、いいですか、興奮していたのですよ。舞台効果をねらったんですわ」

「実際は、誰もあの子の話を信じなかったのです」とポアロは言った。

エルスペス・マッケイはあいまいな態度で首を振った。

「殺されるのを見た、とあの子がいうのは、いったい誰のことでしょう」とポアロが言った。

彼は兄から妹へと視線をうつした。

「誰でもありませんよ」とミセス・マッケイはきっぱり言った。

「この土地でも死んだ人はあるはずです、そうですな、この三年ぐらいのあいだに」

「ああ、そりゃ当然いますよ」とスペンスは言った。「日常の死に方ならね――老人とか、病人とか、誰でも納得するような――あるいは、自動車のひき逃げぐらいは――」

「日常的でない、思いがけない死は？」

「そうですね――」エルスペスは言いよどんでいた。「それは、つまり――」

スペンスが助け舟をだした。

「すこしばかり名前を書きだしておきましたよ」彼はその紙をポアロのほうへ押しやった。「あちこち訊ねまわる手間を、すこし省いてあげようと思ってね」

「この人たちが、被害者ということになるんですね？」

「それほどのものじゃありませんがね。ま、可能性の範囲内にあるというところですかな」

ポアロは声にだして読みあげた。

「ミセス・ルウェリン・スマイス。シャーロット・ベンフィールド。レズリー・フェリア、ジャネット・ホワイト――」そこで彼は言葉を切り、テーブル越しに向こうを見て、最初の名前をもういちど読みあげた。ミセス・ルウェリン・スマイス。

「もしかするとね」とミセス・マッケイが言った。「ええ、あのあたりになんかあるかもしれませんよ」それから、〝オペラ〟と聞こえるような言葉をつけくわえた。

「オペラ?」ポアロは狐につままれたような顔をした。オペラのことなど聞いたことがなかったのだ。

「ある晩、出かけていってね。それっきり、消息がないんですよ」

「ミセス・ルウェリン・スマイスが?」

「いえ、そうじゃないんですよ。オペラの女なんですよ。その女なら薬のなかになんでも簡単にいれられたんですよ。それに、財産をすっかり相続しましてね——いえ、そのときは、その女もそう思ってたんですよ」

ポアロは説明を求めるようにスペンスを見た。

「そして、それ以来、まるっきり消息がないんです」とミセス・マッケイは言った。

「外国人の女なんて、みんな似たようなものですわ」

〝オペラ〟という言葉の意味が、ポアロにもわかってきた。

「住み込み《オ・ペール》女秘書ですね」と彼は言った。

「そうです。老婦人といっしょに暮らしていたのですけど、老婦人が亡くなってから一週間か二週間すると、そのオ・ペールの女が姿を消したんですよ」

「たぶん、どこかの男と駆け落ちしたんだと思うな」とスペンスが言った。

「ところが、そうだとしても、相手の男のことは誰も知らなかったんですよ」とエルスペスが言った。「それに、この界隈では、いつも噂話がうるさくてね。誰が誰とあいびきしてるなんて、たいていわかってるんですよ」

「ミセス・ルウェリン・スマイスの死について、どこかおかしいと思った人はいなかったのですか？」とポアロがきいた。

「さよう。以前から心臓がわるくてね。定期的に医者の診察をうけていましたよ」

「でも、あなたは被害者と思われる人のリストのまっさきに、その老婦人をあげてますね？」

「それですよ、その婦人は金持ちでね、それも、すごい金持ちなんでして。彼女の死は予期されないことではなかったのだが、じつに突然でしてな。まあ、あっというまのことで、ファーガソン博士も驚いていましたよ、たとえ、ほんのちょっとにしてもね。わたしの考えでは、博士はもうすこしは生きていると思ったんじゃないかな。だが、医者をしていると、こういう不測のことはありがちなことらしいな。その婦人は医者のいうことをよく守る患者じゃなかったんですよ。なんでもあまり根をつめてはいけないと言われていたのに、自分の好きなようにやってたんですからな。たとえば、彼女は庭仕事に熱中していたのだが、これがまた心臓にはじつによくないんですよ」

エルスペス・マッケイが話を引きとった。

「あの老婦人は健康状態がわるくなってからここに来たのです。それまで外国で暮らしていたのですよ。ここに来たのは、甥と姪のドレイク夫婦の近くに住むためで、〈クオリ・ハウス〉を買ったんです。宏壮なヴィクトリア朝風の家で、いまは使っていない石切り場《クオリ》があって、これでなにかできそうだと、彼女は心をひかれたらしいのです。そこで、何千ポンドというお金をつかって、その石切り場を、隠し庭っていうんですか、なんでもそんなふうなものに改造したのです。ウィズリだったか、どこかそんなところから、それを設計させるために、わざわざ造園師を呼びましてね。ええ、そりゃもう、一見の価値のあるものですわ」

「いちど行って拝見しましょう」とポアロは言った。「もしかすると——なにかいい考えを思いつかないともかぎりませんからね」

「ええ、わたしがあなただったら、ぜひ参りますわ。見るだけのことはありますもの」

「それで、その老婦人は金持ちだという話でしたね？」

「大きな造船会社の持ち主の未亡人でね。お金なら唸《うな》るほど持っていましたわ」

「前から心臓が悪かったのだから、彼女の死は予期されないことではなかったが、それにしても突然だったのですよ」とスペンスが言った。「死因に不自然なものがあるのではないかというような疑問は起こりませんでしたな。心臓衰弱だったかな、医者はなんだかもっとながたらしい病名を使ってましたが。冠状なんとか」

「検視というような問題は起こらなかったのですか？」

スペンスは首を振った。

「以前にも似たようなことがありましたよ」とポアロは言った。「ある相当の年配の婦人がいましてね、階段を走って上がったり下りたりしてはいけない、あまり庭仕事に熱中してはいけない、そのほかいろいろと用心するように言われていたのです。でも、いままでずっと庭いじりに熱中し、ほかのことでも、ほとんど好き勝手にしてきた精力的な女性だと、たいていの場合、こういう勧告を相当の敬意をもって取り扱おうとしないものですよ」

「まったくですね。ミセス・ルウェリン・スマイスは石切り場をすばらしい庭園に作りなおした——いや、造園家がと言うべきかな。三年か四年、造園家と彼女はそれにかかりっきりでした。あれはたしかアイルランドでだったと思うが、環境保護団体《ナショナル・トラスト》の庭園視察旅行で行って、彼女はどこかの庭園を見てきたんですな。それを頭において、その石切り場をすっかり造りかえたんですよ。さよう、百聞は一見にしかずですからな、ごらんになることとです」

「とすると、これは土地の医師に証明された自然死ということになりますね。それは、いまもここに住んでいるあの医者と同じ人ですか？　これから、わたしが会いにいこうと思っている？」

「ファーガソン博士――そうです。年は六十くらいで、腕もいいし、評判もいいんですよ」

「でも、あなたはその老婦人の死を、あるいは殺人ではなかったかと思っているんですね？　いままで話してくださった理由以外に、なにかあるんですね？」

「そのオペラ娘ですわ、たとえば」とエルスペスが言った。

「なぜです？」

「だって、その女が遺言状を偽造したにちがいないんですもの。その女でなければ、誰が遺言状なんか偽造しますか？」

「もっと聞かせてくださることをお持ちのようですね」とポアロは言った。「偽造された遺言状というのは、いったい、どういうことですか？」

「それが、老婦人の遺言状を検認っていうのかしら、そのときになって、ちょっとした騒ぎが起こりましたの」

「新しい遺言状でしたか？」

「なんていうのかしら――なんでも、コディなんとかっていう――遺言補足書《コディシル》かしら」

エルスペスがポアロのほうを見ると、ポアロはうなずいた。

「彼女は前に遺言状を何通かつくっていたのです」とスペンスが言った。「変わりばえのしないものでね。慈善団体への寄附、古くからの召使いたちへの遺贈といったようなものだが、財産の大半は、どの遺言状でも近い親類の甥夫婦に行くことになっていたのです」

「それで、その特別の補足書というのは？」

「全財産をオペラ娘に贈るというのです」とエルスペスが言った。「〝その献身的な奉仕と優しさに報いるため〟なにかそんなふうな意味でしたわ」

「では、その住み込み《オ・ペール》女秘書のことを、もっと教えてください」

「ヨーロッパの中部のどこかの国の人なのです。ながたらしい名前でしたわ」

「その老婦人のところには、どのくらい住んでいたのですか？」

「ほんの一年とちょっとですよ」

「あなたは、その方のことをさっきから老婦人と言っておいでですね。おいくつだったのですか？」

「六十はだいぶ越してましたね。六十五か六じゃなかったかしら」

「それなら、それほど年よりというわけではありませんね」とポアロが同情するように言った。

「どうみても、彼女は遺言状を五、六通はつくっていましたよ」とエルスペスが言った。「バートも申しましたように、みんな、たいして変わりばえのしないものでした。一つ二つの慈善団体にお金をのこして、何通目かではその慈善団体を変え、古くからの召使いにはそれぞれ形見を贈るというようなことでした。でも、財産の大半は、いつも甥とその奥さん、それに、もう一人、年よりのいとこのものになることになっていました。でも、そのいとこは老婦人が亡くなったときには、もう死んでいましたけどね。それから、前から建てていたバンガローを造園師に贈り、好きなだけいつまでも住んでいていい、そして、なにか定収入のあるものを残しておいて、それで石切り場の造園を維持し、一般に公開するようにという条件をつけていました。まあ、だいたいそんなところでしたわ」

「遺族の方から、老婦人の精神の均衡がみだされていて、不当な圧力がかけられていたという異議の申し立てがあったと思いますが？」

「ことによったら、そこまで行ったんではないかと思いますがね」とスペンスが言った。「弁護士がすぐに偽造だと見破ったんです。一見して、あまりよくできた偽造ではなかったのでね。ほとんど即座に指摘しましたよ」

「あのオペラ娘だったら、そんなことくらいわけなくできることを示す状況がわかりました」とエルスペスが言った。「あの女はミセス・ルウェリン・スマイスの手紙をたくさん代筆していますし、ミセス・ルウェリン・スマイスは友だちにタイプした手紙を送ったりなんかするのが、大嫌いだったらしいのです。事務的な手紙でないときは、ミセス・ルウェリン・スマイスは、いつも〝ペンで書いて、できるだけわたしの筆蹟に似せて、わたしの名前を署名しておくれ〟と言ったんです。掃除婦のミセス・ミンデンも、ある日老婦人がそう言ってるのを耳にしています。そこで、わたし、考えるんですけど、あの女はいつもそんなふうにして、雇い主の筆蹟を真似しているうちに、突然、これならこれを実際にやっても、まんまと逃げおおせると思ったんですね。そして、事実、そのとおりのことをしたんです。でも、弁護士の眼はごまかせませんわ、すぐ見破られてしまいましたの」

「ミセス・ルウェリン・スマイスの顧問弁護士ですね？」

「ええ。フラートン・ハリソン・レドベター法律事務所です。メドチェスタでは、とても評判のいい法律事務所ですわ。彼女の法律上の事務はすべて、いつもこの事務所で扱っておりました。とにかく、弁護士側は鑑定人をつけ、いろいろ疑問の個所を調べ、その女もいろいろと質問され、すっかり怯《おび》えてしまったんですね。ある日、持ち物を半分かた残したまま、突然姿をくらましたのです。弁護士側では訴訟手続きをとろうと準備中だったのですが、女のほうじゃ、それまでぐずぐずしていなかったわけですわ。簡単なんですよ。逃げるのは。実際に言って、時機さえうまく見はからえば、この国から出ていくのはわけないんです。だって、日帰り旅行なら、大陸へでもパスポートなしで行けるし、誰か向こうにいるものにちょっと手はずをととのえておいてもらえば、実際に逮捕状がでるずっと前に、いろんな手配がしておけるんですもの。たぶん、あの女は自分の国に帰ったか、名前を変えたか、友だちのところへでも行っていますわ」

「でも、ミセス・ルウェリン・スマイスは自然死だったと、みんな考えていたのでしょう?」とポアロがきいた。

「ええ、その点、なにも疑問はなかったと思います。ただわたしが言いたいのは、こういうことはお医者さまがまだ疑いをいだかないうちに起こるからこそ、できるのだということなんです。ジョイスという子がなにかを聞いた、それもオ・ペール娘がミセス・ルウェリン・スマイスにお薬を飲ませると、老婦人が、〝このお薬はいつものお薬と、味がちがいますね〟と言うのを聞いたとしたら、どうでしょう。あるいは、〝このお薬は苦いわ〟とか、〝これは変ですね〟とか」

「そんなことを言うと、まるでおまえがその場にいて聞いていたと、誰でも思うよ、エルスペス」とスペンス警視が言った。「そんなのは、みんなおまえの想像だよ」

「その老婦人が亡くなったのは、いつですか」とポアロが言った。「朝、夕方、家のなか、外、自分の家で、それとも家から離れたところで？」

「自分の家でですよ。ある日、庭いじりをしていたんだが、すこし息をはずませて、あがってきてね。とても疲れたと言って、ベッドに横になりに行ったんです。そして、一言で言えば、それっきり目をさまさなかったんです。と言っても、それは医学的に言って、まったく自然死だったのです」

ポアロは小さな手帳をとりだした。開いたページには、すでに〝被害者〟と見出しがついていた。その下に彼は〝No.1の可能性あり、ミセス・ルウェリン・スマイス〟と書いた。それから次のページに、スペンスが教えてくれた名前を書きこんだ。彼はたずねた。

「シャーロット・ベンフィールドというのは？」

スペンスが即座に答えた。「十六歳の女店員。頭部に数カ所の傷。〈石切り場の森《クオリ・ウッド》〉の近くの小径で発見される。若い男が二人、嫌疑をうけた。二人とも、ときどき彼女とデートしていた。証拠なし」

「取り調べにあたって、警察に協力的でしたか？」とポアロがきいた。

「ご承知のとおりですよ。たいして変わったこともありませんでしたな。たいして協力的だったとは言えません。怯えていましてな。いくつか嘘をついたが、すぐばれるような嘘でね。殺人容疑者としての確証はありませんでしたよ。だが、二人とも犯人でないとも言いきれないといったところです」

「二人はどういう人物ですか？」

「ピーター・ゴードン、二十一歳。失業者。一つ二つ就職はしたが長続きはしなかった。怠け者。なかなかの美男子。こそどろかなんかで、一、二度執行猶予の刑をうけたことがあった。以前に暴行事件の記録はない。犯罪者予備軍というべき、始末におえない若者のグループにはいっていたが、いつも大きないざこざには巻きこまれずにいましたよ」

「それで、もうひとりのほうは？」

「トマス・ハッド。二十歳。吃音。内気。ノイローゼ。教師志望だったのだが、中途で挫折した。母親は後家さん。溺愛する母親のタイプ。彼がガールフレンドをつくるのを奨励しなかった。できるだけ自分の庇護《ひご》のもとにおいていた。ある文房具商につとめていた。刑事上の罪を犯したという話はないが、心理学的な可能性はありそうだ。殺された娘は、いいかげん彼をじらしたらしい。動機は嫉妬ということが考えられるが、さて起訴にもっていくだけの証拠はない。二人ともアリバイがあるのですよ。ハッドには母親のでね。その夜はずっと、息子は自分といっしょに家にいたと、神にかけて誓うし、家にはいなかったとか、ほかのところや、殺人現場の近くで姿を見かけたと証言するものもいないのです。ゴードンのほうのアリバイは、あまり評判のよくない友だち何人かの証言でね。たいして価値はないが、さりとて反証をあげることもできないのですよ」

「その事件が起こったのは、いつですか？」

「一年半前です」

「場所は？」

「ウドリー・コモンからそう遠くない、野原のなかの小径です」

「四分の三マイルくらいですわ」とエルスペスが言った。

「ジョイスの家の近く――レノルズ家の近くですか？」

「いいえ、村の反対側ですの」

「そうすると、ジョイスが話していた殺人だという可能性はすくないようですね」とポアロは考えこんで言った。「若い男に頭をなぐられている女の子を見たら、すぐに殺人だと考えるのが普通です。あれは殺人だったのだと考えるようになるのに、なにも一年も待つことはありませんよ」

ポアロはまた一人の名前を読みあげた。

「レズリー・フェリア」

スペンスがふたたびこたえた。

「弁護士の書記、二十八歳、メドチェスタ・マーケット街のフラートン・ハリソン・レドベター法律事務所に勤めていたのです」

「ミセス・ルウェリン・スマイスの弁護士と、あなたが言った人たちですね」

「さよう。同じ人物です」

「それで、レズリー・フェリアの事件というのは？」

「背中を刺されたのですよ。〈グリーン・スワン〉という居酒屋《パブ》から、いくらも離れていないところで。居酒屋の主人のハリー・グリフィンの細君と関係があったという噂です。その細君というのはなかなかの美人で、まったく、いまでも相当のものです。まあ、だんだん老《ふ》けてはきましたがね。彼より五つか六つは年上だったが、若い男が好きでね」

「凶器は？」

「ナイフは見つかりませんでしたよ。レズリーはその女と切れて、ほかの女とできたという噂でしたが、どの女だったか、はっきりとはわかりませんでした」

「ほう。それで、この事件の容疑者は誰でした？　亭主、あるいは細君？」

「図星です」とスペンスは言った。「二人のうちのどちらかということは考えられます。細君のほうがやりそうですな。細君というのはジプシーの血が半分まじっていて、かっとなりやすい性質でしたからな。ところが、ほかにも可能性があるのです。レズリーはまるで清廉潔白な生活を送ってきたわけではなかったのですよ。二十代のはじめに、どこかで会計をごまかして、ごたごたを起こしたことがあるのです。文書偽造の罪でね。片親だけの家庭で育ったとか、そのほかいろんなことがあるという噂です。雇い主たちは弁護をしてくれましてね。短期の刑を言いわたされ、刑務所から出ると、フラートン・ハリソン・レドベター法律事務所に雇ってもらったのです」

「その後は、まともに暮らしていたのですか？」

「それが、なにもはっきりしたことはわかりません。雇い主に関するかぎりでは、まともに暮らしているようだったが、友人との疑わしい取り引きに、二、三関係したことがあります。彼は、いわゆる悪い奴だが、慎重な奴でもあるということですかな」

「それで、結論は？」

「あまり評判のよくない仲間の一人に、刺し殺されたと考えられますな。いちど悪い奴らの仲間にはいると、そこから出ようとすれば、ナイフをお見舞いされることがよくあるのですよ」

「そのほかには？」

「彼は銀行にかなりの金を預金していました。現金で払いこまれたものです。金の出所《でどころ》はまるで見当がつきません。そのことだけでも怪しいですな」

「おそらく、フラートン・ハリソン・レドベター法律事務所からくすねたのでは？」

「彼らはそうではないと言っています。そのことを調査するために、計理士を雇ったのですよ」

「それで、金の出所は警察にもわからなかったのですか？」

「そうです」

「これも」とポアロは言った。「ジョイスの言う殺人ではないようですね」

彼は最後の名前を読みあげた。「ジャネット・ホワイト」

「学校から家へ帰る近道の小径で、絞め殺されているのを発見されました。ノラ・アンブローズという、ほかの教師と二人で一部屋を借りていましてね。ノラ・アンブローズの話によると、ジャネット・ホワイトは、一年前に関係を絶ったのに、しばしば脅迫めいた手紙をよこす男がいるので恐《こわ》いというようなことを、ときどき口にしていたそうです。この男については、なんにもわかりません。ノラ・アンブローズはその男の名前も知らないし、住所もはっきりとは知らないのですよ」

「ほう」とポアロは言った。「このほうが見込みがありそうですね」

彼はジャネット・ホワイトの名前に、太い、黒々とした印《しるし》をつけた。

「どういう理由で？」スペンスがきいた。

「ジョイスの年ごろの女の子が目撃しそうな殺人だからですよ。ジョイスには、被害者が誰だかわかったかもしれない、なにしろ、自分も知っている学校の先生だし、もしかすると、教わっていたかもしれませんからな。おそらく、彼女は加害者のほうは知らなかったでしょう。知っている女と見知らぬ男とのあいだの格闘を目撃したし、口論を聞いたとは考えられます。しかし、当時はそれ以上のこととは考えなかったのです。ジャネット・ホワイトが殺されたのは、いつのことですか？」

「二年半前です」

「これも、時期としては、だいたいあてはまりますね。ジョイスが見たと思われる男が、ジャネット・ホワイトのあごに両手をかけているところを、単に愛撫《ネッキング》しているのだとも、もしかすると殺そうとしているのだとも気づかない年ごろです。ところが、だんだん大きくなるにつれ、本来の意味がわかってきたのです」

彼はエルスペスのほうを見た。「あなたはわたしの推理に同意していただけますか？」

「おっしゃる意味はわかりますわ」とエルスペスは言った。「でも、これじゃまるで筋道がちがってるんじゃございません？　ほんの三日前に、このウドリー・コモンで子供を殺した男を探すのはおいて、昔の殺人事件の被害者を探すなんて？」

「過去から未来へと進むのです。いわば、二年半前から三日前までたどりつくのですよ。そこで、われわれは考えなければならないのです——きっと、あなた方もすでにお考えになったでしょうが——パーティに出席していた人で、昔の犯罪とかかわりのありそうな、ウドリー・コモンの住民は誰であるか？」

「いまとなってみれば、その範囲はもっと狭められますよ」とスペンスが言った。「といっても、ジョイスが殺されたのは、あの日パーティの前に、人殺しの現場を見たと言ったせいだという、あなたの推測を正しいと認めたとしての話ですがね。あの子がそんなことを言ったのは、パーティの準備がおこなわれている間でした。いいですか、それが殺人の動機だと信じこむのは、あるいは誤りかもしれない、しかし、わたしはまちがってはいないと思っています。そこで、あの子が人殺しを見たと言い張り、あの日の午後、パーティの準備中、その場に居あわせた何者かが、彼女の言葉を聞いて、できるだけ早く行動にでたとは考えられますね」

「その場にいたのは誰です？　あなたにはわかっていると思いますが」

「さよう、あなたのために、ここにリストをつくっておきましたよ」

「慎重に照合なさったのでしょうね？」

「さよう、なんども照合しなおしましたがね、たいへんな仕事でしたよ。ここに十八名の名前があります」

〈ハロウィーン・パーティの準備中〉
——その場に居あわせた人々のリスト——
ミセス・ドレイク（家の持ち主）
ミセス・バトラー
ミセス・オリヴァ
ミス・ホイッティカー（学校の教師）
チャールズ・コットレル師（教区牧師）
サイモン・ランプトン（牧師補）
ミス・リー（ファーガソン博士の薬剤師）
アン・レノルズ

ジョイス・レノルズ
レオポルド・レノルズ
ニコラス・ランサム
デズモンド・ホランド
ビアトリス・アードリ
キャシー・グラント
ダイアナ・ブレント
ミセス・カールトン（家事手伝い）
ミセス・ミンデン（掃除婦）
ミセス・グドボディ（手伝い）

「これで、確かに全部ですか？」

「いや」とスペンスは言った。「確かとはいえません。確かめる方法がないのです。誰にだってできやしませんよ。思わぬ人がいろんなものを持ってきています。色電球を持ってきた人もいます。ほかに鏡を持ってきた人もいます。余分に皿もきています。プラスチックの桶を貸してくれた人もいます。たくさんの人がいろんなものを持ってきて、ひとことふたこと言葉をかわして帰っています。その人たちは残って手伝いはしていません。したがって、そういう人は見落とされることもあるし、その場にいたというようには記憶されていません。でも、たとえホールにバケツを置きにきただけの人でも、居間でジョイスが言っていた話を聞けないことはありません。なにしろ、あの子は大声でどなってたんですからね。じつのところ、このリストだけに限定するわけにはいきませんが、これ以上のことは望みえないのです。ほら、これです。ちょっと見てください。名前のところに簡単に説明をつけておきましたから」

「ありがとう。ひとつだけおたずねします。あなたは、この人たち、たとえばパーティにも出席した人たちに、きっと質問なさったと思います。そのうちの誰か、誰でもいい、ジョイスが人殺しを見たと言っていたということを話した人がありましたか？」

「いなかったようですな。正式には、そんな記録はありませんよ。わたしが最初に聞いたのは、あなたの話でしたからな」

「おもしろいですね。これも注目すべきことと言っていいかもしれません」

「誰もまともには受けとらなかったにちがいないですよ」

ポアロは考え考えうなずいた。

「さて、ファーガソン博士と診療時間後会う約束がありますから、もうおいとましなくては」

ポアロはスペンスがくれたリストをたたんでポケットにいれた。

第九章

ファーガソン博士というのは、年は六十、スコットランド生まれの無愛想な男であった。げじげじ眉の下の鋭い眼で、ポアロをじろじろ見て言った。

「さて、なにごとですかね？　まあ、おかけください。椅子の脚に気をつけて。キャスターがゆるんでおりますから」

「たぶん、わけを話したほうが――」とポアロは言った。

「その必要はありませんよ」とファーガソン博士は言った。「こんな土地じゃ、あらゆる人があらゆることを知っておりますでな。あの女流作家なる婦人が、偉大なる探偵としてあんたをここに連れてきて、警察の連中をとまどわせておる。だいたい、そんなところでしょう？」

「一部分はね」とポアロは言った。「わたしは旧友の、前警視のスペンスを訪ねてきたのですよ、ここに妹さんと住んでいるんでね」

「スペンス？　うん、いい人物だ、スペンスは。ブルドッグの血をうけておる。古い型の、りっぱな、誠実な警察官だ。汚職もしない。暴力もつかわん。それでいて、のろまじゃない。まっ正直な男だ」

「あなたの評価は誤っておりませんな」

「それで、あんたは彼になんの話をして、彼はあんたになんの話をしたのですかな？」

「彼もラグラン警部も、わたしには非常に親切にしてくれました。あなたにもそうしていただきたいのです」

「親切にしようにも、わたしにはなんにもないんでな。どんなことが起こったのかも知らん。パーティの最中に子供がバケツに頭を押しこまれて、溺死させられる。いやな話だ。子供殺しなんて、今日日《きょうび》じゃ、とくに驚くほどのことじゃない。この七年から十年のあいだに、わたしは殺された子供の検視になんど呼びだされたかわからん――あんまり多すぎる。精神障害で監禁されておらねばならん人間が、うじょうじょと野放しにされておる。精神病院は満員だ。その連中は、言葉づかいもりっぱだし、身なりもりっぱだし、ほかの人たちとちっとも変わったところはなく、しかも、殺す相手はいないかと探しまわっておる。そして、自分だけは楽しんでおるのだ。といっても、ふつうパーティなんかではやらないもんだがな。つかまる危険が多すぎると思うが、しかし、新奇さというのが、精神の不安定な人殺し野郎にも、また魅力があるのでしょうな」

「あの子を殺した犯人について、なにかお心当たりでもありませんか？」

「そんな質問に、わたしがすぐ答えられると、ほんとに思っておいでなのかな？　それには、証拠がなくちゃならんでしょう？　わたし自身に確信がなくちゃならん」

「見当ぐらいつくでしょう」

「誰にでも見当ぐらいはつく。かりに相手が麻疹《はしか》なのか、貝とか羽根枕のアレルギーなのか、見当をつけなくちゃならん患者の往診を頼まれたのなら、わたしだってやらんことはない。それだと、なにを食べたか、なにを飲んだか、よく眠ったか、どんな子供たちと会ったかなんてことを知るために、いろいろとたずねなくちゃならん。もうみんな麻疹にかかっているミセス・スミスの子供たちとか、ミセス・ロビンソンの子供たちと満員のバスに乗りはしなかったかとか、そのほかいろいろとな。それから、いろんな可能性について仮説的な意見をだしてみる。これが、わたしに言わせれば、診断というものですよ。慌てずあせらず、確実にですな」

「あの子をご存じでしたか？」

「もちろん、知っていましたよ。わたしの患者でしたからな。この土地には医者が二人います。わたしとウォーラルとね。たまたま、わたしがレノルズ家の主治医になったわけです。ジョイスはまったく丈夫な子でな。子供がかかりがちな、なんでもない、ちょっとした病気にはかかりましたがな。とくに変わった病気なんか、かかったことがなかった。よく食い、よくしゃべる子でしたよ。おしゃべりがすぎても害にはならなかったがな。食べすぎると、昔からよく言われている、胆汁過多のための発作を、ときどき起こすことがありましたよ。おたふくかぜと水ぼうそうにかかったことがある。ほかにはなんにもありません」

「しかし、あの子もあるときにかぎって言えば、おそらく、しゃべりすぎたのでしょうね。あの子にはそういう傾向があると、あなたも言われたとおりに」

「してみると、それがあんたのやり方なんですかな？　わたしもいくらかそういう噂は耳にしています。〝執事が見たもの〟という線ですな——ただ、喜劇じゃなくて悲劇だった。そうなんでしょう？」

「それが動機になり得るのですよ、理由にね」

「うん、さよう。あんたの言うことは認めよう。だが、ほかにも動機はありますぞ。精神障害者というのが、当節ではふつうの答えのようです。いずれにせよ、治安判事の法廷ではこいつが使われている。あの子の死によって得をしたものはいないし、あの子を憎んでいたものもいない。だが、当節の子供たちには、動機なんて求める必要はないように思えるんですがね、動機なんてほかのところにあるのだ。動機は加害者の精神のなかにあるのです。不安定な精神、邪悪な精神、ねじられた精神。なんと呼ぼうと勝手ですがな。わたしは精神病医じゃないんでな。若い男がどこかに押しいったり、鏡を割ったり、ウィスキーをくすねたり、銀器を盗んだり、老婦人の頭をなぐったりした後、〝精神病医の報告が提出されるまで再拘留〟という言葉を聞くと、うんざりするときがありますよ。現在どうであるかということは、たいして問題にならんのだ。精神病医の報告が提出されるまで再拘留、だ」

「それで、この事件では、精神病医の報告が提出されるまで、あなたなら、誰を再拘留しますか?」

「というのは、こないだの晩の〝宴会〟に出ていたもののうち、という意味ですかな?」

「そうです」

「犯人はその場にいなければならなかった。そうでしょう? でなければ、殺人なんて起こるはずはないんだから。そうですね? そいつは客のなかにいたか、あるいは手伝いの人のなかにいたか、あるいは、はじめから殺意をいだいて窓から忍びこんだかです。おそらく、あの家の戸締まりの方法を知っていたのでしょう。事前にはいったことがあって、下見をしていたかもしれん。大人の男でも子供でもいい。そいつは誰かを殺したいと思っている。けっして世の中にないことじゃない。メドチェスタでも、そんな事件がありましたよ。六年か七年たってから明るみにでましたがね。十三歳の少年だった。誰かを殺したくなったので、九つの女の子を殺し、車を盗み、七、八マイル離れた雑木林まで車を走らせ、そこで死体を燃やし、逃げ、われわれが知っているかぎりでは、二十一か二になるまで、誰にも文句のつけようのない生活を送っていたのですよ。いいですか、それについて、われわれが持ってるのは、そいつの言葉だけ。あるいは、そんなことを、ずっとやっていたのかもしれない。おそらく、そうだろう。好んで人を殺すということがわかったんですからな。そいつがとほうもなく多くの人を殺したとか、警察では、いままでにも、事情を知っていたなどと想像してはいけません。だが、ときどき、そいつはそういう衝動に駆られるのだ。精神病医の報告。精神不安定中に犯した殺人。こんなことが、この土地で起こったことがある、とわたしは言いたいのですよ。いずれにしろ、それに似た事件がね。ありがたいことには、わたしは精神病医じゃない。精神病医の友だちはいくらかいる。なかにはちゃんとした奴もいる。だが、なかには――そうだな、そいつらこそ精神病医の報告が提出されるまで拘置しておくべきだと言いたくなる奴がいる。ジョイスを殺した奴も、りっぱな両親を持ち、ふつうの物腰、ちゃんとした身なりをしていたことでしょうな。誰が見たって、こいつがどこかおかしいなんて考えもしなかったろう。みごとな、赤い、汁気のたっぷりしたリンゴをかじって、芯までいくと、なにかいやらしい奴がむっくり現われ、こっちにむかって頭を振っているなんて経験はありませんかな？　人間には、そういうのがずいぶんいるんですよ。当節じゃ、昔より多くなったようですな」

「それで、あなた自身考えている容疑者がいますか？」

「わたしはね、殺人事件に首をつっこんで、証拠もないのに犯人を見たてるわけにはいかんのでな」

「それでも、パーティに出席していた奴にちがいないとは認めておいでです。加害者なしの殺人事件なんて、あるはずはありませんからね」

「どこかの探偵小説でなら、そんなことぐらい、わけはないことですよ。あんたのお気にいりの女性作家も、そんなふうのやつを書いてないかな。だが、この事件では、あんたの言うとおりですな。犯人はその場にいたにちがいない。客、家事手伝い人、窓から忍びこんだ何者か。前もって窓の掛け金を調べておけば、はいるのはわけありませんからね。ハロウィーン・パーティで人殺しをするなんて、なかなか奇抜な思いつきで、ちょっとおもしろいじゃないかなんて、狂った頭にひらめいたのかもしれませんな。あんたが調査をはじめる手掛かりとしては、こんなものしかないじゃありませんか？　パーティのときに、あの場にいた何者か、だ」

もじゃもじゃの眉の下から、二つの眼が、いたずらっぽそうにポアロを見た。

「わたしもパーティに行ったんですよ。なにをやってるのか、ちょっと見ようと思って、おそく出かけていったのです」

彼は力づよくうなずいた。

「うん、そこが問題なんですな？　新聞で一般に公表しているようにです」

パーティ出席者のなかに——

殺人犯人はいる、い、い、

第十章

ポアロはエルムズ校を見あげ、その造りに感心した。

中に通され、すぐに秘書と思われる人物によって、女性校長の書斎に案内された。ミス・エムリンは机から立ちあがって彼を迎えた。

「ようこそ、ミスタ・ポアロ。お噂はかねがねうかがっておりましたわ」

「これはまた痛みいります」とポアロは言った。

「ずっと昔からの友人で、前にメドウバンクで校長をしていたミス・ブルストロードからうかがいましたの。たぶん、ミス・ブルストロードは憶えていらっしゃいますでしょう？」

「あの方を忘れるなど、できることじゃありません。りっぱな方です」

「そうですわ。あの方のおかげでメドウバンクはいまのような学校になったんですもの」彼女はちょっと溜め息をついてから言った。「いまではすこし変わりましたわ。目標もちがう、やり方もちがう。でも、やはり進歩的で伝統ある名門校としての地位は保っております。あらまあ、昔のことばっかりおしゃべりいたしまして。わたくしのところにいらしたのは、きっと、ジョイス・レノルズの死のことについてでございましょうね。この事件で、あなたが特別の関心をおもちかどうか、わたくしは存じません。これはあなたがいつも手がけていらっしゃる事件とはちがうように思うんですけど。ジョイスとは、あるいは、家族とは個人的にお知り合いだったのですか？」

「そうではないんでして。昔からの友人のミセス・アリアドニ・オリヴァに頼まれて参りましたのです。彼女はここに滞在していまして、あのパーティにも出ていたのです」

「おもしろいご本をお書きになる方ですね。わたくし、一、二度お目にかかったことがございますわ。ええ、これでなにもかもお話し合いするのに、気が楽になると思います。個人的な感情がはいらないと、言いたいことが率直に言えますものね。あんなことが起こるなんて、ほんとに怖ろしゅうございますわ。こう言ってよろしければ、あれは起こりそうもない事件でした。事件にかかわりあいのある子供たちは、とくになにか特別な分類をしようにも、若すぎるか年をとりすぎています。心理的な犯罪という説もありま す。あなたはそうお思いになりますか？」

「いや、あれは世の多くの殺人と同じように、ある動機を持った、それもおそらく下劣な動機を持った殺人だと思います」

「まったくそうですわ。それで、その動機というのは？」

「動機はジョイスが言った言葉です。実際にはパーティの席ではなく、もっと年上の子供たちや手伝いの人たちが、その日、パーティがはじまる前、準備をしているときだったそうです。ジョイスは、以前に人殺しの現場を見たことがあると言ったのです」

「みんなはそれを信じたのですか？」

「だいたいにおいて、信じてはもらえなかったようですね」

「それがいちばん考えられる反応のようですわね。ジョイスは――わたくし、ここでは率直に申しますけれど、ムッシュー・ポアロ、それは不必要な感傷のために、知的能力をくもらせたくないからです――あの子は頭が悪くもなければ、とくに利口だというわけでもない、平凡な子でした。正直に申しますと、嘘をつかずにはいられない性質を持っていました。と申しましても、とくに人を欺《だま》すという意味ではございません。罰をうけるのを避けようともしませんし、ちょっとした嘘がばれるのを隠そうともしないのです。得意になっていたのですわ。ありもしないことでも、聞いている友だちが感心しそうなことだと、得意になって話すのですよ。その結果、当然のことですけど、みんなは彼女が話すとほうもない話を信じないようになったのです」

「どうでしょう、あの子が人殺しの現場を見たと得意になって言ったのは、自分を重要な人物にみせ、誰かの興味をそそるために――？」

「そう思いますわ。そして、あの子がとくに関心をひきたかった人物は、疑いもなく、アリアドニ・オリヴァだったと申しあげます……」

「では、ジョイスは殺人の現場なんか見ていないとお考えですか？」

「きわめて疑問だと思っておりますわ」

「そもそもあの話は、あの子の作り話だというご意見なんですね？」

「そうは申しておりません。おそらく、自動車事故とか、ゴルフ場でボールをぶっつけられて怪我をした人とかを、事実、見たことは見たのでしょう――考え方によっては、計画的殺人で通るような衝撃的な事件につくりあげられる出来事をね」

「では、いくらかの確実さをもって言える仮定は、殺人犯人はあのハロウィーン・パーティにいたということだけですね」

「そのとおりですわ」とミス・エムリンは白髪の頭を動かしもしないで言った。「そのとおりですわ。論理的には、つづまるところそうなるんじゃございませんかしら？」

「犯人が誰か、お心当たりはありませんか？」

「それは確かに賢明なご質問でございますわね。ともかく、あのパーティに行っていた子供の大半は、九つから十五のあいだで、ほとんど全部、わたくしの学校にかつて在学していたものか、あるいは、現在の生徒だと思います。その子たちのことを、わたくしが知っているのは当然でございましょう。それに、家族のことや基礎環境のことなども」

「たしか、あなたの学校の先生の一人が、一年か二年前、不明の犯人に絞め殺されたそうですな」

「あなたが言っていらっしゃるのは、ジャネット・ホワイトのことですね？　年は二十四ぐらいでした。情緒的な女でしてね。世間にわかっているかぎりでは、一人きりで外を歩いていたそうです。もちろん、どこかの青年と会うように手はずはきめていたのでしょうけどね。つつましやかで男性にはとても魅力のある女でした。犯人はまだ発見されておりません。警察ではいろんな若い男を尋問したり、手のつくせるかぎり、当局の捜査に協力するよう要請したりしましたけれど、これといった人物を告訴するにたるだけの証拠を見いだすことができませんでした。警察当局から見れば、まことに不満足な結果に終わったわけです。そして、わたくしの立場から見ても、そのとおりだと思います」

「あなたとわたしは共通の原理を持っています。わたしたちは殺人を容認しません」

ミス・エムリンはちょっとのあいだポアロを見つめた。彼女の表情は変わらなかったが、ポアロは、非常な注意力をもって、値踏みされているような気がした。

「あなたの、その意見は気にいりましたわ。このごろの、読んだり聞いたりするものから察すると、ある状況のもとの殺人は、徐々に、だが確実に、社会の大きな部分には容認されるものになりつつあるような気がしますの」

彼女はしばらく黙りこみ、ポアロも口をきかなかった。なにか行動を起こそうと考えているんだな、とポアロは思った。

彼女は立ちあがって、ベルを押した。

「ミス・ホイッティカーとお話しなさったほうがいいと思います」

ミス・エムリンが部屋をでてから五分ばかりたつと、ドアが開いて、四十歳くらいの女がはいってきた。朽葉《くちば》色の髪をみじかく刈っていて、きびきびした足どりだった。

「ムッシュー・ポアロですね？　なにかわたしでお役に立つのでしょうか？　ミス・エムリンはそのように考えているようですけど」

「ミス・エムリンがそうお考えのようなら、役に立っていただけることは、まちがいないでしょう。わたしはあの方の言葉を信じます」

「あの方をご存じなのでございますか」

「今日の午後、お目にかかったばかりです」

「でも、それにしてはずいぶん早く、あの方のことをそうとおきめになりましたわね」

「わたしの判断が正しかったことを、これから話していただけるとありがたいんですがね」

エリザベス・ホイッティカーは、短く、はやい溜め息をついた。

「ええ、そりゃもう、あなたのおっしゃるとおりですわ。お話というのはジョイス・レノルズの死のことだと思いますけど。この事件を、あなたがどうして手がけるようになったのか、わたし、はっきり存じませんの。警察の依頼ですか？」彼女は納得いかなそうに、軽く頭を振った。

「いや、警察ではありません。個人的に、ある友人から頼まれましてね」

彼女は椅子に手をかけ、彼と向かいあえるように、その椅子をちょっと後ろにさげた。

「わかりました。あなたがおききになりたいことは？」

「こちらからあなたにお話しする必要のあることはないと思います。どうでもいいようなことを質問して、時間を無駄にすることもありません。あの晩、パーティで、おそらくわたしが知っているほうがいいと思われることが起こりました。そうですね？」

「はい」

「あなたもパーティには出席していたんでしたね？」

「そうです」彼女はちょっとのあいだ考えこんでいた。「とても楽しいパーティでした。順調に運んで。手際《てぎわ》もよかったし、三十人ばかり集まりました。そのうちには、いろんな種類のお手伝いさんもいれてですけど。子供たち――ティーンエイジャー――大人たち――それに、かげで働く掃除婦や家事手伝いの人も何人か」

「たしか、その日の昼すぎか朝のうちだったと思いますが、パーティの手はずをととのえる仲間に、あなたもはいっていましたか？」

「ほんとうはなにもすることはございませんでしたの。ミセス・ドレイクは、ほんのすこし手伝いの人がいれば、いろんな準備をすっかり片づける腕のある方でしたもの。人手が必要なのは、もっと家事にちかい準備のほうでしたわ」

「なるほど。でも、あなたはパーティには客としておいでになったのですね？」

「そうです」

「それで、どんなことが起こりました？」

「パーティの進み方は、きっともうご存じだと思います。あなたがお知りになりたいのは、わたしがとくに気づいたこと、あるいは、なにかの意味があるのではないかと思ったことがありはしなかったかということでしょう？　わたし、あなたの時間を余計なことで無駄にさせたくございませんわ」

「いや、けっして時間の無駄使いにはなりません。どうぞ、ミス・ホイッティカー、ありのままを話してください」

「あらかじめ手はずをきめたとおりに、いろんなゲームがおこなわれました。最後のゲームは、ほんとにハロウィーンに関係があるというよりは、クリスマスの余興というか、クリスマスを連想させるようなものでした。スナップ・ドラゴン、干しブドウを盛《も》った皿にブランディをかけて火をつけ、みんなでそれを囲んで、干しブドウをとりだすゲームです——きゃっきゃっという笑い声や興奮でいっぱいでした。でも、部屋のなかは燃えている皿のために、ひどく暑くなりましたので、わたしは部屋をでて、ホールに行きました。そのときですわ、わたしがそこに立っていると、ミセス・ドレイクが二階の踊り場の化粧室から出てくるのが見えましたの。とりどりの秋の木の葉や花をさした、大きな花びんをもっていました。階段の曲がり角に立って、ちょっと足をとめ、それから降りてきました。階段の吹き抜けを見おろしていましたわ。わたしが立っているほうじゃなく、図書室に通じるドアのある、ホールの奥のほうを見ていました。図書室は食堂にはいるドアから見ると、ちょうど真向かいに当たっております。いまも申しましたように、あの人はそっちのほうを見て、ちょっと立ちどまってから、階段をおりていきました。花びんの角度をすこし変えておりましたが、持ち運びにくいものだし、たぶんそうだろうと思いましたが、もし水がはいっていたとしたら、相当重いはずでした。片手で抱えこむようにするため、花びんの位置を注意ぶかく変え、空いているほうの手を、階段の手すりにかけ、すこし丸味をおびている階段の角をまわりました。そして、そこでちょっと立ちどまりましたが、眼は、あいかわらず、手にしている花びんではなく、下のホールのほうを見ていました。そして、突然、急に動きました——ぎくりとした、とでも申しましょうか——ええ、なにかに驚いたのは確かですわ。あんまり驚きが強かったので、あの人は花びんを持つ手をはなし、花びんは落ち、落ちるときにひっくり返ったので、水がからだじゅうに流れ、花びんは下のホールに落ち、床にあたって粉みじんに砕けてしまいました」

「なるほど」とポアロは言った。そして、そのまま、ちょっとのあいだ彼女を見つめていた。彼女の眼はするどく、知性をたたえていることに、ポアロは気づいた。この双の眼は、いま自分が話したことについて、彼の意見を求めているのだ。「ミセス・ドレイクが驚いたのは、どんなことが起こったからだとお思いですか？」

「後から考えてみますと、あの方はなにかを見たのだと思いますわ」

「なにかを見たのだと、あなたはお思いになる」とポアロは考え考え、相手の言葉を繰りかえした。「たとえば？」

「さっきも申しましたように、あの方の視線は図書室のドアのほうを向いていました。そのドアが開くか、ハンドルが回るのかを、見たのではないかと考えられないことはないような気がしますし、あるいは、さらに、それ以上のことを見たのかもしれませんわ。誰かがドアをあけて、出てこようとするところを見たとか。あるいは、それはあの方としては、まるで思いもかけない人だったかもしれませんわ」

「あなたも自分でそのドアを見ていたのですか？」

「いいえ、わたしは反対側の、階段の上のミセス・ドレイクのほうを見ていました」

「それで、ミセス・ドレイクはなにか思わずぎょっとするようなものを見たのだ、とはっきりお思いになるんですね？」

「ええ、たぶん、そうだと思いますわ。ドアが開く。思いもかけない人物があらわれる。それだけ道具立てがそろえば、ミセス・ドレイクが、水と花がいっぱいで、ひどく重い花びんを持つ手を放し、それを取り落としたって当たり前ですわ」

「そのドアから誰かが出てくるのを、あなたはごらんになったのですか？」

「いいえ。わたし、そっちのほうを見ていませんでしたから。誰かが、実際にホールへ出てきたとは思いません。誰だかわかりませんけど、おそらく、もとの部屋に引っこんだと思いますわ」

「それから、ミセス・ドレイクはどうしました？」

「腹だたしそうに大きな叫び声をあげて、階段をおりてきて、わたしに言いました。〝わたしのしたことを見てちょうだい……めちゃくちゃだわ！〟って。そして、ガラスの破片《かけら》を足で蹴りました。わたしは手伝って、部屋の片隅に掃き寄せ、ガラスの破片をひとところに集めました。そのとき、すっかり片づけるなんて、できない相談でしたもの。子供たちはスナップ・ドラゴンの部屋から、出てきはじめていました。わたしはガラス拭きの布をとってきて、濡れたミセス・ドレイクのからだをそこそこに拭いてあげました。そして、それからまもなく、パーティはお開きになりました」

「ミセス・ドレイクは、驚いたことについてなにか言うとか、なんのために驚いたかというような説明はしなかったんでしたね？」

「ええ。そんなことはなんにも」

「でも、あなたのお考えでは、ミセス・ドレイクは確かに驚いたのですね？」

「たぶん、ムッシュー・ポアロ、あなたは、わたしがそれほどでもないことのため、不必要に騒ぎたてていると考えていらっしゃいますの？」

「とんでもない。そんなことは考えておりませんよ。わたしは一度しかミセス・ドレイクにはお会いしていません」と彼は考えながら話をつづけた。「わたしの友人のミセス・オリヴァとあの方の家に行ったときで、目的は——ドラマ風に思ってもらいたいとき、まあ、まあ、こんなふうに言うものですが——犯行の舞台を見に行ったのです。観察する時間が短かったのですが、そのあいだでも、ミセス・ドレイクはそうすぐに驚くようなご婦人だという印象はうけませんでしたが。わたしのこの意見に、同意なさいますか？」

「そのとおりですわ。だからこそ、わたし自身も、あれ以来不思議に思ってるんでございます」

「そのとき、あなたはとくになにか質問はなさらなかったのですね？」

「だってそんなことをする理由はなかったんですもの。かりに、自分が客になっている家の女主人が、不幸にも大切なガラスの花びんを取り落とし、粉みじんに砕いたとしても、〝そんなことをなさって、いったい、どうしたんですか？〟と言うのは、客としての役割ではないんじゃないでしょうか。そのために、相手の不器用さを責めるなんてね。とくに、はっきり申しあげておきますけど、不器用さなんてミセス・ドレイクの性質には、これっぽちもないんですから」

「そして、あなたのお話によれば、その後で、パーティはお開きになったんですね。子供たちや母親たちや友だちは帰った。そしてジョイスの姿が見えない。われわれはいまでこそ、ジョイスは図書室のドアの向こう側にいたことも、ジョイスが死んでいたことも知っています。とすると、それよりすこし前に図書室のドアから出ようとして、ホールの人声を聞き、またドアを閉め、後になって、ホールではみんながお別れの挨拶をしたり、コートを着たり、そのほかいろんなことでごたごたしている隙に逃げだしたのは、いったい何者だったのでしょう？　これはわたしの推測ですが、ミス・ホイッティカー、あなたは死体が見つかってはじめて、自分でごらんになったことを、ゆっくり考えたのではありませんか？」

「そうですわ」ミス・ホイッティカーは立ちあがった。「ほかにお話しできることは、もうないようですわね。今お話ししたことだって、ひどくばかばかしい、小さな出来事かもしれませんわ」

「でも、人の注意はひいていますよ。人の注意をひくものは、すべて記憶に値します。ところで、一つおたずねしたいことがあります。じつをいうと、二つですが」

エリザベス・ホイッティカーはふたたび腰をおろした。「どうぞ、なんでもきいてください」

「パーティでおこなわれたいろいろのゲームの順序を、正確にご記憶ですか？」

「憶えていると思いますわ」エリザベス・ホイッティカーはちょっと考えこんだ。「最初が箒の柄の競争。飾りをつけた箒の柄です。それにはちょっとした賞品が三つ四つついていました。つぎに、風船を突いたりぶったりしてまわる競技みたいなものがありました。子供たちのウォーム・アップのための、おだやかなバカ騒ぎといったものです。つぎが鏡遊びで、女の子たちは小さな部屋にはいり、鏡を持っていると、その鏡に男の子とか青年の顔が映るのです」

「どんな方法で、そんなことをやるのです？」

「まあ、ごく簡単なことですわ。ドアの上の横木をとりはらっておいて、そこから、いろんな人の顔をのぞかせ、それが女の子の鏡に映るという仕掛けです」

「女の子たちには、鏡のなかに映っているのが誰の顔か、わかるのですか？」

「たぶんわかるものもいれば、わからないものもいるんだと思いますわ。男の側にちょっとメイクアップを使うのですよ。ほら、マスクとかかつらとか、頬ひげ、それにドーランを塗ったりしてね。たいていの男の子は、もう女の子に顔を知られていますから、よその男の子を一人二人まぜておくこともあります。とにかく、とても楽しそうに笑いころげていますよ」とミス・ホイッティカーは、こういう種類の遊びに対する教育者としての軽蔑らしいものをちょっと見せて言った。「その後が障害物競争で、そのつぎは、小麦粉をコップに詰めこんでひっくり返し、六ペンス玉をその上にのせ、一人一人小麦粉をけずっていく。そして、小麦粉が崩れると、その人はゲームから除外され、ほかのものは残り、最後まで残ったものが六ペンス玉をとるという遊びです。その後がダンス、そして、夕食。その後、最後の呼び物のスナップ・ドラゴンがはじまりました」

「あなたがジョイスという子供を最後にごらんになったのは、いつですか？」

「気がつきませんでしたわ。あの子は、あまりよく知らないのです。わたしのクラスではありませんし。それに、それほど興味のある子でもなかったので、これまでもあまり注意もしていなかったのです。憶えているのは、あの子が小麦粉を切っていて、すごくぶきっちょなもんだから、すぐに六ペンス玉を落っことしているのを見たことです。だから、あのときは生きていたんですわね——でも、それはまだずっとはじめのうちでしたわ」

「あの子が誰かと図書室にはいっていくのをごらんになりませんでしたか？」

「いいえ、そんなこと、見てたら、いままでに申しあげているはずですわ。だってそれは、すくなくとも、なにかを示す重要なことかもしれませんもの」

「ところで、こんどは、二番目の質問です。あなたはここの学校に赴任なさってから、どのくらいになりますか？」

「この秋で六年になります」

「それで、教えていらっしゃるのは――？」

「算数とラテン語です」

「二年前、ここの学校で教鞭《きょうべん》をとっていた女性――ジャネット・ホワイトという人を憶えておいでですか？」

エリザベス・ホイッティカーは、はっとしてからだを固くした。そして、椅子から腰を浮かしかけたが、また、おろした。

「でも、それは、でも――それはこんどの事件とは、まるで関係ないじゃございませんか？」

「ないとは言えませんよ」

「でも、どうしてです？　どんな筋道でです？」

教育界というものは、村の金棒引きほど消息に通じていないらしい、とポアロは思った。

「ジョイスは、証人たちの前で、何年か前、人殺しの現場を見たことがあると言い張ったんですよ。それがジャネット・ホワイト殺しだった可能性があるんじゃないでしょうか？　ジャネット・ホワイトはどんなふうにして殺されていたのですか？」

「絞め殺されたんです、ある晩、学校から歩いて帰る途中で」

「ひとりっきりで？」

「おそらく、ひとりではなかったでしょう」

「でも、ノラ・アンブローズといっしょじゃなかったんですね？」

「ノラ・アンブローズのことで、なにをご存じなんです？」

「まだなんにも。だが、知りたいと思っています。どんなふうな人たちでした？　ジャネット・ホワイトとノラ・アンブローズは？」

「セックス過度。それぞれちがったふうにでしたけど。でも、ジョイスにそんなことを見たり、そんなことだとわかるわけがありませんわ。その事件があったのは〈石切り場《クオリ》の森《ウッド》〉の近くの小径ですもの。あの子は、当時、十か、十一になるかならないかだったんですよ」

「ボーイフレンドがあったのは、どっちです？　ノラ、それともジャネット？」

「そんなことは、みんなもうすんだ話ですわ」

「過去の罪はながい影をひく」とポアロが引用して言った。「人生を経験していくうちに、この諺《ことわざ》の真実さがわかります。現在、ノラ・アンブローズはどこにいるのですか」

「ここの学校をやめて、北部イングランドで、ほかの学校に就職しました——当たり前のことですけど、すっかり動揺しましてね。二人は——とても仲良しだったんですもの」

「この事件は、警察も解決しないままでしたね？」

ミス・ホイッティカーは肯定するように首を振った。そして立ちあがると腕時計を見た。

「わたし、もう失礼しなくちゃなりませんわ」

「いろいろとお話をしていただいて、ありがとうございました」

第十一章

エルキュール・ポアロは〈石切り場館《クオリ・ハウス》〉の正面を見あげた。がっしりした、頑丈《がんじょう》そうな、中期ヴィクトリア朝建築の見本のような家であった。ポアロは家の内部を想像してみた――どっしりしたマホガニーのサイドボード、これもどっしりしたマホガニーの長方形の中央テーブル、撞球室《ビリヤード》もあるだろう。洗い場につづく広い台所、石だたみの床、いまではきっと電気かガスになっているだろうが、大きな石炭用のレンジ。

上のほうの階の窓が、ほとんどまだカーテンをとざしたままなのに、ポアロは気づいた。彼は玄関のベルを鳴らした。出てきたのは瘦せた、白髪の女で、ウェストン大佐夫妻はロンドンに行っていて、来週でないと帰ってこないと告げた。

〈石切り場の森《クオリ・ウッド》〉のことをきくと、無料で一般に公開されていると教えてくれた。道路を五分も歩けば入口があって、鉄の門に掲示板がかかっているということだった。

道はなんとなくわかり、門をすぎると、下りになった小径が木々や灌木《かんぼく》のあいだを通っていた。

そのうちにポアロはふと立ちどまり、そのまま考えこんだ。心はいま目の前に見えるもの、自分を取り囲んでいるものの上だけにあるのではなかった。それどころか、一つ二つの言葉を心のなかで熟考し、そのときまでに自分に知らされている一つ二つの事実を思いめぐらし、猛然たる勢いで考えた。偽造遺言状、偽造遺言状と若い女。姿を消した若い女、その女の利益になるように遺言状が偽造されている。天然の石のままの廃棄された石切り場を庭園に、それも隠し庭園に造りかえるため、専門家としてこの土地に来た若い芸術家。ここでふたたび、ポアロはあたりを見まわし、いまの言葉を是認するように、こっくりとうなずいた。〈石切り場園《クオリ・ガーデン》〉なんて、美しい言葉じゃない。発破《はつぱ》をかける轟音《ごうおん》、道路をつくるためのとほうもない量の岩石を運んでいくトラックなどを連想させる。その背後には産業としての要請がある。だが、隠し庭園――こうなると話がちがう。この言葉を聞くと彼の心になんとなく漠然とした記憶がよみがえってくる。やはりミセス・ルウェリン・スマイスは、ナショナル・トラスト主催のアイルランドの庭園視察旅行に行ったことがあるのだ。ポアロ自身、五、六年前にアイルランドに行ったことがある。ある旧家の銀器盗難事件の調査に行ったのだ。この事件には彼の好奇心を刺激する、いくらかの興味ある点があって、文句のつけようがないほどの成功裡に使命をはたすと（例のごとく）――ポアロは自分の考えのなかで、この括弧《かっこ》をつけくわえた――その辺りの旅行と観光に数日をすごしたのだった。

いまでは自分が見物した庭園がどこかは、思いだすこともできない。コークからあまり遠くないところにあった。キラニーだったっけ？　いや、キラニーじゃない。バントリー湾から遠くないどこかだった。そして、それを憶えているのは、彼がそれまで、この時代の偉大な傑作と認めてきた庭園、フランスの城館の庭園やヴェルサイユの型式的な美とは、まるで異質の庭園だったからである。よく憶えているが、この庭園に、彼は小人数の団体といっしょにボートで出かけたのだった。もし二人のたくましい、腕っこきの船頭が抱えるようにして乗せてくれなかったら、乗りこむこともできないようなボートであった。船頭たちは、とある小さな島に向かってボートを漕いでいった。たいしておもしろそうな島でもないな、とポアロは思い、来なければよかったと考えはじめた。足は濡れるし、冷えこみはするし、風が防水外套の隙間から吹きこんでくるという始末だった。まばらに木のはえた、こんな岩だらけの島に、どんな美が、どんな型式が、どんな偉大な美の均整のとれた配置があるというのだ？　まちがいだった――大まちがいだった、と彼は考えたものだった。

彼らは小さな波止場《はとば》で上陸した。漁師たちは乗るときに見せたと同じく、巧みにポアロを陸にあげてくれた。一行のほかの連中は、もうおしゃべりしたり笑ったりしながら、先に進んでいた。ポアロは防水外套をちゃんと着なおし、靴のひもを結びなおし、両側の灌木や藪《やぶ》やまばらな木のはえた、いささか単調な小径を、一行の後から歩いていった。まったくおもしろくもない公園だ、と彼は思った。

そのうちに、すこしばかり唐突といった感じで、彼らは灌木林から抜けだし、下へおりる段々のついた高台にでた。そのとたん、眼下から彼の眼にとびこんできたのは、まるで魔法の国かと思われるものであった。それは、アイルランドの詩に共通していると彼が信じているような自然そのものが、それらの空虚な小山のつらなりから抜けでてきて、汗水たらす苦労などせず魔法の杖のひと振りでこの場に創造したら、こうもあろうかと思われる庭園であった。いま、眼の前に見ているのはたしかに庭園であった。その美しさ、花や草むら、眼下の人工の泉、それをめぐる小径。人の心を恍惚《こうこつ》たらしめ、美しいの一言につき、しかも、まったく突如としてそこに出現したのであった。もともとここはどんなものだったのだろう、と彼は考えた。この均整のとれ具合は、とても石切り場だったとは思えなかった。島の高台には深い窪地があるが、その向こうには、バントリー湾の海面と、その反対側の美しい丘陵が見え、もやに包まれたその頂上がうっとりするほどだった。彼は考えた。ミセス・ルウェリン・スマイスに、あんな庭園を自分のものとして持ちたい、イギリスのこんなとり澄ました、こぢんまりした、もともと本質的に因襲的な田舎の荒廃した石切り場を手にして、思う存分に改造したい、という気を起こさせたのは、あのアイルランドの庭園ではなかったろうか？

そこで彼女は給料はいくらでもだすが、自分の命令を唯々《いい》諾々《だくだく》としてきく、適当な人物を探した。そして、マイケル・ガーフィールドという専門家の青年を探しだし、この土地に連れてきて、誰の眼から見ても法外なほどの給料を払い、そのうちに家まで建ててやった。マイケル・ガーフィールドはミセス・ルウェリン・スマイスの期待に、みごとにこたえている、とポアロは周囲を見まわしながら思った。

彼はとあるベンチに腰をおろした。ちゃんと計算された場所にしつらえられたベンチであった。この隠し庭園が、春にはどんな眺めになるだろうと、心に描いてみた。白い、風に枝をそよがせているブナやカバの若木。イバラや野バラやネズの茂み。しかし、いまは秋であった。秋もまた秋にふさわしい風情が用意されてあった。カエデの黄金色と赤、パロッティアの一本二本、また新たな眺望へと導く、曲がりくねった道へ通じる小径。花をいっぱいにつけたハリエニシダの茂み——ポアロはこんな花や灌木の名前を、一つ一つ知っているわけではなかった——彼に見わけられるのはバラとチューリップだけだった。

しかし、ここに生えているすべての草木は、各自勝手に生えているといったようすを見せていた。むりに配置されたものではなかった。しかも、実際はそうではないのだ、とポアロは思った。一木一草すべてが周到に配置され、こちらに生えている小さな植物から、黄金めいた紅色にそまった葉をつけて、勢いよくそびえたっているあの大樹にいたるまで、ちゃんと計画されたものなのだ。うん、そうだ。ここではすべてが計画され、そのように配置されているのだ。そればかりではない、それは一つの意志に従っているのだった。

では、いったい誰の意志に従っているのか、とポアロは考えた。ミセス・ルウェリン・スマイスか、ミスタ・マイケル・ガーフィールドか？　これは重要な問題である、とポアロは心に考えた。そうだ、これは重要な問題だ。ミセス・ルウェリン・スマイスは相当に造詣《ぞうけい》が深かった。そのことを彼は疑わなかった。ながいあいだ、みずから造園の仕事をしてきているし、王立園芸協会の会員であることは疑いないし、展示会にも行っているし、カタログも見ているし、ほうぼうの庭園を視察している。また、植物を見るために、海外へ旅行もしていることは疑いをいれない。自分の求めているものがわかってはいるのだ。自分が求めているものを言葉にだして言いはるのだ。しかし、それだけで充分であろうか？　それだけでは充分でない、とポアロは思った。彼女は造園師に注文をだし、自分の注文がそのとおりに遂行されるのを確かめることはできる。しかし、自分のだした注文が遂行されたとき、どんなふうになるか、彼女にはわかっていたであろうか――ほんとにわかっていたであろうか、心の眼に見えたであろうか？　彼らの計画の一年目、いや二年目においてすらも、二年後、三年後、おそらくは六年後、七年後に彼女が見るはずの眺望は、彼女にはわからなかったのである。ポアロは考えた。マイケル・ガーフィールドは彼女が自分の求めているものを話してくれたので、彼女の求めているものがわかっていた、そして、この荒廃した岩だらけの石切り場を、砂漠に花を咲かせるように花咲かせる方法を知っていたのだ。彼は計画をたて、それを実行した。豊富な資金を提供されて依頼者から制作を委ねられた芸術家を訪れる、あの強烈な喜びを彼が持っていたことは疑いの余地はなかった。ここにこそ、世俗的な、むしろ単調な丘の中腹に隠された、お伽《とぎ》の国の彼の着想があるのであって、それはここで成長していくのである。そのために高額の小切手が切られた貴重な灌木、友人の好意がなければとても手にはいらなかったと思われる珍しい植物、そして、いっぽうでは、そこに絶対必要ではあるが、ほとんどただに等しい価格だった、名もない草や木があるのだ。春になると、彼の左手の堤《つつみ》にはサクラソウが咲きみだれることだろう、堤の斜面いっぱいに群がっている、控えめな緑色の葉が、そのことを告げていた。

「イギリスでは」とポアロはつぶやいた。「人々は自分のうちの庭の花壇を見せびらかし、自分のバラを見せにつれていき、アイリスの庭のことをうんざりするほどくどくど話し、イギリスの偉大な美の一つを、自分がいかに高く評価しているかを示すために、陽が輝き、ブナが緑の葉につつまれ、その下にはブルーベルの花が敷物のように咲いているというような日に、外につれだす。さよう、それはなかなか美しい眺めではある、だがどうもあまりしょっちゅう見せられすぎたような気がする。わたしの好みからいえば、どちらかというと――」自分の好みとして、なにを選んできたかを思いかえし、それまでの考えが、そこでぷつりと切れた。デヴォンの細い道路のドライヴ。曲がりくねった道の両側が高い堤になっていて、そうした堤には広い緑のカーペットが敷かれ、サクラソウが姿を見せている。あまりにもあわく、あまりにも微妙な、おずおずとした黄色い花。そして、その花たちのあまい、かすかな、そこはかとない匂い、またたっぷり集まったサクラソウの匂いがただよい、これこそ、他のいかなる匂いよりも春の匂いなのである。そんなふうで、ここにある灌木がみんな珍しいものばかりとはかぎらない。春もくれば秋もくるし、かわいい野生のシクラメンもあれば、秋のクロッカスもあるのだ。美しい土地であった。

現在、〈石切り場館《クオリ・ハウス》〉に住んでいる人々のことを彼は考えた。名前はわかっていた、退役老大佐とその妻である。だが、スペンスにきけば、もっと詳しいことを教えてくれるにちがいない、と彼は思った。この土地を所有している人が何者にしろ、その人はミセス・ルウェリン・スマイスが抱いていたような愛情を抱いてはいないような気がした。彼は腰をあげ、小径をすこしばかり歩いた。それは歩きやすい路で、注意ぶかく砂利が敷いてあり、年をとった女が心のおもむくままに、どこへでも楽に歩けるように設計され、けわしい段々も疲れるほどにはないし、ちょうどよさそうな距離をおいて、ちょうどよさそうな一隅に、いかにも素朴らしいが、外見よりはずっと素朴でないベンチがおいてあった。実際、背をもたせて足をのばすベンチの角度はとても心地よかった。ポアロは、このマイケル・ガーフィールドという人物に会いたいものだと思った。この男はなかなかみごとなものをつくっている。自分の仕事を心得ているりっぱな設計家であり、経験のある人たちに自分の計画を遂行させ、そして、出資者のいろいろな計画をうまく按配《あんばい》し、彼女がこの設計全体を自分の設計だと思わせるようにしたのである。しかし、これが彼女だけの設計だとは、ポアロは思わなかった。ほとんど彼のものなのだ。そうにきまっている。その人物に会いたいものだ。もし、まだ自分のために建ててもらった小舎――いや、バンガローだった――に住んでいるなら、たぶん――彼の思考はここで断ち切られた。

　彼はじっと見つめた。足もとに横たわっている、小径が迂回して続いている、窪地の向こうを見つめた。金色がかった紅色の枝をはった、ある一本の灌木を見つめた。その灌木は、一瞬、ポアロには、ほんとにそこに実在するのか、あるいは、影と陽光と木の葉の単なる効果であるか、判断のつかないものの背景になっていたのだった。

　いま自分が見ているものはなんだろう？　とポアロは考えた。この庭園の魅力にとりつかれたのであろうか？　それも考えられないことではない。この場所なら、まんざら考えられないことではない。いま自分が見ているものは人間だろうか、それとも――ほかに考えようがないではないか？　彼の心は、自分で〝ヘラクレスの冒険〟と名づけた、遠い過去の事件にたちもどった。なんとはなく、自分がいまいるところがイギリスではないような気がした。ここにはある雰囲気がある。彼はそれを突きとめようと試みた。それには魔法のようなもの、妖術のようなもの、たしかに美というべきもの、おずおずとはしているが、しかも野性的な美があった。ここでは、かりに劇場である場面を上演しているとすると、舞台には女精《ニンフ》や、半獣神がいるだろうし、ギリシャ的美があるだろうし、さらにまた――とポアロはしだいに興奮しながら考えた――そこには恐怖もあることだろう。そうだ、と彼は思った。この隠し庭園には恐怖が存在する。スペンスの妹がなにか言ってたっけ？　ずっと以前、もとの石切り場に起こった殺人事件のことじゃなかったかな？　あそこの岩が血に染まり、その後、死は忘れ去られ、すべては蔽い隠され、マイケル・ガーフィールドが来て、設計をし、偉大な美しさをもつ庭園を創造し、それからいくばくも生きていなかった老婦人が、そのために莫大な金を払ったのだ。

金色がかった紅色の木の葉を背にし、窪地の向こう側に立っているのが若い男であることが、いまではわかったし、ポアロも認めたが、それはまれに見る美青年であった。このごろでは、人々は青年をそんなふうには考えなくなった。人々は青年のことをセクシーだとか、すごく魅力的だとか言うし、こうした賞賛の言葉は、しばしば正当に使われるのである。ごつごつした顔の男、油をこてこて塗った髪に、端正《たんせい》とはほど遠い目鼻だちの男。若い男のことを美しいとは言わなくなったのだ。もしそう言うとしたら、まるでずっと昔にすたれてしまった美質を褒《ほ》めてでもいるように、すまなさそうな調子で言うのだ。セクシーな女はリュートを手にしたオルフェウスを求めはしない。彼女らが求めるのは、しゃがれ声の、色目使いの、ぼさぼさのむさくるしい髪をした流行歌手なのである。

ポアロは立ちあがり、小径をまわって行った。そして、けわしい下り坂の向こう側に着いたとき、さっきの青年が木立のあいだから出てきて彼を迎えた。その男のもっとも特徴的なところはその若々しさであって、それでいながら、ポアロにもすぐわかったことだが、実際は若くはなかった。三十はすぎているし、たぶん四十歳のほうに近いようだった。顔にうかんだ微笑は、ほんのかすかであった。それは相手をよろこんで迎えるといった微笑ではなく、無言の挨拶がわりの微笑であった。長身で、ほっそりしていて、古典的な彫刻家ならこういうふうにつくるだろうと思われるような、一点の非のうちどころもない目鼻だちをしていた。眼の色は黒っぽく、髪は漆黒で、鎖かたびらのカブトか帽子のように、ぴったり彼に合っていた。一瞬、ポアロは、自分とこの若者とは、リハーサル中のなにかの野外劇で出会っているところではないかと思った。もしそうなら、衣裳係りのところへ行って、もすこしましな扮装をしなくては、とポアロは自分のオーバーシューズを見おろしながら考えた。

「どうも、わたしは不法侵入をしているようですな」とポアロは言った。「もしそうなら、謝らなければなりません。わたしはこのあたりにははじめて参りましたのでね。昨日来たばかりなのです」

「こういうのは不法侵入とは言わないと思いますね」声はひどくもの静かであった。ていちょうではあるが、妙に無関心なところがあった。まるで心は、実際はひどく遠くにあるかのようだった。「固いことを言えば、ここは一般に公開されておりません、でも、みなさん、歩きまわっていますよ。ウェストン大佐ご夫妻もなんとも思っていらっしゃいません。なにか損害でもあれば処置なさるでしょうが、そんなことは、ま、ありそうにもないのでね」

「野蛮な破壊行為もない」とポアロは、あたりを見まわしながら言った。「これといって目だつほど散らかってもいない。屑籠《くずかご》さえない。これはなかなか珍しいんじゃありませんか？　それに、あまり人影もないようですが――不思議ですな。ここには恋人たちが散歩に来ることでしょうに」

「恋人たちは、ここに来ません」と若い男は言った。「どうしたわけか、不幸に見舞われると噂されているのです」

「あなたは、この庭の設計者じゃありませんか？　でも、わたしの想像はまちがっているかもしれませんな」

「わたしはマイケル・ガーフィールドというものです」

「ではないかと思っていました」とポアロは言った。そして、片手でまわりをぐるっとさししめした。「あなたがこれをつくったんですね？」

「そうです」とマイケル・ガーフィールドが言った。

「とてもきれいですね。美しいものが、この――いや、率直に申しますと、イギリスの単調きわまる風景のなかにつくられているのを見ると、いつでも異例だなって、なんとなくそんな気がします。たいしたものですね。さぞかし、あなたはここでのご自分の仕事に満足しておられるでしょうな」

「人間は、これで満足だというものがあるもんでしょうかね？」

「あなたは、これをミセス・ルウェリン・スマイスのためにつくったんでしたね。もう亡くなったと思いますが、たしか。いまはウェストン大佐夫妻がいるんですね？　彼らが持ち主なのですか？」

「そうです。安く手にいれたんですよ。大きな、ぶざまな家で――管理するにも容易じゃないし――たいていの人なら、そう欲しがるような家じゃありませんよ。奥さんは遺言でわたしに贈ってくれたんです」

「それで、あなたは売ったんですね」

「家は売りましたよ」

「それで〈クオリ・ガーデン〉は売らなかったんですか？」

「いや、売りましたよ。〈クオリ・ガーデン〉もいっしょですよ、まあ、いわばおまけみたいなものです」

「なぜですか？　それは興味があります。わたしがすこしばかり好奇心にかられたからといって、気にはなさらないでしょう？」

「あなたの質問はあまり普通だとはいえませんね」とマイケル・ガーフィールドは言った。

「わたしは事実を知りたいと思いますが、それ以上に理由を知りたいと思うのです。Aは、なぜこれこれのことをしたのか？　Bは、なぜほかのことをしたのか？　Cは、なぜAやBとはまるでちがった行動をとったのか？」

「あなたは科学者と話をなさるべきですよ。それは、つまり――遺伝子とか染色体の問題ですよ――すくなくとも、今日《こんにち》では、われわれはそう説明されています。配置とか型《パターン》とか、そんなふうなものですよ」

「あなたは、たったいま、かならずしも満足はしていない、それは人間誰でも満足はしないものだからだ、と言いましたね。では、あなたの雇い主というか、後援者というか、なんとでも呼んでかまいませんが――そのご婦人は満足していましたか？　この美しいものに？」

「ある程度はね。わたしはそれだけのことをしましたから。あの方はわけなく満足なさるご婦人でしたよ」

「そんなことは、じつに考えられませんな。その老婦人は、わたしが聞いたところによると、六十を越していたはずです。すくなくとも六十五にはなっていたでしょう。人間がそんな年になって、そんなにたやすく満足するものでしょうか？」

「わたしがやりとげたことは、あの方の指示や想像や計画を、正確に実現したものだと、わたしがあの方に思いこませたのですよ」

「そして、そうだったのですか？」

「そんなことを本気できいているのですか？」

「いや」とポアロは言った。「正直に言いますと、そうじゃありませんね」

「世渡りで成功するには」マイケル・ガーフィールドは言った。「人は自分の欲する暮らし方をつらぬかねばならぬし、自分が持っている芸術的傾向を満足させなければなりませんが、いっぽうにおいて、同時に商売人でなければなりません。自分のつくったものを売らなければなりません。そうしなければ、自分の計画とは一致しないやり方で、他人の計画をむりにもやらされることになります。わたしは、だいたいにおいて自分の計画どおりにやり、わたしを雇った依頼者に、その人の計画や設計をそっくり実現したのだと言って、これを売ったのです。いや、もっと適切な言葉で言えば、売りつけたのです。この技術はそれほどむずかしいものではありません。子供に、白い卵でなくて茶色の卵を売りつけるのとちっとも変わりはないのです。お客には、それがいちばん上等だ、それでなくてはいけないのだ、と納得させる必要があります。これこそ田舎の味がするとか言って。雌鶏《めんどり》が自分で選んだとでも言いましょうかね？　茶色で、農家で生んだ、田舎の卵。もし、〝みんな同じただの卵ですよ。卵にはちがいは一つしかありません。新しい卵か、そうでない卵かです〟なんて言おうものなら、売れっこありませんよ」

「あなたは珍しい人ですな」とポアロは言った。「尊大、というのですかな」と彼は考えながらつけくわえた。

「あるいは、ね」

「あなたはこの場所にきわめて美しいものをつくりだした。産業のために、あんなに切りきざまれ、美などというものを考えもせずに掘りくりかえされた岩石の生《き》のままの材料に、幻想と人工的な設計をつけくわえた。想像力を、そして心の眼には見える結果をつけくわえ、それを成就するための資金を調達した。おめでとう。わたしの尊敬の念を贈ります。自分の仕事の終わりがくる時が近づきつつある、一人の老人の尊敬の念です」

「しかし、現在でもあなたは仕事をつづけているんでしょう？」

「では、わたしがどういうものか、ご存じなんですな？」

ポアロの満足ぶりは一目瞭然としていた。彼は自分自身を知っている人が好きだった。

当節では、多くの人々が彼のことを忘れたのではないか、と彼は心細かったのだ。

「あなたは血の臭跡を追っている……ここでは、もう誰でも知っていますよ。ここは狭い社会です。ニュースはすぐ行きわたります。もひとりのほうの有名人が、あなたを引っ張ってきたのですね」

「ははあ、ミセス・オリヴァのことを言ってるんですな」

「アリアドニ・オリヴァ。ベストセラー作家。人々は彼女に会って、学生の不穏な行動、社会主義、女性の服飾、性は解放されるべきか、そのほか、彼女にはなんの関心もないような問題を、彼女がどう考えるか知りたがっているのです」

「さよう、さよう。嘆かわしい、とわたしは思いますな。わたしはちゃんと知っているのだが、そんな連中はミセス・オリヴァからは、たいしたことは聞きだせやしませんよ。あの人がリンゴ好きだということを知るのがせいぜいです。そんなことは、すくなくとも、もう二十年も前から知れわたっていると思いますがね、あの人は、いまだに楽しそうな微笑をうかべて、そのことを言っています。もっとも、いまは、リンゴがもう好きではないんじゃないかと思いますがな」

「あなたがこの土地に来たのも、リンゴのせいなのじゃないんですか？」

「ハロウィーン・パーティのリンゴです。あなたはあのパーティに出ていたのですか

?」

「いいえ」

「よかったですね」

「よかった?」マイケル・ガーフィールドはその言葉を繰りかえしたが、その声には、どこかしらかすかに意外だというような調子がこもっていた。

「殺人がおこなわれたパーティに、客として出席していることは、あまり愉快なことじゃありませんからね。たぶん、あなたはいままでに経験なさったことはありますまいが、あなたは運がよかったんですよ、というのは——」ポアロはちょっと外国人らしくなった。「——退屈なものでね《イリヤ・デ・アンニュイ》、おわかりでしょう《ヴ・コンブルネ》? みんなであなたに時刻とか日付けとか、無作法な質問をするんですよ」それから、さらに言葉をつづけて、「あなたはあの子を知っていたのですか?」

「そりゃ知っていましたよ。レノルズ一家は土地ではよく知られていましたからね。この辺に住んでいる人なら、たいてい知っていますよ。まあ、いろいろ程度はちがいますが、ウドリー・コモンじゃ、みんな知り合いみたいなもんでしてね。ある親密さ、ある友情、ほんの顔見知り程度の人々、などですよ」

「あの子はどんなふうでした? ジョイスという子は?」

「さあて——なんて言ったらいいんですかね——とくにどうこう言われる子ではありませんでしたよ。いやな声をしてましてね。キンキン声なんですよ。実際、記憶にのこっているのはそんなものくらいですね。わたしはとくに子供好きというわけではありませんので、だいたい子供なんて退屈なものですよ。ジョイスも退屈な子でした。話をするとなると、自分のことしか話さないのですよ」

「あまり興味をひかれる子ではなかったんですな？」

マイケル・ガーフィールドはちょっと意外そうな顔をした。

「そうとも思いませんがね。そうでなくちゃいけないんですか？」

「興味をそそらない人は、殺される可能性がすくない、というのがわたしの意見なのです。人が殺されるのは、利益のため、恐怖のため、あるいは愛情のためです。人間はめいめい勝手な選択をします、でも、出発点というものは、どうしてもなくては——」

彼は言葉を切って、時計を見た。

「もう行かなくちゃなりません。約束があるのです。もいちど、おめでとうを言わせてください」

ポアロは小径を通り、注意ぶかく足を運びながら、下り坂を歩いていった。そして、このときだけは、足にぴったりしたエナメル革の靴をはいてなくてよかったと思った。

その日、この隠し庭園で出会ったのは、マイケル・ガーフィールドだけではなかった。窪地のいちばん下までくると、そこから、すこしずつちがった方角へ分かれている、三本の小径があるのに気づいた。真ん中の小径の入り口に、倒れた木の幹に腰かけ、子供が一人、彼を待っていた。その女の子の言葉で、すぐそのことがはっきりした。

「あなた、ミスタ・エルキュール・ポアロでしょう?」

その子の声は澄んでいて、鈴をふるようだった。ひよわそうな子だった。その子のもつ雰囲気には、この隠し庭園にふさわしい何かがあった。森の精とか、なにか小妖精といった感じだった。

「そうだよ」とポアロは言った。

「あたし、お迎えにきたのよ」とその子供は言った。「あたしんちにお茶にくるところなんでしょう?」

「ミセス・バトラーとミセス・オリヴァと? そうだよ」

「そうなのよ。それがママとアリアドニおばさまのことなのよ」彼女はとがめるような調子でつけくわえた。「あなた、すこし遅れたわよ」

「すまん。ほかの人と立ち話をしていたんでね」

「ええ、見てたわ。マイケルと話をしてたんでしょう?」

「あの人を知ってるの？」

「そりゃ知ってるわよ。あたしたち、ここにはずいぶんながく住んでるんですもの。あたし、誰でも知ってるわ」

この子はいくつだろう、とポアロは考えた。彼はたずねてみた。

「十二。来年は寄宿学校に行くの」

「うれしい？　それとも悲しい？」

「行ってみなきゃ、ほんとはわかんないわ。ここがあまり好きじゃないような気がしてきたの、昔ほどは」そして、つづけて言った。

「さあ、いっしょに行きましょう」

「そうだ、そうだ。遅くなって、ほんとにすまないね」

「まあ、そんなこと、いいのよ」

「あんたの名は？」

「ミランダ」

「あんたにはふさわしい名だね」

「おじさまはシェイクスピアを思いだしてるのね？」

「そうだよ。学校で習ったの？」

「そうなの。ミス・エムリンがすこしばかり読んできかしてくれたの。あたし、ママにもっと読んでちょうだいって頼んだの。あたし、シェイクスピア、大好き。すてきな調子だわ。〈すばらしい新世界〉（《テンペスト》五幕一場）ほんとうには、あんなもの、ありゃしないわけね？」

「では、あの話を信じていないんだね？」

「おじさまは信じてる？」

「いつでも、すばらしい新世界はあるんだよ。でもね、とっても特別の人にだけあるんだよ。運のいい人だけ。自分のなかに、そういう世界の素材を持っている人だけ」

「ええ、わかるわ」とミランダは、じつにわけなくわかるとでもいう態度で言ったが、彼女がなにをどう理解したか、ポアロにはいささか心もとなかった。

彼女はきびすを返し、小径を歩きだしながら言った。

「この道を行きましょう。そう遠くはないのよ。うちの庭の生け垣をくぐって行けるの」

やがて、彼女は振りかえって指さしながら言った。

「あそこの真ん中のところね、あそこに井戸があったのよ」

「井戸？」

「ええ、ずっと前に。いまでもあるんじゃないかしら、藪《やぶ》やツツジやほかのものの下に。そんなの、みんな掘って持ってかれたのよ。すこしずつ持ってってって、誰も新しいのを植えないの」

「残念なような気がするね」

「そうかしら。あたしにはわかんないわ。おじさまは井戸がとっても好き？」

「サ・デパン」とポアロが言った。

「あたし、フランス語がすこしわかるのよ。いまのは、ものによりけりっていう意味じゃない？」

「そのとおりだよ。とてもちゃんとした教育をうけてるようだね」

「ミス・エムリンはすごくりっぱな先生だって、誰でも言ってるわ。あたしたちの学校の校長先生なの。いい加減なところがぜんぜんなくて、ちょっとばかり厳しいけど、ときにはすごくおもしろいお話してくれることがあるのよ」

「じゃ、いい先生にきまってる。お嬢ちゃんはこの土地のことを、とてもよく知ってるね――小径という小径は、のこらず知ってるようだ。ここにはしょっちゅう来るの？」

「ええ、そうなの、ここはあたしの大好きな散歩道なのよ。あたしがここに来てるときには、あたしがどこにいるか、誰も知らないの。あたし、木のあいだに――枝に腰かけて、いろんなもの見てるの。あたし、そんなことするのが好きなのよ。いろんなことが起こるのを見てるのが」

「いろんなことって、どんなこと？」

「たいていは、小鳥とかリスとか。小鳥って、ずいぶん喧嘩好きなんじゃない？　詩のなかの〝小さき巣にて睦《むつ》みあう小鳥〟なんて言葉とは、大ちがいよ。ほんとは睦みあってなんかいないんじゃない？　それに、あたし、リスを見てるの」

「そして、人間も見てるんだね？」

「ときには。でも、ここにはあんまり人は来ないのよ」

「どうしてだろう？」

「こわがってるんじゃないかしら」

「どうしてこわがるの」

「ずっと昔のことだけど、ここで人が殺されたからなの。庭園になる前のことなのよ。昔は、ここは石切り場で、そのころは砂利の山っていうのかしら、砂の山っていうのかしら、そんなのがあって、そこで、その女の人の死体が見つかったの。そういうわけなのよ。あの昔からの言い伝えを、おじさま、ほんとと思う？――人間は生まれるときから縛り首にされるとか、溺れ死にさせられるとか、きまってるんだって」

「いまじゃ、誰も縛り首にされるときまってなんかいないよ。もうこの国では縛り首にはしないんだから」

「でも、ほかの国では縛り首にするのね。街んなかで縛り首にするのよ。新聞で読んだわ」

「ほう。そんなことをするのは、いいことと思う？　わるいことと思う？」

ミランダの返事は、厳密にいって、その質問に答えたものではなかったが、彼女としてはそのつもりなのだろう、とポアロは思った。

「ジョイスは水につけられて殺されたのよ。ママはあたしに話したくないらしいの。でも、そんなの、ばかばかしいと思うわ、そうじゃない？　だって、あたし、もう十二にもなるんだもん」

「ジョイスは友だちだったの？」

「ええ。ある意味では大の仲良しだったの。ジョイスはよくとってもおもしろいお話をしてくれたわ。象だの、インドの王さまのことだの。インドに行ったことがあるのよ。あたしもインドに行ってみたいな。ジョイスとあたしは、よくお互いの秘密を話しあったものよ。あたしにはママほど話の種がないの。ママはギリシャに行ったことがあるのよ。そこでアリアドニおばさまと会ったんだけど、あたしは連れてってくれなかったの」

「ジョイスのことは誰にきいたの？」

「ミセス・ペリング。うちの料理人なの。うちに掃除にくるミセス・ミンデンに話していたのよ。誰かがジョイスの頭を押さえてバケツの水につけたんだって」

「その誰かっていうのが誰か、その人たち、心当たりはなさそうだった？」

「ええ。知らないようだったけど、そうだとすると、二人ともほんとに頭がわるいわね」

「あんたにはわかってるの、ミランダ？」

「あたしはその場にはいなかったのよ。喉が痛くて熱があったものだから、ママがあのパーティに連れてってくれなかったの。でも、あたしにはわかると思うの。だってジョイスは溺れさせられたんですもの。だから、人間って生まれたときから、溺れさせられるようにきまってるのかって、おじさまにきいたのよ。この生け垣をくぐるのよ。服に気をつけて」

ポアロは彼女のあとについていった。〈クオリ・ガーデン〉から生け垣をくぐる入り口は、小妖精のような、ほっそりしたミランダのからだにはふさわしい大きさだった——彼女にとって、これは天下の大道同然だった。それでも、彼女はポアロのことに気をつかい、すぐそばにイバラの茂みがあると注意したり、生け垣のもっと棘《とげ》のある植物を押さえていてくれたりした。やがて、二人は庭の堆肥《たいひ》積みのすぐ近くの場所に出て、いまは使ってないキュウリの温床のそばの角を曲がり、ゴミ箱が二つある場所まで行った。そこからは、ほとんどバラばかり植えてある、こぢんまりした庭を通ると、小さなバンガローまではすぐだった。ミランダは開いたフランス窓から家のなかへ案内し、珍しい甲虫《かぶとむし》の標本をつかまえた収集家のような、控え目だが誇らしげな調子で告げた。「ちゃんとおじさまをつかまえてきました」

「ミランダ、あなた、生け垣をくぐってお連れしたんじゃないでしょうね？　小径を通って、横手の門のほうにまわらなければだめよ」

「こっちの道のほうが便利なのよ。早くて、距離がみじかくて」

「それに、ずっと苦労が多いんじゃないかと思いますな」

「忘れていたわ」とミセス・オリヴァが言った——「わたしの友人のミセス・バトラーにご紹介しましたかしら？」

「していただきましたよ。郵便局で」

その紹介というのは、郵便局のカウンターの前に列ができていたので、そのあいだのほんのわずかな時間でのことであった。こんどはポアロも、ミセス・オリヴァの友人をずっと近くから、よく観察することができた。前は頭のスカーフと雨がっぱに隠れた、きゃしゃな女というだけの印象であった。いま見るジュディス・バトラーは三十五歳前後の女性で、娘のほうは木の精か森の精に似ているというのに、ジュディスは水の精の属性のほうを多くそなえていた。ライン河の乙女と言ってもいいほどだった。ながいブロンドの髪がしなやかに肩に垂れ、すこし面《おも》ながな顔と、かすかにくぼんだ頰、その上のながいまつ毛に縁どられた、大きな、海緑色の眼など、繊細な顔だちであった。

「こうしてちゃんとお礼が言えて、とてもうれしいですわ。ムッシュー・ポアロ」とミセス・バトラーは言った。「アリアドニがご無理をお願いしたのに、こころよく来ていただくなんて、ほんとにご親切に」

「友人のミセス・オリヴァからなにかを頼まれると、わたしはいつでも頼みをきかずにいられないのです」とポアロは言った。

「またばかなことを」とミセス・オリヴァは言った。

「こんどの痛《いた》ましい事件のことでも、あなたならすっかり解決できるって、アリアドニは確信していますわ、ほんとに信じきっていますの。ミランダ、台所に行ってごらん。オーブンの上の金網のトレイにスコーンがあるわよ」

ミランダは出ていった。出ていくとき、笑顔ひとつで表現できるかぎり、はっきりと

〝しばらくのあいだ、ママはあたしを追っぱらいたいのね〟と言っている心得顔な笑顔を母親に向けた。

「わたくし、あの子には知らせないようにつとめてきましたの」とミランダの母親は言った。

「こんどの事件――こんど起こった怖ろしい事件のことです。でも、はじめから、そんなことはできない相談だったようですわ」

「そのとおりです」とポアロが言った。「どこの住宅地でも、不幸のニュース、とくに不愉快な不幸のニュースほど速く伝わるものはありません。それに、いずれにしろ」と彼はつけくわえた。「人間は自分の周囲で起こっていることを知らずに、いつまでも生きていられるものではありませんよ。そして、子供というのは、そういうことにかけては、とくに耳のはやいものらしいですね」

「バーンズだったかしら、サー・ウォルター・スコットだったかしら、〝あなた方のあいだには、いつも目を皿のようにしている子供《わらし》がいる〟って言ったのはどっちだったか知らないけど」とミセス・オリヴァが言った。「でも、そう言った人は、たしかにほんとのことを言ってるわね」

「ジョイス・レノルズは、確かに殺人と思われるようなものを見たらしいですね」とミセス・バトラーは言った。「ちょっと信じられないことですけど」

「ジョイスがそれを見たことが信じられないんですか？」

「わたくしの言うのは、もしジョイスがそんなものを見たのなら、ずっと前にそれを人に話さなかったなんて信じられないっていう意味ですの。そんなこと、まるでジョイスらしくありませんもの」

「この土地で、誰もかれも、わたしにまず話してくれるのは」とポアロがおだやかな声で言った。「このジョイス・レノルズという子が嘘つきだということです」

「わたくし、思うんですけど」とジュディス・バトラーが言った。「ある子がなにか作り話をする、そのうちに、それが事実になるというのも、あり得ないことじゃないんじゃありませんかしら？」

「たしかに、それはわれわれが出発点とすべき重要な点ですね」とポアロは言った。

「ジョイス・レノルズは疑いもなく殺されたのです」

「そして、あなたはもう出発なさったのですわ。たぶん、もうすっかりおわかりになってるんでしょうね」とミセス・オリヴァが言った。

「マダム、わたしに不可能を求めてはいけません。あなたはいつも先を急いでばかりいらっしゃる」

「いけません？」とミセス・オリヴァが言った。「このごろじゃ、急がないとなんにも
できない世の中ですよ」
ちょうどそのとき、ミランダがスコーンをお皿に山盛りにして、部屋にはいってきた。
「これ、ここにおいてもいい？」と彼女は言った。「もうお話がすんだころだと思った
んだけど？　それとも、ほかにまだ台所から持ってくるものがある？」
その声はおだやかな悪意がこもっていた。ミセス・バトラーはジョージア朝風のティ
ーポットを暖炉囲いの上におろし、煮たつちょっと前に切っておいた電気ポットのスイ
ッチを入れ、適当にティーポットにお湯をいれ、お茶をだした。ミランダはまじめくさ
って、しとやかに、熱いスコーンとキュウリのサンドイッチを配った。
「アリアドニとわたくしはギリシャで会いましたの」とジュディスが言った。
「わたし、海に落っこちましてね」とミセス・オリヴァは言った。「ある島から帰って
くるときのことです。海が荒れてきて、水夫たちはしょっちゅう、〝飛べっ〟って言う
んですけど、向こう側との距離がいちばん遠いときに飛べって言うんです。もちろん、
いよいよ飛ぶときはちゃんとした距離になるんですけど、こっちはそんなことになろう
とは思いもしないものですから、からだは震えるし、勇気はなくなるしで、結局、近そ
うに見えるとき飛ぶんです。そして、もちろん、それは向こう側との距離がずっとはな

れているときなのです」彼女は言葉を切って、一息いれた。「ジュディスはわたしを海から引き揚げる手伝いをしてくれて、それが二人のあいだの縁みたいなものになったんですよ、そうだわね？」

「ええ、そうなんですの」とミセス・バトラーも言った。「それに、わたくし、あなたのお名前が好きだったのです」と彼女はつけくわえた。「なんとなく、とってもふさわしいような気がして」

「ええ、ギリシャ的な名前だと思いますわ」とミセス・オリヴァは言った。「これは本名ですのよ。小説を書くときのためにつくった名前じゃありませんの。でも、神話のアリアドニのようなことは、わたしの身に起こったことはありませんわ。心から愛する恋人に、ギリシャの一孤島におきざりにされるとか、そんなことは」

ポアロは、おきざりにされたギリシャ乙女の役としてのミセス・オリヴァを心に描くと、思わず唇にうかびあがってこざるを得ない、かすかな微笑を隠すため、口ひげに手をもっていった。

「誰でも自分の名にふさわしい生き方ができるものではありませんわ」とミセス・バトラーは言った。

「そりゃそうですわ。あなたが恋人の首を切り落とす役をしているところなんか、想像できませんもの。そういうようになるんでしたわね、ジュディスとホロファーニズのことですけど」

「あれは彼女の愛国的義務だったんですよ」とミセス・バトラーは言った。「あのために、わたしの記憶が正しければ、たしか彼女は非常に賞賛され、賞を与えられたのですわ」

「わたし、ジュディスとホロファーニズのことは、ほんとはあまりよく知らないんですよ。聖書外典の話でしたかしら？　それにしても、いよいよ名前を考えるときになると、人間ってほかの人に――自分たちの子供にっていう意味だけど――とっても変な名をつけるものじゃないかしら？　誰かの頭に釘を打ちこんだのは、誰でしたっけ？　ジェールかシセラだったわね。どっちが男だったか、どっちが女だったか、どうしても憶えられないのよ。ジェールだったわね。子供にジェールって名をつけた話なんて、聞いたこともないわ」

「彼女はすごいご馳走として、彼の前にバターをだしたのよ」と思いがけなくミランダが、お茶のトレイをさげかけて立ちどまりながら言った。

「わたしのほうをそんなに見ないで」とジュディス・バトラーがミセス・オリヴァに言った。「ミランダに聖書外典を手ほどきしたのは、わたしじゃないんですから、学校で習ったんですわ」

「このごろの学校としては、すこし変わってるんじゃない？」とミセス・オリヴァが言った。「そんなことより倫理観念を生徒に教えこむんでしょう？」

「ミス・エムリンはそうじゃないの」とミランダが言った。「先生は、あたしたちがいまの教会に行くと、ただ聖書の現代訳を読んできかされるだけで、そんなものは文学的価値はちっともないんだっておっしゃるの。あたしたちは、すくなくとも昔の欽定訳聖書のみごとな散文や無韻詩くらいは知っておくべきですって。あたし、ジェールとシセラの話を読んで、すごくおもしろかったわ。自分でやろうなんて考えたこともないことですもの」と彼女は考えこんだように言った。「みんなが眠っているときに、誰かの頭に釘を打ちこむなんて」

「ほんとに、そんなこと考えないでちょうだいよ」と彼女の母親が言った。

「そこで、あなたなら敵をどんな方法で片づけますか、ミランダ？」とポアロがきいた。

「あたしなら、とっても優しくやるわ」とミランダは、おだやかな瞑想的な口調で言った。「そのほうがむずかしいでしょうけど、そっちの方法をとるわ。だって、あたし、ものを傷つけるの、きらいなんだもの。安楽死させるような薬を使うわ。相手の人は眠りこんでしまって、きれいな夢を見て、ただそのまま目をさまさないだけ」彼女はそこにあったティー・カップやパンとバター皿をとりあげた。「あたしが洗うわよ、ママ。ムッシュー・ポアロに庭をごらんにいれたら？　庭のふちの花壇には、まだクィーン・エリザベス種のバラがいくらか咲いてるわよ」

ミランダは気をつけながらお茶の盆を持って部屋から出ていった。

「おどろいた子ね、ミランダは」とミセス・オリヴァが言った。

「なかなかきれいなお嬢さまをお持ちですな」とポアロは言った。

「ええ、あの子もいまはきれいだと、わたくしも思いますわ。でも、大人になったとき、どんなふうになるかわかりませんわ。よけいな脂肪がついて、ときどき肥った豚みたいになりますものね。でも、いまは――森の妖精みたいですわ」

「お宅につづいている〈クオリ・ガーデン〉が大好きなのも、むりないですね」

「あそこがあんなに好きでなければいいのにって、ときどきそう思うことがありますの。人目につかないところを歩きまわっている人たちのことでは、誰でも神経質になりますわ、たとえ、その場所が人々のいるところや村のすぐ近くであっても。誰でも――ええ、ちかごろでは誰でもみんな、いつでも怯《おび》えていますわ。だからこそ、ジョイスの身に起こったあの怖ろしい事件を、なんとしてでもあなたに解決していただかなくては、ムッシュー・ポアロ。だって、犯人がわからないうちは、わたくしたち、いっときも安心していられませんもの——わたくしたちのめいめいの子供のことなんですけど。ムッシュー・ポアロを庭にお連れしてくださらない、アリアドニ？　わたし、すぐ後から参りますから」

彼女は残っていたカップ二つと皿一枚をとって、台所に行った。ポアロとミセス・オリヴァはフランス窓から出た。小さな庭はどこにでもある秋の庭であった、アキノキリンソウの穂が数本と、ウラギクが庭のふちの花壇に残っていたし、クィーン・エリザベスのバラも、そのピンクの堂々たる花を高くもたげていた。ミセス・オリヴァは足ばやに石のベンチのあるところまで歩いていき、腰をおろし、ポアロもそばに腰かけるよう手ぶりですすめた。

「あなたはミランダのことを森の妖精みたいだとおっしゃいましたわね。ジュディスのことはどう思いになります？」

「ジュディスの名前はウンディーネでなくてはいけないと思いますよ」とポアロは言った。

「水の精ね。そうですわ、あの人、まるでたったいまライン河から、でなければ海から、でなければ森の沼とか、そんなものからあがってきたばかりだというように見えますわ。髪はまるで水につかっていたみたいで。それでいて、だらしのないところやなんかありませんでしょう？」

「ジュディスも、非常にきれいな婦人ですよ」

「あの人のことを、どうお思いになる？」

「まだ考えるだけの時間がありません。ただ、きれいで魅力があることと、なにか大きな心配ごとがあることを考えているだけです」

「だって、そりゃ当然じゃありませんか？」

「わたしとしては、マダム、あなたが彼女のことで知っていること、考えていることを話していただきたいのです」

「船のなかで、あの人のことは、いやでもよく知るようになりましたわ。船のなかでは、ほんとうに仲の良い友人ができるものですものね。一人か二人とだけですけど。つまり、ほかの人たちは、おたがいに好意をもっていても、それだけのことで、わざわざまた会いたいとは思いません。でも、一人か二人はそんな気持ちになる人がいるものです。ジュディスは、わたしがもいちど会いたいとほんとに思った一人なのです」

「その航海の前までは、知らなかったのですか？」

「ええ」

「でも、彼女のことで、なにか知ってるでしょう？」

「でも、ほんの世間並みのことだけ。未亡人ですわ。ご主人はずっと前に亡くなって——航空機のパイロットだったのです。自動車事故で亡くなりました。どうやら、ある晩、この近くのなんとかいう高速道路から、一般道に出ようとして、多重衝突かなんか起こしたらしいんです。ご主人は、わたしの想像ですけど、遺産らしい遺産は残さなかったようです。ジュディスはひどくあわてたようですわ。でも、ご主人のことは、あまり話したがりませんの」

「子供はミランダだけですか？」

「ええ。ジュディスは近くでパートタイムの秘書の仕事をしてますけど、きまった職にはついていません」

「彼女は〈クオリ・ハウス〉に住んでいた人たちを知ってましたか？」

「ウェストン大佐夫妻のことですの？」

「わたしが言っているのは、もとの持ち主のミセス・ルウェリン・スマイスのことですよ」

「知ってたと思いますわ。名前を口にしたのを聞いたような気がしますもの。でも、その方は二、三年前に亡くなったので、誰もその方のことは噂もしませんわ。生きている人たちだけじゃ、あなたにはまだ不足なんですか？」とミセス・オリヴァは、いくらかいらいらしながら言った。

「不足ですとも。死んだ人も、すでにこの舞台から姿を消した人も調べなければなりません」

「姿を消したというのは、誰のことですか？」

「オ・ペール娘ですよ」

「ああ、そうそう。あの連中はいつだって姿を消すんじゃありません？　つまり、こちらに来て、給料をもらうと、そのまま病院に直行。それも妊娠していて、赤ん坊を生むためなのです。オーギュストとか、ハンスとか、ボリスとか、そんなふうな名前をつけるのです。そして、でなければ、誰かと結婚するためか、恋におちた青年の後を追うために来るんですよ。友人たちが話してくれたことなんか、あなたはとても信じやなさいませんわ！　オ・ペール娘のことといえば、過労におちいっている母親にとっては天の恵みであり、とても手放す気にならない人たちか、でなければストッキングをちょろまかしたり——でなければ殺されたり——」彼女は言葉を切った。それから、「まあ……」と言った。

「まあ、落ちついて、マダム。オ・ペール娘が殺されたと信ずべき理由はないようですから——それどころか、あべこべですよ」

「あべこべって、どういう意味ですの？　筋がとおりませんわ、それじゃ」

「たぶん、そうでしょう。それでも、やはり――」

ポアロは手帳をとりだして、なにか書きこんだ。

「なにを書いてらっしゃるの？」

「過去に起こった、あることがらですよ」

「過去のことに、すごくこだわっていらっしゃるようですわね？」

「過去は現在の父です」とポアロは格言めかして言った。

彼は手帳を彼女のほうにさしだした。

「わたしが書いたことをごらんになりたいですか？」

「そりゃ見とうございますわ。でも、たぶん、そんなもの見たって、わたしにはなんにもなりませんわ。あなたが重要だと考えてお書きになったことで、わたしは重要と思ったためしがないんですもの」

ポアロは黒い小さな手帳を開いてみせた。

〝死者。たとえば、ミセス・ルウェリン・スマイス（金満家）。ジャネット・ホワイト（学校教師）。弁護士書記――ナイフにて刺殺。以前、偽造事件にて起訴さる〟

その下には〝オペラ娘失踪〟と書いてあった。

「オペラ娘ってなんのことですの？」

「それはわたしの友人スペンスの妹が使う言葉で、あなたやわたしがオ・ペール娘《ガール》と呼んでいるものですよ」

「その女は、なぜ失踪したんですの？」

「ある種の法律的いざこざに巻きこまれそうになったからです」

ポアロの指が次の記入事項へと移った。それはただ〝偽造〟という言葉だけで、その後に疑問符が二つついていた。

「偽造？　なぜ偽造なんかしたんですの？」

「それこそ、わたしが問題にしている点です。なぜ偽造したか？」

「どういう種類の偽造なんですか？」

「遺言状が偽造されたのです。いや、遺言補足書と言ったほうがいいでしょう。オ・ペール娘に有利な補足書です」

「不当圧迫？」

「偽造というのは、不当圧迫よりもっと重大なものですよ」

「それと、ジョイス殺しとどんな関係があるのか、わたしにはわかりませんわ」

「わたしにもわかりません。でも、だから興味があるのです」

「つぎはなんという言葉ですの？　わたしには読めませんわ」

「象です」

「それが何かと関係があるなんて、わたしにはわかりません」

「関係があるかもしれません。いいですか、ないとは言えませんよ」

彼は立ちあがった。

「もう失礼しなければなりません。どうぞ、ミセス・バトラーにご挨拶もしないで帰るのを謝っておいてください。ミセス・バトラーと、かわいい、変わったお嬢さんにお目にかかって、たいへん愉快でした。あのお子さんには気をつけるよう、ミセス・バトラーに伝えておいてください」

「〝母さんが言いました、森の子供たちとは遊んではいけないって〟」とミセス・オリヴァが童謡から引用した。「では、さようなら。もしあなたが謎めいてみせるのがお好きなら、たぶん、いつまでも謎めいてみせつづけるでしょうね。つぎにはどこへいらっしゃるのか、教えてもくださらないんですもの」

「明日の朝、メドチェスタのフラートン、ハリソン、レドベターの諸氏に会う約束があります」

「どんな用事で？」

「偽造事件やその他の問題について話しあうためです」

「そして、それから?」

「同じように出席していた人たちと話したいと思っています」

「あのパーティに?」

「いや――パーティの準備のときに」

第十二章

フラートン・ハリソン・レドベター法律事務所は、最高の社会的地位を示す、典型的な昔風の建物であった。歳月の手が触れた跡を感じさせた。もはやハリソン一家もレドベター一家もいなかった。ミスタ・アトキンソンという人物と、若いミスタ・コールという人物がいたが、最古参共同経営者のミスタ・フラートンがまだ残っていた。

ミスタ・フラートンは痩せた、相当の年の男で、感情ひとつ浮かべない顔、抑揚のない、いかにも法廷用の声、そして思いがけなく鋭い眼をしていた。手の下には一枚のノートペーパーがおいてあって、それには彼がいま読んだばかりの、いくつかの言葉が書いてあった。彼はもいちど読みかえし、その意味をきわめて正確に評価した。それから、このノートを彼に提出した男を見た。

「ムッシュー・エルキュール・ポアロとおっしゃるんですな?」彼はこの訪問者に対し、自分なりの評価をした。相当の老年、外国人、服装は非常にやかましく、エナメル革の靴をはいた足に関して言えば、あまりふさわしくないはき物で、ミスタ・フラートンが抜け目なく推測したところによると、その靴は小さすぎるようであった。眼の隅にはかすかな苦労の皺がすでに刻まれていた。伊達者《だてもの》で、おしゃれで、外国人で、人もあろうにヘンリー・ラグラン警部から推挙され、また、以前警視庁にいたスペンス警視（退職）の保証をうけている人物である。

「スペンス警視ですか、え？」とミスタ・フラートンは言った。

フラートンはスペンスを知っていた。若いころはりっぱな仕事をし、上司からも高く評価されていた男である。かすかな記憶が彼の心をかすめた。割合い有名な事件だった。事実そのものよりも有名で、型にはまった事件だったような気がする。そうだ！　甥のロバートが新参弁護士として関係していたことが、ふと心に浮かんだ。殺人犯人は精神病患者だったようで、自分のことを弁護しようともせず、ほんとに絞首刑にしてもらいたいと思っているのではないかとさえ考えうる男であった（というのは、当時、殺人は絞首刑を意味していたからである）。十五年の刑とか、不定期刑というのはない。そう、もっとも重い罰を受けるのだ――残念なのは、この制度が廃止されたことだ、とミスタ・フラートンはその冷静な心のなかで考えた。ちかごろの若い人殺しどもは、致命的になるまで襲撃をつづければ、たいした危険はないと考えている。相手が死ねば、死人に口なしだ。

この事件を担当したのがスペンスで、静かな、頑固な男だったが、終始、犯人はべつにあると主張しつづけたのである。そして、事実、警察当局があげた男はまちがっていて、その証拠を見つけた人物は、素人《しろうと》っぽい外国人であった。ベルギー警察の退職した刑事あがりの男だった。当時もう相当の年配だった。してみると、いまは——たぶん、よほどの老人だろう、しかし、それでもやはり自分は慎重な方法をとるだろうと、ミスタ・フラートンは考えた。情報、自分は情報を求められているのだ。いずれにせよ、情報を提供することがわるい結果になるはずはない。というのは、この特殊な事件に役たちそうな情報を自分がもっているとは、とても思えなかったからだ。あの少女殺人事件。

ミスタ・フラートンは、この人殺しをおこなった犯人について、かなり鋭い意見を持っている、と自分では思っていたが、この事件には、すくなくとも三人の被疑者がいるので、これならという犯人といえるほどの確信が持てなかった。三人の若いろくでなしのうち、どの一人をとっても犯人といえそうだった。いろいろの言葉が、彼の頭のなかに浮かんでは消えた。精神薄弱。精神病医の報告。疑いもなく、これで事件の決着はつくだろう。それにしても、パーティで子供を水につけて殺すとは——それは、家に帰らなかったり、そんなことをしてはいけないと、なんども言われているのに誘われて自動車に乗ったり、近くの雑木林や砂利穴で死体が発見される、無数の学校の子供の一人とは、まるで事情がちがうのだ。そうだ、砂利穴だ。あれはいつのことだったかな？　もう何年も何年も前のことだ。

これだけ考えるのに四分間ばかりかかり、ミスタ・フラートンは、それから喘息《ぜんそく》ぎみの咳をして口をきった。

「ムッシュー・エルキュール・ポアロ。わたしでなにかお役にたちますかな？　たぶん、あのジョイス・レノルズという女の子の事件だと思いますが。いやな事件です。まったくいやな事件です。でも、実際問題として、わたしがあなたのなんの役にたつのかわかりかねますがね。わたしはこの事件については、ほとんどなにも知らないのですから」

「でも、あなたは、たしかドレイク家の法律顧問なのですね？」

「ああ、さよう、さよう。ヒューゴー・ドレイク、気の毒な男でした。とてもいいやつでね。わたしは昔からの知り合いでして。あの一家が〈リンゴの木荘〉を買って、住むようになって以来です。ひどいもんですな、ポリオっていうのは――ある年、一家で外国旅行をしたとき、あの病気を背負いこんできたのです。精神的には、もちろん、健全さは損なわれていないのですよ。子供のときから運動家で、スポーツマンであり、どんなゲームもうまいし、その他なんでもござれという男に、そういう災難がふりかかると、はたの見る目も悲惨ですな。さよう。自分が一生障害者になったと知ることは、悲しいことですよ」

「あなたは、また、たしかミセス・ルウェリン・スマイスの法律問題も扱っておいでだったんですな」

「あの伯母さんですか、そうですよ。まったく変わった婦人でした。健康をそこねて、甥夫婦の近くにというので、ここに来て暮らすようになったのです。あの〝やっかいもの《ホワイト・エレファント》〟の〈クオリ・ハウス〉を買いましてな。相場よりずっと高い値段で——だが、彼女にとって金は目的でなかったのです。すごい金持ちでしたからな。探せばもっといい家が見つかったかもしれないが、彼女が惚《ほ》れこんだのは石切り場そのものだったのです。造園師を雇って仕事をさせたのですが、その男は自分の職業にかけてはたいした腕でした。ハンサムで、髪をながく伸ばしている手合いの一人ですが、腕はたしかでしたよ。この石切り場庭園の仕事をひとりで見事にやりとげました。この仕事で名声を博しまして《ホームズ・アンド・ガーデンズ》やその他に、写真入りで紹介なんかされたもんです。さよう。ミセス・ルウェリン・スマイスは人を見る眼があったのですな。仕事を委《まか》せるとなると、ハンサムな若い男ということは問題ではなかったのです。その点では、年よりの女にばかな人がいるもんですけど、この男には頭があったし、その職業ではトップクラスでしたよ。だが、こりゃすこしよけいなおしゃべりをしていたようですな。ミセス・ルウェリン・スマイスは二年ほど前に亡くなりましたよ」

「まったく突然に」

フラートンは鋭い眼つきでポアロを見た。

「いや、そうとも思いませんな。夫人は心臓がわるく、医者はあまり働かないようにと注意していたんですが、人の命令をきくような婦人ではありませんでな。健康を気にしすぎるタイプではなかったんですよ」彼は咳をしてから言った。「しかし、あなたがわざわざ話しにこられた問題から、だんだん離れていくようですが」

「いや、そうでもありませんよ。もっとも、よろしかったら、まるでちがった問題で、すこしばかり質問させていただきたいのですが。あなたの使用人の一人で、レズリー・フェリアという男についてご存じのことを」

ミスタ・フラートンはいささか意外そうな顔をした。「レズリー・フェリア？　レズリー・フェリアね。さあてと。なんてことでしょう、あの男の名なんか忘れかけていましたよ。さよう、さよう、知っていますとも。ナイフで刺された男じゃありませんか？」

「その男のことですよ」

「さてと、あなたにお話しできるほど多くのことは知りませんがね。あれはだいぶ以前に起こった事件です。ある晩、〈グリーン・スワン〉の近くで刺されたのですよ。まだ犯人は逮捕されておりません。おそらく警察当局には犯人の見当はついてるんでしょうが、わたしの考えでは、主として、証拠をつかむかどうかの問題のようですな」

「動機は感情的なものですか？」

「ええ、わたしはたしかにそうだと考えています。嫉妬ですよ、あいつは亭主持ちの女とねんごろになっていたのです。亭主というのは居酒屋《パブ》を経営していましてね。ウドリー・コモンの〈グリーン・スワン〉という店です。肩のこらない店で。そのうちにレズリーの奴、ほかの若い女と――それも、一人ならずという噂でしたがね――遊びまわりはじめたのです。女の子にとっちゃ、なかなかの男だったのですな。一、二度、ちょっとしたいざこざもあったようです」

「あなたは彼のことを、使用人としては満足しておいでだったんですね？」

「不満はなかった、とでも言っておきましょうかな。なかなかいい特質を持っていましてね。依頼者の扱い方もうまいし、法律の勉強もしていましたし、あれで自分の立場にもっと注意し、行為にもちゃんとした態度をくずさないようにしていれば、ずっとましだったんですがね。女から女へと、それもほとんどが、わたしのような昔風のものの目から見れば、社会的地位なんかもはるかに低いと考えたいような女と交際などしないで。あの晩、〈グリーン・スワン〉で喧嘩がありましてね、レズリー・フェリアは帰り途で刺し殺されたんです」

「女の一人が犯人だとか、あるいは、ミセス・グリーン・スワンだとか、そうお考えになりますか？」

「じつをいうと、これは決定的なことがわかるような事件ではありません。警察は嫉妬が動機と考えておると、わたしは信じていますが、といって――」彼は肩をすくめた。

「といって、あなたには確信がない？」

「ま、そういうときもあります。〝地獄といえども、蔑《さげす》まれたる女に似たる狂暴さはなし〟これは法廷でいつも引用される言葉なのです。ときには真実であることもあります」

「しかし、いまの言葉がこの事件に当てはまるとは、まるで考えておられないのが、わたしにはわかりますよ」

「さよう、もっと証拠が欲しい、とでも言いますかな。警察当局ももっと証拠が欲しいと思っておるでしょう。検察官は投げだしていますよ」

「まるでちがったことだったということもあり得るのではありませんか？」

「そりゃありますよ。誰だって推測だけなら、いくつでも出せます。あまり安定した性格ではない、このフェリアという青年はね。しつけはよかった。母親がいい人でね――未亡人でしたが。父親は非のうちどころのないといえる人物じゃなかった。やっとのことで窮地をのがれたことも何度かあった。妻にとっては不幸でした。息子もいろんな意味で父親に似ていました。怪しげな連中と交際したことも一、二度はありました。わたしはそれも善意に解釈してやったのです。まだ若いのだ、と。でも、わるい仲間にだんだん深入りしているぞ、と警告はしてやりました。法律によらない、いい加減な示談に深く関係したのです。率直に言って、母親さえいなければ、わたしは雇っておきたくなかったのです。まだ若いのだ、それに能力もある。わたしは一、二度は警告し、うまくいかないものかと願いました。しかし、このごろじゃ堕落の道は多いのでね。この十年、ますます増えるいっぽうですな」

「誰かが、彼を恨んでいたというようなことはありませんか」

「ないとは言えませんな。例の仲間ですよ――ギャングなんて、すこしドラマめいた言葉ですがね――しかし、奴らの仲間に巻きこまれると危険です。奴らのことを密告しようなんて考えると、肩胛骨《けんこうこつ》のあいだにナイフが刺さるなんてことは、そう珍しいことではないのです」

「そんなことが起こったのを、見たものはいないのですか？」

「さよう。誰も見たものはありません。もちろん、奴らはそんなへまはやりません。そういう仕事をする奴は、すべての手配をうまくととのえておくのです。適当な場所と時間にアリバイとか、そのほかですな」

「それでも、誰かが見ていなかったとは言えないでしょう。まったく、思いもよらない人が。たとえば、子供とか」

「夜おそく？　〈グリーン・スワン〉の近くで？　とても考えられないことですよ、ムッシュー・ポアロ」

「一人の子供が憶えていたのかもしれない。友だちの家から帰っていた子供。自分の家からは、たぶん、すぐ近くだったのでしょう。小道を通って帰っていたのかもしれないし、あるいは生け垣のかげから何かを見たのかもしれない」

「まったく、ムッシュー・ポアロ、あなたは驚くべき想像力の持ち主ですな。あなたが言っていることは、わたしはまったく考えられないことのように思えますが」

「わたしには、それほど考えられないこととは思えませんがね。子供はいろんなものを見るものです。彼らは、そんなところにいるとは思いもしない場所に、しばしばいるものですよ」

「でも、うちに帰ったら、自分が見たことを、きっと話すでしょう？」

「話さないかもしれません。自分で見たものが、はっきり確信できなかったのかもしれません。とくに、自分が見たものが、わずかでも怖ろしかった場合には。子供は家に帰ると、自分が見た街の出来事や、思いがけない暴力沙汰などを、かならずしも報告するとはかぎりません。子供は自分の秘密をじつによく守るものです。秘密を守り、そのことを考えます。ときには、自分は秘密を知っている、自分だけの胸におさめている秘密を知っているという気分を好むものです」

「母親には話しますよ」とミスタ・フラートンが言った。

「わたしはそのことにそれほど確信をもちませんな。わたしの経験によりますと、子供が母親に話さないことは、じつに多いのです」

「失礼ですが、このレズリー・フェリア事件について、なにがそんなにあなたの興味をかきたてるのですか？　ちかごろ、われわれのあいだで、嘆かわしいほど頻発する暴力による、一人の青年の悲しむべき死ですか？」

「わたしはその青年のことはなんにも知りません。でも、彼について何か知りたいのです。それは、彼がそれほど遠くない過去に起こった暴力による変死者だからです。そのことが、わたしにとって、重要でないとは断言できないのです」

「いいですか、ミスタ・ポアロ」とフラートンは軽い辛らつさをこめて言った。「わたしにはね、なんのためにあなたがわたしのところに来たのか、ほんとにあなたが関心を持っているのがなんなのか、実際にわからないのですよ。まさか、ジョイス・レノルズの死と、何年も前に死んだ、前途はあったが、いささか犯罪的行為もあった一人の青年の死とを、結びつけて考えてるのではないでしょうね？」

「人間はなんでも疑ってみることはできます」とポアロは言った。「ただ、それ以上のことを発見しなければなんにもなりません」

「失礼ですが、犯罪と関係のあるあらゆる事件で必要なのは、証拠ですよ」

「あなたもお聞きおよびでしょうが、死んだジョイスという女の子が、自分の眼で殺人を目撃したことがあると言うのを、数人の証人が聞いているのですよ」

「こういう土地では、人々は普通、流布《るふ》している噂なら、どんな噂でも耳にはいってくるものです。それにまた、こんな言葉をつけくわえていいものなら、人の耳へはいってくるときには、その噂は、普通信ずるに値しない形にまで、妙に誇張されているものです」

「それもまた事実ですよ。確かジョイスは、わずか十三歳だったはずです。九歳の子供でも自分が見たものは憶えていますよ――ひき逃げ事故、暗い夜のナイフによる争闘、あるいは絞殺された学校の教師――こうしたことすべては、子供の心にきわめて強烈な印象を残してはいるのですが、その子は、おそらく、そうと断言するだけの確信がなかったからでしょうが、自分が見た現実の事実については口外せず、あれこれと心の中で思い悩んでいたのです。あるいは、なにごとかが起こって憶いだすまで、このことは忘れていたと考えられないことはありません。そういうこともあり得るとはお思いになりませんか？」

「そりゃ思いますが、しかし、わたしとしては、どうも――ひどくこじつけの想像のような気がしますな」

「ほかにもまた、外国人の女が失踪したこともご存じでしょう。たしか名前はオルガとかソニアとかいいましたが――苗字ははっきり憶えていません」

「オルガ・セミノフですよ。そうです、たしかに失踪しています」

「あまり信頼のおけない性格では？」

「そうです」

「さきほど話してくださったミセス・ルウェリン・スマイスの付き添いのお相手役か看護婦だったんですね？　ミセス・ドレイクの伯母さんの――」

「そうです。ミセス・ルウェリン・スマイスは、それまでに何人かの女をその仕事のために雇っています——ほかにも二人、外国人の女を。一人は雇ったが早いか喧嘩をしてしまったし、もう一人のほうはいい娘だったのですが、ひどいのろまだったのです。ミセス・ルウェリン・スマイスは、よろこんでばかを相手に我慢するような人ではありませんでしたからね。最後にもいちどと思って雇ったオルガは、ひどく彼女の気にいったようすでした。その女は、わたしの記憶に誤りがなければ、とくに魅力的な女というわけではありませんでした。背が低くて、ずんぐりして、物腰が陰気で、近所の人々はあまり好意をもっていませんでしたよ」

「でも、ミセス・ルウェリン・スマイスは好意をもっていたのですね？」

「非常な愛情をよせるようになったのです——まったく無分別なほどだ、と一時はそんなふうに思われましたよ」

「ほう、なるほど」

「わたしが話していることは、すでにあなたのお耳にはいっていることばかりだと信じています。いまも申しあげたように、こうした話は、この土地では野火のようにひろがっていくのです」

「ミセス・ルウェリン・スマイスは、その娘に莫大なお金を遺産として残したと承知していますが」

「じつに思いもかけないことでした。ミセス・ルウェリン・スマイスは、多年にわたって、基本的な遺言状による譲渡の条項を変更したことがなく、例外として、新しい慈善団体をくわえたり、死亡によって無効となった遺贈を変えたりしただけでした。もし、あなたがこの問題に関心をお持ちでしたら、たぶん、わたしはすでにあなたがご承知のことを話していることでしょう。夫人の財産は甥のヒューゴー・ドレイクと、彼のいとこであり、したがって、ミセス・ルウェリン・スマイスにも姪にあたる、彼の妻とに連帯で贈られることに、以前からきまっていました。もし、どちらかが先に死ねば、財産は残ったほうに行くのです。相当多くの遺贈が、慈善団体や古くからの召使いに残されていました。ところが、彼女の財産の最終的な処置だと主張されるものは、彼女の死の約三週間前につくられたもので、しかも、これまでのように、わたしどもの事務所で作成されたものではないのです。それは彼女自身の筆蹟で書かれた遺言補足書でした。それは一つ二つの慈善団体がふくまれていました――前ほどその数は多くありませんでしたが――古くからの召使いにはまるで遺贈はなく、夫人の莫大な財産の残り全部は、オルガ・セミノフに対し、生前彼女が夫人に示した献身的な奉仕と愛情への感謝のしるしとして贈られることになっていました。じつに驚くべき処置で、ミセス・ルウェリン・

スマイスの生前の行為から考えると、まったく想像もできないことなのです」

「それで？」

「その後のことは、たぶん、多少ともお耳にはいっていると思います。筆蹟鑑定専門家の証言によって、その補足書はまったくの偽造であることが明瞭になりました。ミセス・ルウェリン・スマイスの筆蹟に、ほんのすこし似ていましたが、それだけのことでした。ミセス・ルウェリン・スマイスはタイプライターがきらいで、個人的な手紙は、しばしば、できるだけ自分の筆蹟をまねて、オルガに書かせていました——ときには、手紙の署名まで代筆させることもあったのです。オルガは代筆の練習は非常に積んでいたわけです。そこで、ミセス・ルウェリン・スマイスが死んだとき、オルガはさらに一歩踏みこんで、自分は夫人の筆蹟として通用する筆蹟で書けるくらいには上達しているのだ、と考えたらしいのです。だが、こういうことは専門家をだますわけにはいきません。そうですとも、そんなわけにはいきませんよ」

「その書類の真偽を決定するための、訴訟が起こされることになっていたのですね？」

「そうです。もちろん、訴訟が実際に法廷に持ちだされるまで、通例どおり法的な延期がされました。その期間中に、その若いご婦人は臆病風にふかれ、さよう、さきほどあなたが言われたとおり——失踪したのです」

第十三章

エルキュール・ポアロが別れを告げて部屋をでると、ジェレミー・フラートンは机の前に腰をおろし、しずかに指先で机をたたいていた。しかし、その眼ははるか遠くを見つめ――考えに没入していた。

彼は眼の前の書類をとりあげ、眼をそれにおとしたが、視線はそれに集中していなかった。内線電話の控えめなブザーが鳴ったので、彼は机の上の受話器をとりあげた。

「なんですか、ミス・マイルズ？」

「ミスタ・ホルデンがお見えでございます」

「わかった、さよう、たしか彼との約束は四十五分ばかり前だったはずだ。こんなに遅れた理由を、なにか言ったかね？……うん、うん。よくわかった。この前と同じ言いわけだ。わたしはほかの依頼人に会ったから、いまは時間がないと言ってください。そして、来週、面会の日どりをきめておいてください。こんなことをつづけておくわけにはいかんからね」

「かしこまりました、ミスタ・フラートン」

彼は受話器をおき、眼の前の書類を考えこんだまま見おろしていた。あいかわらず、読んでいるのではなかった。心は過去の事件を追っているのだった。二年——約二年前——そして、今朝になって、エナメル革の靴をはき、大きな口ひげをはやした、あの妙な小男が、いろんな質問をして、あのときの事件を思いだささせたのだ。いま、彼は二年ちかく前の会話を、心のなかで反芻《はんすう》しているのだった。

彼はふたたび、自分の向かい側の椅子に腰をおろしている、背の低い、ずんぐりした女の姿を見るような気がした——オリーヴ・ブラウンの肌、ダーク・レッドの豊かな口、大きな頬骨、濃い、ふさふさした眉の下から、彼の眼をのぞきこむ、青い眼のたけだけしさ。情熱的な顔、生命力のあふれる顔、苦悩を知ってきた顔——おそらく、つねに苦悩を経験している——しかし、苦悩を受けいれることを知らない顔。最後まで戦い、抵抗する種類の女だ。いまはどこにいるだろう、と彼は考えた。どうにかこうにか、彼女はやってきたのだ——どうにかこうにかといって、正確にはどんなことをしてきたのか？　誰が彼女の力になってやったか？　誰かが力をかしてやったろうか？　誰かがしてやらねばならないのだ。

たぶん、彼女は紛争のたえない中部ヨーロッパのどこかの土地に帰ったのであろう。そこは彼女の生まれ故郷であり、彼女とは縁の切れない場所で、自由を失うことに甘んじないのであれば、ほかに行く道がないゆえに、そこへ帰らざるを得ない土地なのである。

ジェレミー・フラートンは法の護持者である。彼は法を信頼していた。そして軟弱な判決をくだし、形式的な要求を受けいれる今日《こんにち》の裁判官の多くを軽蔑していた。書籍を盗んだ学生、スーパーマーケットで手当たり次第に万引きした若妻、雇い主の金をちょろまかした女の子、公衆電話の料金箱をぶっこわした男の子、彼らはほんとに金に困っているのではなく、自暴自棄になっているのでもなく、ほとんどが、しつけをうけるべきとき甘やかし放題にされ、自分で買うだけの金がない品物は、盗りさえすれば自分のものになるのだという、強い信念以外にはなんにも知らずに育てられてきたのである。しかも、法を正当に執行することに本来的な信念を固持しているとともに、ミスタ・フラートンは憐憫《れんびん》の情も持つ男であった。彼でも人々を気の毒に思わないわけではなかった。オルガ・セミノフのことを気の毒に思わないわけではなく、事実、気の毒とは思ったのである。もっとも、彼女が自身のためにもちかけた、情熱こめた議論にも、まったく影響をうけなかったのであるが。

「わたくし、お力をかしていただきたいと思って参りました。あなたなら力になってくださると思ったのです。去年は親切にしてくださいましたもの。書類をつくっていただいたので、もう一年イギリスに滞在することができましたわ。そして、当局の人が言ってくれましたの。〝あなたは答えたくない質問には、答えなくてよろしい。弁護士の同席を要求することができます〟って。ですから、あなたのところに参りましたの」

「あなたが例にひかれた事情は――」ミスタ・フラートンは、自分がその言葉を、いかに冷ややかに、いかに無感情に言ったかを思いだした。その背後にある憐憫のゆえに、いっそう無感情に冷ややかに言ったのだ。「――この場合、適用されません。この事件では、わたしは法的にあなたのために行動する自由がないのです。すでにわたしはドレイク家を代表しています。ご存じのように、わたしはミセス・ルウェリン・スマイスの顧問弁護士だったのですから」

「でも、奥さまは亡くなられました。亡くなれば顧問弁護士はいらないと思いますけど」

「夫人はあなたがお好きでしたよ」とミスタ・フラートンは言った。

「ええ、わたしをかわいがってくださいましたわ。そのことを、いまお話ししてるんです。だからこそ、奥さまはわたしに財産をくださろうとなさったんです」

「かまわないじゃありませんか？　なぜ、いけないんです？　奥さまは親類のかたがたはお好きじゃございませんでしたもの」

「財産全部を？」

「そりゃまちがっている。夫人は姪御さんと甥御さんを非常に愛しておいでしたよ」

「ええ、そりゃ奥さまはミスタ・ドレイクに好意を持ってらしたかもしれませんけど、ミセス・ドレイクには好意をお持ちでございませんでしたわ。とってもうるさがってお られましたわ。ミセス・ドレイクは干渉なさるんですよ。ミセス・ルウェリン・スマイスがお好きなことを、いつもおとめになるのです。奥さまがお好きなものを、食べさせようとなさらないのです」

「ミセス・ドレイクは誠実な人で、伯母さんに医者のいった、食べもののことだの、あまり運動をさせてはいけないことだの、その他たくさんの命令をまもらせようとなさったのですよ」

「人間って、いつでも医者の言いつけをまもろうとするわけではありませんわ。親類のものから干渉をうけたくないこともありますわ。自分の好きなように暮らし、自分の好きなことをしたり、自分の好きなものを食べたりしたいものですわ。奥さまには莫大なお金があったのですもの。好きなものはなんでも手にいれることができるんですわ！

なんでも好きなだけ自分のものにすることができるんですわ！　金持ちで——金持ちで——金持ちで、だから、自分のお金で好きなことができるんですわ。ドレイクご夫婦は、もうあまるほどのお金をもっておいでです。りっぱな家や衣服や、車も二台。とっても裕福に暮らしていらっしゃるのです。これ以上、どうしてお金がいるというのでしょう？」

「生きている親類というのは、あのご夫婦だけなんですよ」

「奥さまは、このわたしにお金をやりたいとお思いになったのです。わたしのことをかわいそうだとお思いになったのです。わたしがどんな暮らしをしてきたかご存じなのです。父が警察につかまって連れていかれたこともご存じなのです。母もわたしも、それ以来二度と父に会ったことはありません。それから、母のことも、どんなふうにして母が死んだかということも。家族はみんな死にました。わたしが耐えてきた生活は、ぞっとするようなものでしたわ。警察国家のなかで生活することがどんなものか、あなたにはわかりませんわ、わたしはそんな国で生活していたんです。いえ、いえ、わかるものですか、あなたは警察側の人ですもの。わたしの側の人ではありません」

「さよう」とミスタ・フラートンは言った。「わたしはあなたの側の人間ではない。あなたの身の上に起こったことは、心から同情申しあげるが、こんどの問題はあなたが自分でひき起こしたことですぞ」

「そんなこと、嘘です！　わたしがしていけないことをしたなんて、そんなことはありません。わたしがなにをしたというのでしょう？　わたしは奥さまに優しくしてあげ、親切にしてあげました。奥さまでさえご自分で食べられようとは思ってもみなかったものをたくさん持ちこんであげました。チョコレートやバターや。いつでも植物性脂肪以外ないんですものね。奥さまは植物性脂肪がおきらいだったのです。バターが欲しいって言ってらっしゃいましたわ。バターがうんと欲しいって」

「いや、バターの問題じゃないんですよ」

「わたし、奥さまのお世話をしてあげ、優しくしてあげましたわ！　だから、感謝してらしたのです。そのうちに奥さまがお亡くなりになったとき、奥さまはご親切と愛情によって財産をすっかりわたしに贈るという、署名入りの書類を残してくださったのです。ところが、あのドレイクの連中がでてきて、そのお金はわたしにやらないと言うのです。いろんなことを言うのです。わたしは悪い影響力を持っているって。そのうちに、もっと悪いことを言うのです。ずっとずっと悪いことを。あの遺言状は、わたしが自分で書いたんだなんて。ばかばかしいにもほどがあります。奥さまがお書きになったのです。ほんとに奥さまがお書きになったのです。そして、奥さまはわたしを部屋からお出しになりました。そして、掃除婦と庭師のジムを呼んでこさせました。それから、この二人に書類に署名するようおっしゃいました、わたしじゃいけないんです。どうしてかと言うと、わたしが財産を受けとることになっていたからです。なぜ、わたしが財産を受けとってはいけないのでしょう？　なぜ、わたしは生涯でのいくらかの幸運を、いくらかのしあわせを受けてはいけないのでしょう？　すごくすばらしいような気がしますわ。そのことを知ったとき、計画したいろんなこと」

「きっとそうでしょうな、さよう、きっとそうでしょうな」

「なぜ、わたしは計画をしてはいけないんでしょう？　なぜ、わたしは喜んでいけないんでしょう？　わたしはしあわせに、金持ちに、欲しいものはなんでも手にはいる身分になろうとしているんです。わたしがどうまちがったことをしたというのでしょう？　なんにもしていません。はっきり申します。なんにもしていません。なんにもです」

「だから、さっきから説明してあげようとしているんですよ」とミスタ・フラートンは言った。

「あんなこと、みんな嘘です。あなたは、わたしが嘘をついているとおっしゃるんですね。あの書類はわたしが自分で書いたとおっしゃるんですね、わたし、自分でなんか書きやしません。奥さまがお書きになったんです。誰だろうと、これ以外のことを言える人はいないはずです」

「ある人々はいろんなことを言っています。まあ、お聞きなさい。途中で抗議するのはやめて、わたしの話をお聞きなさい。ミセス・ルウェリン・スマイスは、あなたが代わりに書いた手紙を、しばしば、できるだけ自分の筆蹟に似せて書くように頼んだことは事実でしょうな？　それは、夫人が友人である人々や、個人的な交際をしている人々に、タイプライターで打った手紙をやるのは失礼にあたる、という古風な考えを持っていたからです。それはヴィクトリア朝時代から、めんめんとつづいてきた考えですよ。このごろでは、手で書いた手紙を受けとろうが、タイプライターの手紙を受けとろうが、誰も気にするものはおりません。しかし、ミセス・ルウェリン・スマイスにとっては、そんなことは無作法なのです。わたしの言っていることがおわかりになりますか？」

「ええ、わかりますわ。だから、奥さまはわたしにお頼みになるのですわ。奥さまはおっしゃるんです。〝さあ、オルガ。この四通の手紙に、わたしが口述して、あなたが速記したとおりに、返事を書いておくれ〟って。でも、みんなペンで書いて、筆蹟はできるだけわたしの筆蹟に似せるようにしておくれ〟って。そして、自分の筆蹟に似せて書く練習をしろとおっしゃって、aはこう、bはこう、lはこうって、そのほかすべての文字の書き方を注意なさるのです。〝だいたい、わたしの筆蹟に似ていれば、それでいいんですよ。それから、わたしの名前の署名もしておくれ。なんにしても、わたしがもう自分の手紙も書けなくなったなんて、人さまに思われたくありませんからね。といっても、あなたも知ってるとおり、手首のリュウマチがだんだんひどくなって、手紙を書くのが、ますますつらくなったけど、個人的な手紙はタイプライターで打つのがいやなんですよ〟って」

「あなたが自分のふだんの筆蹟で書いて、末尾に〝秘書代筆〟とか、なんなら、頭文字を添え書きでもすればいいじゃありませんか」

「奥さまはそんなことはおいやだったのです。手紙はご自分で書いたものと思われたかったのです」

それは事実と考えて差し支えあるまい、とミスタ・フラートンは思った。それはいかにもルイズ・ルウェリン・スマイスらしいことだった。彼女はいつも、もはや昔のようにいろんなことができないこと、もはや遠いところを歩いたり、坂道をはやくのぼったり、手を使ってなにかをする、とくに右手を使うことができないということを、非常に腹だたしく思っていたのだった。彼女はこう言いたかったのだ。

「わたしは申し分なく健康なのよ、どこもなんともないのよ、やろうと思えばできないことなんかないのよ」そうだ、オルガがいま話したことは確かに事実なのだ、そして、事実であるがゆえに、それは最後の遺言状に添付してあった、正式に作成されルイズ・ルウェリン・スマイスによって署名された補足書が、最初、なんの疑いも持たれず受けいれられた理由の一つだったのだ。ミスタ・フラートンは回想した。疑念が起こったのは彼自身の事務室でであった。それというのも、彼と彼の若い共同経営者が二人とも、ミセス・ルウェリン・スマイスの筆蹟を非常によく知っていたからだった。最初に口をきったのは、コール青年だった。

「ねえ、あの補足書をルイズ・ルウェリン・スマイスが書いたとは、ぼくにはどうしても信じられないのですがね。夫人が最近関節炎にかかっていることをぼくは知ってるんですよ、あなたにお見せしようと思って、夫人の書類のなかから持ってきた、夫人自筆の筆跡の見本を、ちょっと見てください。あの補足書にはどこかおかしなところがありますよ」

ミスタ・フラートンもどこかおかしなところがあることには同意見だった。そして、この筆蹟問題には専門家の意見をきこうと言ったものだった。返事はまったく決定的だった。べつべつにきいた意見も一致した。補足書の筆蹟はルイズ・ルウェリン・スマイスのものでないことははっきりした。もしオルガがもすこし貪欲《どんよく》でなかったら、もし彼女が問題の補足書の冒頭のように――〝わたしに対する彼女の非常な心づくしと世話、わたしに示した愛情と親切のゆえにわたしはここに彼女に遺贈として——〃という言葉ではじまる補足書を書くだけで満足していたら、とミスタ・フラートンは考えた。これが補足書の書き出しの言葉だったが、もし、この後つづけて、相当額の金を献身的なオ・ペール娘に残すと指定してあれば、親類たちは多すぎるとは考えるかもしれないが、なんの疑念もはさまず受けいれたことであろう。しかし、親類をまるで切りすて、ミセス・ルウェリン・スマイスが二十年ちかくの期間に作成した四通の遺言状では、つねに伯母の残余財産受遺者であった甥まで除外し、すべてを赤の他人のオルガ・セミノフに遺すとは——これはルイズ・ルウェリン・スマイスの性格ではなかった。事実、不当圧迫の訴えによって、いずれにしろ、そんな書類なんか一挙にひっくり返すことができる。そうだ。この情熱的な子供は欲をだしたのだ。おそらく、ミセス・ルウェリン・スマイスは、オルガの親切のゆえに、心づくしのゆえに、この老婦人が自分の気まぐれを満たしてくれ、頼んだことはなんでもやってくれた娘に対し、抱きはじめた愛情のゆえに、いくらかの金を遺してやるというくらいのことは話したであろう。そして、そのことがオルガの未来の展望を開いたのだ。すべてを自分のものにしよう。老婦人がなにもかもを自分に遺してくれる、そして、お金がすっかり自分のものになる。お金も、家も、衣服も、宝石もすっかり。一つのこらずだ。欲ばりな女。そして、いまはその報いをうけているのだ。

そして、ミスタ・フラートンは自分の意志に反し、自分の法律家としての本性に反し、そのほかもっと多くのもろもろのものに反し、彼女のことを哀れと思ったのである。ひどく哀れと思ったのである。子供のときから苦しさというものを知り、警察国家の冷厳さを知り、両親を失い、兄弟姉妹を失い、不正を経験し、そして、それが彼女のなかにおいて、疑いもなく生まれ落ちるときから持ってはいたが、これまで思うがままに発揮できなかった一つの特質を成育させてきたのだ。それは子供っぽい、はげしい貪欲であった。

「誰もかれもがわたしの敵にまわります」とオルガは言った。「一人のこらずです。世間の人はみんなわたしの敵です。わたしが外国人だからといって、わたしがこの国のものでないからといって、なにを言い、なにをしていいかわからないからといって。それじゃ片手落ちというものです。わたしになにができましょう？　どうすればいいか、なぜ教えてくださらないんです？」

「それはあなたにできることが、それほどたくさんあるとは、わたしが考えていないからですよ」とミスタ・フラートンは言った。「あなたが助かるには、すべてをはっきり話してしまうよりほかに方法はありませんよ」

「もし、あなたがわたしに言わせようと思っていることを言ったら、それはみんな嘘になります。あの遺言状をつくったのは奥さまです。奥さまがお書きになったんです。ほかの人が署名しているあいだ、部屋をはずすようにおっしゃったんです」

「いいですか、あなたには不利な証拠があるんですよ。ミセス・ルウェリン・スマイスは、自分がなにに署名しているのか、よく知らずに署名していたことがあった、と証言する人もいるんですよ。夫人にはいくつもの種類の書類があって、自分の前にだされたものを、いつも読みなおすとはかぎらなかったのです」

「へえ、それなら奥さまは自分がおっしゃることもよくわからなかったんでしょうね」

「ねえ、いいですか。あなたの最大の希望は、あなたが初犯であり、外国人であり、初歩の形でしかイギリスの言葉がわからないということです。そういう場合、わずかな刑ですむこともあるし、執行猶予の恩典に浴せるかもしれないのですよ」

「ああ、また言葉。言葉ばっかりで、ほかになんにもありゃしない。わたしは刑務所にいれられて、二度と出てこれないんだわ」

「ばかなことを言うもんじゃありません」

「逃げてしまえばよかったんだわ。逃げてしまって、誰にも見つからないように、身をかくせばよかったんだわ」

「いったん逮捕令状がでれば、発見されますよ」

「すばやく逃げていれば見つかるもんですか。あのときすぐ逃げていれば。誰かが手をかしてくれれば。逃げられないことはなかったわ。このイギリスから逃げだす。船か飛行機で。パスポートとかビザとか、そのほか持っていなければならないものを偽造する人くらい見つかるわ。わたしのために、なにかしてくれる人が。わたしには友だちがいるんだから。わたしに好意を持ってくれる人たちがいるんだから。わたしが行方《ゆくえ》をくらますのに手をかしてくれる人が、誰かいるはずだわ。行方をくらまさなきゃ。かつらをつけてもいいし、松葉杖をついて歩くのもいいわね」

「いいからよくお聞きなさい」とミスタ・フラートンは言ったが、そのときの口調には威厳がこもっていた。「あなたのことはお気の毒に思っています。あなたのために最善をつくしてくれる弁護士を推薦してあげましょう。行方をくらますなんてできるものではありませんよ。まるで子供みたいなことを言うんですな」

「わたし、お金なら充分まにあうくらい持っています。お金をためていたのです」それから彼女は言ったものだった。「あなたは親切にしようとはなさいましたわ。ええ、そのことは、わたし、信じます。でも、結局はなにもしてくださらないでしょう、というのは、みんな法律だからですわ――法律。でも、誰かわたしに手をかしてくれる人はいますわ。誰かが。そして、わたし、誰にも見つからないところに逃げてしまいますわ」

いままで、ついに彼女は誰にも見つからなかったのだ、とミスタ・フラートンは考えた。そして、知りたかった――そう、彼は非常に知りたかったのだ――彼女はいまどこにいるのだろうか、いや、どこに隠れているのだろうか？

第十四章

I

〈リンゴの木荘〉にはいると、エルキュール・ポアロは応接室に案内され、ミセス・ドレイクはまもなく来るから、すこしお待ちくださいと言われた。

玄関のホールを通るとき、食堂だろうと見当をつけた部屋のドアの向こうから、数人の女のまざりあった低い声が聞こえた。

ポアロは応接室の窓ぎわに寄っていって、きちんとした、気持ちのいい庭を観察した。設計もいいし、管理もよく行き届いている。のび放題のウラギクが、支柱にしっかり結えつけられてまだ残っていたし、キクもまだ余命をたもっていた。頑強なバラが一、二本、近づいてくる冬を軽蔑するように、まだ花をつけていた。

ポアロの眼には、造園師の初歩的な仕事の気配すら、いまのところ見つからなかった。

すべては手入れと、月並みな形だけであった。さすがのマイケル・ガーフィールドの手にもミセス・ドレイクは余ったのだろうか、とポアロは思った。彼は餌《えさ》をまいたが無駄だった。すばらしく手入れされた郊外風庭が、いまだに残っていることが、それをあますところなく示していた。

ドアが開いた。

「お待たせいたしましてすみません、ムッシュー・ポアロ」とミセス・ドレイクは言った。

外の玄関のホールでは、いろんな人がてんでに別れを告げながら立ち去っていくにつれ、低い人声がしだいに消えていった。

「わたくしたちの教会のクリスマスのお祝いのことですの」とミセス・ドレイクが説明した。「そのための段どりやなんかを相談するための委員会なのです。こうしたことは、予定していたより、いつもながくなるんでございますよ。誰かがなにかに反対するとか、誰かがいいアイデアをもっているとか——いいアイデアっていうのは、たいていの場合、まるでできっこないプランのことが多いのでございます」

その口調には軽い辛らつさがこもっていた。ロウィーナ・ドレイクが、ものごとを、断固として、決定的に、くだらないことだとはねつけてしまう性格であることは、ポアロには容易に想像できた。ポアロには、スペンスの妹から聞いた言葉や、ほかの人が言ったことからのヒントや、その他のいろんな情報源から、ロウィーナ・ドレイクは、なにごとでも先頭にたってやると期待されてはいるが、さて、そうしているあいだは、誰からもそれほど愛されないといった、個性の強いタイプであることは容易に理解できた。また、彼女の誠実さが、同じタイプの年よりの親戚から高く評価される種類のものでなかったことも、理解することができた。思うに、ミセス・ルウェリン・スマイスは甥夫婦の近くで暮らそうと思って、この土地に来て住んだのだが、妻のほうは、たちまち夫の伯母の監督と、実際に同じ屋根の下に住まないでできるかぎりの世話を一手に引き受けるようになったのだ。ミセス・ルウェリン・スマイスは、おそらく心のなかでは、ロウィーナの世話になっていることを感謝してはいたのだろうが、それと同様に、ロウィーナのやり方を横暴と考えていたにちがいなく、そのことを腹にすえかねていたのだ。

「さあ、もう、みなさんお帰りになりましたわ」とロウィーナ・ドレイクはホールのドアが最後に閉まる音を聞いて言った。「さて、ご用はなんでございましょう？　あのおそろしいパーティのことで、もっとなにか？　あんなパーティ、うちでなんか開かなきゃよかったと思いますわ。でも、ほかに適当な家がなかったもんで。ミセス・オリヴァはまだジュディス・バトラーのところにいらっしゃいますの？」

「ええ、一日二日のうちにロンドンに帰ることにはなっていると思いますがね。あなたは以前にはミセス・オリヴァにお会いになったことはないんですか？」

「はい。愛読者ですけど」

「あの人は、非常にすぐれた作家だと考えられていますよ」

「ええ、そりゃもう、すぐれた作家ですわ。それにちがいはありませんもの。それにまた、なかなかおもしろい方ですすわね。あの方、なにか考えをお持ちですの——つまり、あのおそろしいことをやったのは誰かっていうようなことで？」

「もっていないようですな。それで、あなたは、マダム？」

「そのことは、もうお話し申しあげましたわ。わたくし、なんにも意見はございません」

「たぶん、そうおっしゃるだろうとは思っていましたが、それでも——たぶん、それを突きつめていえば、すぐれた考えをお持ちになってるんじゃありませんかな。もっとも、それは単なる考えだけかもしれませんがね。ぼんやりと形をとりかけた考え。可能性だけはある考え」

「どうしてそうお考えになりますの？」

彼女はいぶかしそうに彼を見た。

「なにかをごらんになったんじゃないかと思いますので——きわめて小さな、なんの役にもたちそうにないことですが、さて考えなおしてみると、最初思っていたよりずっと意味があるような気がすることですよ」

「あなたはきっと心のなかで考えていらっしゃることがおありなんですね、ムッシュー・ポアロ、なにかはっきりした出来事を」

「まあ、それは認めます。ある人が話してくれたことがありまして、そのためです」

「まあ！　それはどなたですの？」

「ミス・ホイッティカーという方です。学校の先生の」

「ああ、わかってますわ。エリザベス・ホイッティカー。あの人、エルムズ校の算数の先生ですわね？　あの人もあのパーティに来ていまして、わたくし、憶えていますわ。あの人がなにか見たんですか？」

「あなたがなにかを見たんじゃないかと彼女が考えることにくらべると、それほどはっきりしたものを見たわけではないのです」

ミセス・ドレイクは意外そうな顔をして、首を振った。

「わたしがなにかを見たなんて、思いつきませんわ。でも、自分で気がつかないことだってありますものね」

「花びんに関係のあることなんですよ。花をいけた花びんに」

「花をいけた花びん？」ロウィーナ・ドレイクはちょっと狐につままれたような表情になった。だが、すぐに顔があかるくなった。

「ああ、そうそう。わかりましたわ。ええ、階段の角のテーブルの上に、紅葉と菊をいけた大きな花びんがありましたの。とってもりっぱなガラスの花びんですの。わたくしの結婚祝いの贈り物でして。紅葉や、一つ二つ花もしおれているようなのです。わたくし、ホールを通るとき、それに気がついたのを憶えています——それはパーティも終わりに近づいたころだったと思いますけど、はっきりいたしません——わたくし、どうしてそんなふうになったんだろうと思いまして、近よって花びんに指をいれてみますと、どこの間抜けでしょう、花をいけた後、花びんに水をさすのを忘れているのです。わたくし、とっても腹がたちました。それで浴室に持っていって、水をいれました。でも、浴室でなにか変わったものを見るなんて、そんなことあるはずありませんわ。なかに誰もいませんでした。それは断言できます。パーティのあいだには、年かさの女の子や男の子が、この部屋でちょっとした、害のない、アメリカ人が〝ネッキング〟と言っていることをやっていたとは思いますけど、わたくしが花びんを持ってはいっていったときには、たしかに誰もおりませんでしたわ」

「いやいや、わたしはそのことを言っているのではありませんよ」とポアロは言った。「そこで、ある出来事が起こったはずです。花びんがあなたの手から滑り、下のホールに落ち、粉みじんに割れたことを言っているのです」

「ああ、そうですわ。こっぱみじんに割れて。わたくし、うろたえました。だって、それはさっきも申しましたように、わたくしたちの結婚祝いの贈り物でしたし、大きな秋の花束みたいなものをいれても大丈夫なほど重くて、ほんとに申し分のない花びんだったんですもの。わたくしがばかだったんですわ。あんなことをするなんて。指がすべったんです。それで手からはなれて、ホールの床に落ちて割れたんです。エリザベス・ホイッティカーがそこに立っていました。そして、破片《かけら》を拾い、誰かが踏んづけないように、割れたガラスを邪魔にならないところに掃きよせる手伝いをしてくれました。後でよく片づけようと思って、大時計のそばの片隅に掃きよせるだけにしておいたのです」

彼女は問いかけるようにポアロを見た。

「それが、あなたのおっしゃる出来事なのですかしら？」

「そうですよ。ミス・ホイッティカーは、どうやら、あなたがなんで花びんを取り落としたのか、不思議に思ったようです。そして、たぶん、なにかであなたが驚いたんだろうと考えたんですよ」

「驚いた？　わたくしが？」ロウィーナ・ドレイクはポアロを見て、それから、また眉をよせて考えこんだ。「いいえ、どっちにしても、わたくし、驚いたなんておぼえはありませんわ。よくあることじゃありませんかしら、ものが手から滑り落ちるなんて、それだけのことです。洗ったりなんかしているときに。きっと疲れてたせいですわ。そのときは、わたくし、相当疲れていましたの、パーティの準備とか進行とか、なんやかんやで。パーティはとてもうまくいっていました。たぶん、わたくし――ええ、疲れてるときにはどうしても起こりがちな、あの手もとのおぼつかない動きのためですわ」

「なにかに驚いたということはないんですね――確かに？　思いもかけないものをごらんになったとか」

「見た？　どこで？　ホールで？　ホールにはなんにも見えませんでしたわ。みんなスナップ・ドラゴンに行っていましたから、そのときはホールには誰もいませんでした、そりゃ、もちろん、ミス・ホイッティカーは別ですけど。それに、わたくしが駆けおりたとき、手伝おうと寄ってくるまで、ミス・ホイッティカーには気づきもしなかったんです」

「誰か、たぶん、図書室のドアから出てくる人の姿を、ごらんになりませんでしたか？」

「図書室のドア……あなたのおっしゃる意味はわかります。ええ、誰かいれば、わたくしには見えたはずですわ」ずいぶんながいあいだ無言のままでいたが、やがて、ポアロをまともにじっと見つめた。「図書室から出てくる人の姿なんか見ませんでした。誰ひとり……」

ポアロは怪しいと思った。彼女のいまの言葉を言ったその口ぶりで、彼の心のなかには、彼女は嘘をついている、誰か、あるいは何かを見たのだ。おそらく、ドアがちょっと開いたばかりのところで、部屋のなかの人影がほんのちらと見えただけだろうが、きっと見ているにちがいないという確信が生まれた。しかし、彼女はじつにはっきりと否定しているのだ。なにゆえに、それほどはっきり否定するのか？　それは、彼女が見た人物は、ドアの向こう側でおこなわれた犯罪となにか関係があるとは、彼女としては、一瞬たりとも信じたくない人物だったからではなかろうか？　いつも彼女が気にかけている人物――いや――こっちのほうが、いっそう可能性がある、と彼は考えた――彼女が護《まも》ってやりたいと思っている人物。おそらく、まだ子供といってもいいほどの年ごろのもの、彼女としては、その子がたったいま犯してきたおそるべきことを、ほんとには意識しているとは思えそうにないもの。

ポアロは彼女のことを気むずかしい女ではあるが、誠実な人物だと思った。同じタイプの多くの女性同様、しばしば市長や町長になったり、会議や慈善団体を運営したり、世間でいう〝福祉事業〟に興味を持ったりする女だと思った。酌量《しゃくりょう》すべき事情を異常なほど信じこむ女、とくに若い犯罪者に、すぐ妙に口実を与えてやる女、思春期の男の子とか、精神薄弱の女の子とか。おそらく、すでに――なんとか言うのだった――そういう〝保護観察中〟の人物。図書室から出てくるのを彼女が見たのが、そういう人物だったとしたら、ロウィーナ・ドレイクの保護本能が作用しはじめたと考えても見当ちがいとはいえない、とポアロは思った。現代では、きわめて幼い子供が犯罪をおこなうことも、まるで知られていないわけではない。七歳や九歳くらいの子供なのである。そして、少年審判所の法廷に立たされた、こうした生まれつきと思われる幼い犯罪者をいかに処置すべきか、これはしばしば解決困難な問題である。いろいろな理由が彼らのために持ちだされる。家庭不和。無責任で不適格な親。しかし、彼らのためにもっとも熱心に発言する人物は、彼らのためにあらゆる理由を探しだしてくれる人物は、ふつうロウィーナ・ドレイクのようなタイプなのである。そういう場合以外は、厳格で、他人のあらばかり探している女なのだ。

ポアロはといえば、そういう考え方には同調できなかった。彼はつねにまず正義の裁きを考える人間であった。彼は慈悲というものに疑問をいだいていた、つねに疑問をいだいていた——つまり、過剰な慈悲に対してである。ベルギーとこのイギリス両国における以前の経験からして、彼は知っているのであるが、過剰な慈悲というものは、しばしば、もし正義の裁きを第一に、慈悲を第二にしておけば、犠牲者にならずにすんだ罪もない犠牲者にとって、致命的な、さらに大きな犯罪へとつながるものである。

「なるほど」とポアロは言った。「わかりました」

「誰かが図書室にはいるのを、ミス・ホイッティカーが見たとも考えられるとはお思いになりません？」とミセス・ドレイクが言った。

ポアロは興味を示した。

「ほう、そうだったかもしれないと、あなたは考えるんですね？」

「単なる可能性としてだけですけど、そんなふうな気がするんですの。誰かが、まあ、五分ばかり前に図書室にはいるのを、彼女が見たといたしますね、そこで、わたくしが花びんを取り落としたとき、それを見て、わたくしも同じ人物を見たのではないかと彼女は思う。それが誰であったか、わたくしが認めたと思ったんですよ。たぶん、ほんのちょっと見ただけ——はっきりと断言できるほどには見なかった人のことを、誰それだと言うのはよくないことだと思って、それとわかるようなことは口にしたくなかったんです。おそらく、子供か、若い男の子の後ろ姿かなんかで」

「では、マダム、それは――子供と言うんですかな――男の子なり女の子で、ほんの子供、あるいはまだ思春期にも達しない若い誰かだったとお考えですか？　そういう連中のうちの誰それとはっきりした子ではなく、いま話題になっているような犯罪をおこないそうな、いちばん可能性のあるタイプとでも言いますか、そういう子だとお考えなのですか？」

彼女はそこのところを、なんども心のなかで繰りかえし考えた。

「そうです」とやがて彼女は言った。「そう考えていると自分でも思いますわ。よくよく考えぬいたわけじゃございませんけど。このごろの犯罪は、若い人に関係していることがじつに多いような気がいたしますの。自分たちがなにをしているのかわかっていない人たち、くだらない復讐をしようとする人たち、破壊本能を持っている人たち。公衆電話をぶっこわして金を盗む連中、車のタイヤを切る連中、人々を傷つけるだけのために、ありとあらゆることをする連中、それも特定の人が憎いからではなく、世間全体を憎むからそんなことをするのです。現代の一種の病症ですわ。それで、なんの理由もないのに、パーティで子供が水につけられて殺されるなどという事実に出くわすと、自分の行為に、まだ充分には責任の持てないものの仕業《しわざ》だと思いたくなるのです。わたくしの考えは正しいとお考えになりませんか？　つまり――その――いまのわたくしの考え方が、この際いちばん可能性があるってことを？」

「警察当局はあなたの見解に同意すると思います——いや、いままでは同じ見解でしたよ」

「いまにわかりますわ。この地区の警察官はとても優秀なんですから。いくつかの犯罪をみごと解決しましたわ。労をおしまないし、諦めるということを知らないのです。そう急にとは思いませんけど、こんどの殺人事件も解決すると思いますわ。こうしたことはながい時日がかかるものらしいですわね。証拠を集めるための辛抱づよい、ながい時日が」

「こんどの事件の証拠は、集めるのにそう容易ではありませんよ、マダム」

「ええ、そうでしょうね。わたくしの夫が死んだとき——ご存じと思いますけど、身体障害者でございましたの。道路を渡ってるとき車にぶつけられてひき殺されました。いまだに犯人はわからないのです。ご存じでしょうけど、夫は——それとも、ご存じではなかったでしょうか——夫はポリオ患者でしたの。六年前から、ポリオのおかげでからだの一部が麻痺してましてね。病状はよくなってはいたのですけど、まだ足をひきずっていまして、もし車が急に襲ってきたら、とても避けることはできなかったと思いますわ。なんだかわたくしに責任があったような気がしてなりませんの。とはいっても、いつも夫はわたくしだろうと誰だろうと、いっしょに出あるくのを承知しないのです。というのが、看護婦の世話になったり、看護婦の代わりをつとめる妻の世話になったりするのをいやがっていたからで、道を渡るときにはいつも用心していましたもの。それでも、事故が起こると、人間は自分に責任があるような気がするものですわ」

「それは伯母さんが亡くなられてすぐ後のことですね？」

「いいえ。伯母はそれからまもなく死んだのです。なにもかも来るときはいっしょに来るみたいですわね？」

「まったくです」とエルキュール・ポアロは言って、また言葉をつづけた。「警察では、ご主人をひき殺した車は探しだせなかったのですか？」

「それはグラスホッパー・マーク7だったのです。道で目につく三台に一台は、みんなグラスホッパー・マーク7ですもの——すくなくとも当時はそうでした。市販されている車でいちばん普及している車だって、警察で教えてくれましたわ。そして、その車はメドチェスタのマーケット・プレースで盗難にあったものだ、と警察では確信していました。そこはよくみんな駐車する場所なのです。持ち主はメドチェスタの年配の種子商のミスタ・ウォーターハウスという人でした。ミスタ・ウォーターハウスは運転するにも速力はださず、慎重な人でした。だから、事故を起こしたのがその人でないことは確かなのです。無責任な若者が他人の車を無断借用することは世間でよくあるものなんですけど、これなんかはっきりそれなんです。こんな不注意な、いや、そんな無神経などとでも言いましょうか、そんな若者たちは、いまよりもっと厳重に取り締まるべきだと、そんなふうな気がするときもありますわ」

「長い懲役刑にするんですな。罰金刑を科すだけで、その罰金も甘い身寄りのものが払ってやったりすると、本人は悪いことをしたとも思わないんですからな」

「こうした若者たちは、これからの人生でちゃんとやっていくつもりなら、勉強をつづけることが決定的に必要な年ごろだということを、世間の人は忘れてはいけませんわ」

「教育の聖牛（神聖にして犯すべからざるものの意）ですな」とエルキュール・ポアロは言って、急いでつけくわえた。「いまのは、人々――さよう、知遇を得ていなければならん人々から聞いた言葉です。ずっと先輩の学者としての地位にある人々です」

「当局では、若い人たちに対し、悪いしつけ方や、崩壊した家庭に対し、充分な考慮を払わないのです」

「では、あなたは刑務所に入れる以外の、なにかほかの方法が必要だとお考えなのですか？」

「ちゃんとした矯正措置ですよ」とロウィーナ・ドレイクはきっぱりした口調で言った。

「そんなことをしても――（また古い諺ですが）――ブタの耳から絹の財布をつくる（できない相談の意）ようなものじゃありませんかね？　あなたは〝あらゆる人の運命は首に縛りつけられたもの〟という格言をお信じにならないのですか？」

ミセス・ドレイクはひどく疑わしそうに、そして、ちょっと不満そうな顔をした。

「たしか回教徒の諺ですよ」とポアロは言った。ミセス・ドレイクはいっこう感心したような顔もしなかった。

「わたくしたち、中東からは、考え方を――それより理想と言うべきでしょうか――持ちこまないようにしたいものですわ」

「誰でも事実は受け入れなくてはなりません。そして、現代の生物学者――西洋の生物学者ですよ――」ポアロは急いで言いそえた。「そういう生物学者のとなえる事実によると、ある人物の行為の根源は、その人の遺伝学的性格に根ざしていると、きわめて強く示唆《しさ》しているようですね。二十四歳の殺人者は、潜在的には二歳、三歳、四歳でも殺人者だったのです。これは、もちろん、数学とか音楽の才能にも言えることです」

「わたくしたちが話しあっているのは、殺人犯ではありませんのよ。夫は事故で亡くなったのです。不注意な、適切に順応させられていない性格の持ち主による事故なのです。それが少年であろうと青年であろうと、終局には、他人のことを考えるのは義務であるとわかること、人の命をうばったら、たとえ、それが知らずにしたことであり、その意図においては実際は犯罪でなく単なる犯罪的不注意による殺人であっても、それに対して嫌悪の情をおぼえるように教育されることを納得するようになる希望は、つねに存在するのです」

「とすると、あれは意図においては犯罪ではなかったと、ほんとに確信しておいでなのですね？」

「当然、意図的な犯罪ではないと思っておりますわ」ミセス・ドレイクはちょっと意外そうな顔をした。「警察当局が本気になってその可能性を考慮しているとは、わたくし、思いませんわ。わたくしはそんなこと、たしかに考えていませんわ。あれは事故です。わたくし自身のもふくめて、多くの人の生活のパターンを変えた、まことに悲劇的な事故でしたわ」

「さっき、あなたは、わたしたちが話しあっているのは殺人犯人のことではないと言いましたね。でも、ジョイスの場合、わたしたちが話しあっているのは殺人犯人のことです。あの事件に関しては、事故ではありません。意図を持った人間の手が、あの子の頭を水のなかに押しこみ、死ぬまでそのままにしていたのです。故意の意図です」

「わかってますわ。わかってますわ。ほんとにおそろしい。わたくし、考えるのもいや、思いだされるのもいやですわ」

彼女は立ちあがり、落ちつきなく歩きまわった。ポアロはなおも容赦《ようしゃ》なく押していった。

「わたくしたちは、いまだに一つの選択をせまられているのです。殺人の動機を発見しなければならないのです」

「こういう犯罪では、まるで動機なんかないように思えるんですけど」

「というと、人を殺すことに喜びを感ずるまでに精神に異常をきたした人間の手でおこなわれた、というのですか？　まだ若い、大人にもなりきっていない子供を殺すことに」

「そういう事件はよく耳にしますわ。もともと最初の原因は、なかなか発見できません。精神病医のあいだでも、意見が一致していないのですから」

「もっと単純な説明を受け入れる気はありませんか？」

彼女は判断に迷ったような顔をした。「もっと単純と申しますと？」

「精神異常者ではないんです、精神病医のあいだで意見がちがうなんていう病人ではないのですよ。ただ自分の身の安全をはかろうとする人物で――」

「身の安全？　ああ、あなたがおっしゃるのは――」

「ジョイスという子は、あの日、何時間か前、自分はある人が人を殺している現場を見た、と得意になって話したのです」

「ジョイスは」とミセス・ドレイクは悠々たる確信をこめて言った。「ほんとにしようのない子でしたわ。いつもほんとのことを言ってるとはかぎらないんですからね」

「誰でも、そのとおりのことを、わたしに話してくれました。みんなの言うことが正しいにちがいない、とわたしも思いはじめました」彼は溜め息とともにつけくわえた。

「いつもそうなのですから」

彼は立ちあがり、がらりと態度を変えた。

「わたしはお詫《わ》びをしなくてはなりません、マダム。あなたにとっては辛いこと、わたしにはまったく関係のないことをお話ししたりして。でも、どうやらミス・ホイッティカーが話してくれたことから考えると――」

「どうしてあの人から、もっといろんなことを聞きださないんですか?」

「と言いますと――?」

「あの人は学校の先生です。あの人なら、自分が教えている生徒のなかに存在している潜在的可能性(あなたの言葉を借りれば)を、わたくしなんかよりずっと知っていますもの」

　彼女はそこで言葉を切ったが、すぐにまた言った。

「ミス・エムリンでも、そうですわ」

「校長先生？」ポアロは意外そうな表情で言った。

「そうですわ。あの方はいろんなことを知っています。もって生まれた心理学者なのです。あなたは、わたくしがジョイスを殺した犯人について、意見を——漠然とした考えを——持っているのではないか、とおっしゃいましたわね。わたくしにはありません——でも、ミス・エムリンなら持っているのではないかと思いますわ」

「これはまた興味ある——」

「わたくし、証拠を持っていると申しあげているのではございませんよ。あの方なら知っているとだけ申しあげているのです。その気になれば、あの方ならあなたにお話しできると思いますけど——たぶん、お話しにならないでしょう」

「わたしにもだんだんわかりかけてきました。まだまだ道は遠いことがね。みんな、いろいろのことを知っています——でも、それをわたしには話してくれません」彼は考えぶかげな眼でロウィーナ・ドレイクを見た。

「伯母さまのミセス・ルウェリン・スマイスは身のまわりの世話をさせるために、オ・ペール娘を雇っていましたね、外国人の娘を」

「あなたはこの土地のゴシップはすっかり聞きこんでいらっしゃるようですわね」ロウィーナは皮肉な調子で言った。

「ええ、そうですの。その女は伯母が死ぬとまもなく、急にこの土地を出ていきましたの」

「ちゃんとした理由があってのようですね」

「こんなことを言うと、中傷になるか名誉毀損になるか存じませんけど——でも、その女が伯母の遺言状の補足書を偽造した——あるいは、何者かが力をかして偽造させたことには、疑いがないようですわ」

「何者か？」

「その女は、メドチェスタの法律事務所で働いていた青年と親しくしておりましたの。その青年は以前にも偽造事件に関係したことがあったのです。女が行方不明になりましたので、その事件は法廷には持ちだされませんでした。女は遺言状の検認をうけるところまでいかないことや、法廷での訴訟になることに気づいたのです。この界隈から姿を消して、それ以来消息もわかりませんの」

「その女も、話によると、両親が別居している家庭に育ったんだそうですね」

ロウィーナ・ドレイクは鋭くポアロを見つめたが、ポアロは愛想よくにこにこ笑っていた。
「いろいろと話していただいて、ありがとうございました、マダム」と彼は言った。

Ⅱ

ポアロはミセス・ドレイクの家をでると、〈ヘルプスリ墓地路〉という道標がたっている、大通りからそれた細道をしばらく歩いた。墓地まではそれほど遠くなかった。せいぜい歩いて十分くらいの道のりだった。あきらかに完成されてから十年くらいの墓地で、おそらく、ウドリーが住宅地として次第に重要になるにつれ、それに対応するためにできたものであろう。二、三百年前に建立されたらしい、手ごろな大きさの教会には、周囲にきわめて小さな土地があって、それはすでに墓でいっぱいだった。そこで、畑二枚はなれ、教会と小径でつなぐ新しい墓地がつくられたのであった。それは適当な感傷を大理石か花崗岩《かこうがん》板石にきざんだ、いかにも無駄のない、現代的な墓地だ、とポアロは思った。墓地には花の壺がそなえてあって、灌木や花木などの小さな木が植えてあった。興味をひくような古い墓碑銘とか碑文とかはなかった。古物研究家にとって、たいしたものはなかった。さっぱりしていて、こぎれいで、きちんとしていて、それ相応な感傷を示していた。

彼はいずれも二、三年前の日付けのある、近くのほかのいくつかの墓と同年代の墓の上にたてられたある銘板を読むために足をとめた。それには簡単に碑銘が彫ってあるだけであった。

ロウィーナ・アラベラ・ドレイクの愛する夫、
ヒューゴー・エドマンド・ドレイクの思い出に捧ぐ。
一九——年三月二十日逝く。
神は彼の愛する眠りを与えたまえり。

活気に満ちあふれたロウィーナ・ドレイクとのやりとりから別れてきたばかりのポアロは、おそらく、眠りは故ミスタ・ドレイクに歓迎すべき姿として訪れたことだろうという気がした。

雪花石膏の壺が適当なところに備えつけてあって、供花の残骸がはいっていた。この世を去った善良な市民の墓の世話をするために雇われたらしい老人の庭師が、鍬《くわ》と箒をおいて、しばしの世間話を楽しみたいといったようすで、ポアロに近寄ってきた。

「この辺ははじめての方のようですな？」

「そうです」とポアロは言った。「遠い先祖《おやたち》と同様、あんたとははじめてですよ」

「うん、そうそう。それとよく似た聖書の言葉があったね。あそこの隅の墓にあるよ。ありゃりっぱな人だったよ、ミスタ・ドレイクは。足が不自由でね。あの小児麻痺とかいうやつでさ。そういっても、この病気にかかるのは子供だけとはかぎらないのだがね。大人もだよ。男も女もね。うちのかみさんにさ、伯母さんがあってね、この伯母さんがスペインでこいつにかかったんだよ。旅行でスペインに行って、どこかの河で泳いだんだね。後から人が言うには、その河の水に黴菌《ばいきん》がいたんだっていうんだがね、世間の連中がなんでも知ってるわけはねえ。わしに言わせれば医者だって知っちゃいないよ。それでも、当節ではすっかり変わったね。あの毒消しってえやつを子供に飲ませるんだよ。それで昔ほど病人がでなくなった。うん、ありゃりっぱな人でね、ずいぶん辛《つら》かったろうが、ぐち一つこぼさねえでね、その足のことだがね。丈夫なときにはたいしたスポーツマンだったんだよ。この村のチームにはいって、よく打ったものさ。場外まで六点打をいくつ打ったかわからねえ。うん、りっぱな人だったよ」

「この方は事故で亡くなったんだね？」

「そうでさ。道を渡ろうとしていてね、夕暮れちかくのことで。ほら、ひげを耳のところまで生やしている若い奴がいるでしょう、あんなのが二人乗っている車が走ってきたんでさ。見てた人たちがこう言ってますよ。止まりもしねえでね。突っぱしりやがったって。前も見ないで。その車は二十マイル離れたところの駐車場に乗りすててあったそうで。どうせ自分たちの車じゃありませんよ。どこかの駐車場から盗んできたものでさ。ああ、ひでえもんですね、当節の自動車事故の増え方。しかも、警察じゃ、たいてい手のつけようがねえんですからね。奥さんてえのが、ご主人にはよく尽くしてましてね。そりゃどのくらい辛かったかしれませんや。週に一度は花を持ってここに来て、ここにおいてくんですよ。ええ、そりゃ二人とも愛しあってましたからね。奥さんのほうもこの土地にもうながくは住まないんじゃありませんかね」

「まさか。だって、ここにりっぱな家があるんじゃないかな」

「うん、そりゃそうだがね。それに、この村じゃいろんなことをやってるからね。いろんなことをさ――婦人会だとか、お茶の会だとか、あっちこっちの交際《つきあい》だとか、そのほかなんでもかでもさ。まったくいろんなことを自分の手でやるんだがね。ある人々にとっちゃ、それがちょっとばかりやりすぎってえことになるんだね。親分風を吹かすっていうのかね。親分風を吹かし、口出ししすぎるって言う人もあるんだよ。でも、牧師さまはあの奥さんを頼りにしていてね。奥さんはいろんなことに手をつけるんだよ。婦人運動とかね。旅行と遊山《ゆさん》を思いたったりさ。うん。女房に言おうとは思わねえけどさ、よく自分じゃ考えるんだよ、ご婦人がたがあんなことをやるのも結構だけどさ、あんなことをするからって、ご婦人がたが可愛いくなるもんじゃねえ。いつだって、自分のほうがよく知っている。いつだって、あれをしなくちゃいけねえ、これをしちゃいけねえって言ってさ。自由なんてもなありゃしねえ。当節じゃ、どこにいっても、たいして自由はないね」

「それなのに、ミセス・ドレイクはこの土地を離れるって、おまえさんは思うのかね？」

「奥さんがここを離れて外国で住むことになっても、わしゃ驚かないね。世間の人は外国に行くのが好きで、休暇なんかにはよく行くからね」

「あの人がここから出ていきたがっていると、なぜおまえさんは思うんだね？」

突然、老人の顔にいたずらっぽそうな微笑がうかんだ。

「さあてね、ここじゃ、もうできるだけのことは、みんなやりつくしたんじゃないかね。聖書の言葉でいえば、あの方には、仕事をするためには、ほかのブドウ畑がいるってえわけだ。もっと世の中のためになる仕事が、あの方には必要だ。ところが、ここいらにはもうそんな仕事は残っちゃいねえ。ありったけやりつくしてしまって、必要以上にやっちまったなんて思ってる人もあるくらいなんだよ。うん」

「働くためには、新しい畑がいると言うんだね？」

「そのとおりでさ。いろんなことをちゃんちゃんとやって、たくさんの人をあごの先で使えるような、ほかの土地に住むのがいいんでさ。ここでは、もういい加減わしたちをうんざりさせているので、やることはもうあんまりねえんですよ」

「そうかもしれないな」

「世話をしてやるご主人も、もういないことだしね。ずいぶんながいあいだ、世話をしてきたからね。まあ、いってみれば、それが奥さんの生きていく支えみたいなものだったんでさ。ご主人のことと、外での活動がうんとあるので、まあ、いつでも忙しくしていられたのでさ。あの方はしょっちゅう仕事に追われているのが好きな人でね。それに、もっとお気の毒なことに、子供がないときてるしさ。だから、こりゃわしの考えだが、どこかほかの土地で、新規まきなおしにやりはじめることでさ」

「そこんところで、おまえさんにはなにか考えがあるようだね。奥さんが行くとしたら、どこだろう？」

「さあ、そいつはわからないね。リヴィエラのようなところかもしれないな——スペインとかポルトガルに行く人もあるしな。それとも、ギリシャの島――奥さんがギリシャのことを話しているのを聞いたことがあるね。ミセス・バトラーは観光旅行でギリシャに行ったことがあるんだよ。世間の人はヘレニックなんて言うが、こっちのほうがわしには呪《のろ》いと責め苦（新約聖書黙示録第二〇章一〇）って感じがするね」

ポアロはほほえんだ。

「ギリシャの島々」と彼はつぶやいた。それから言った。「おまえさん、あの奥さんは好きかい？」

「ミセス・ドレイク？　はっきり好きだとは言えないな。そりゃいい人だよ。隣近所への務めやなんかはちゃんと果たすしね――でも、その務めを果たすためには、いつも隣近所の人の勢力を使うんだな――そして、わしに言わせれば、世間の人ってえのは、自分の務めをきちんと果たす人は、ほんと言えば、あまり好きにならねえもんだよ。わしにバラの剪《せん》定の仕方を教えるんだからね、教えてもらわなくたって、こっちはよく知ってるっていうのにさ。しょっちゅう、新種の野菜の作り方だ。わしにとっちゃキャベツだけでたくさんで、わしゃキャベツばかりつくってりゃいいんじゃ」

ポアロはほほえんだ。「さあ、もう行かなくちゃ。ニコラス・ランサムとデズモンド・ホランドの家を教えてくれないかね？」

「教会の前を通って、左側の三軒目だよ。二人ともミセス・ブランドの家に下宿していて、毎日メドチェスタ工業学校に通っているよ。いまごろはうちにいるはずだ」

彼はポアロに関心ありげな視線を向けた。

「やっぱり、あんたの頭はそっちのほうに働いているんだね？　もう同じことを考えてる人もあるぜ」

「いや、わたしゃ、まだなにも考えてはいないよ。だが、あの二人もパーティに出ていたからね——それだけのことだよ」

老庭師に別れを告げて、そこを立ち去りながら、ポアロは考えた。「パーティの準備をしていた連中——リストも、そろそろ終わりに近づいてきたようだな」

第十五章

二対の眼が不安そうにポアロを見ていた。

「ほかにお話しできるようなことはないと思うんですけど。ぼくたち二人とも、もう警察から訊《き》かれたんです、ミスタ・ポアロ」

ポアロは二人の男の子をつぎつぎに見た。彼らを見ていると男の子という言葉にふさわしい態度ではなかった。すっかり大人だった。だから、一人が眼をつぶると、二人のあいだでは、まるでずっと年配のクラブのメンバーのように話が通じるのである。ニコラスが十八歳、デズモンドは十六歳であった。

「ある友人の頼みで、わたしは、ある場面に同席した人々を調べているのです。あのハロウィーン・パーティそのものではなく——あのパーティの準備のときのことです。きみたちは二人とも、あのとき働いていたはずです」

「ええ、働いていました」

「いままでに、掃除婦に会ったし、当局の見解や、医者の話も――死体をまっさきに調べた医者です――きかせてもらったし、あの場にいた学校の先生、それに校長先生や悲嘆にくれている身内の方々などとも話をしたし、土地のゴシップもたくさん聞きました――ところで、この土地に魔女がいるという話ですが？」

二人は笑いだした。

「グドボディおばさんのことを言っておられるんですね。ええ、パーティに来て、魔女の役をやりましたよ」

「やっとのことで、若い世代の人たち、つまり、するどい眼とするどい耳をもち、現代科学の知識と明敏な頭を持った人たちに出会えましたよ。わたしはこんどの事件についてのきみたちの考えを、聞きたいのです――非常に非常に聞きたいのですよ」

眼の前の二人の男の子を見ながら、彼は心に思った。十八に十六か。警察には若者、自分には男の子、新聞記者には青年とみえる年ごろだ。まあ、呼び方なんかどうでもいい。現代世相の産物だ。ポアロの目からみて、二人ともけっして頭はわるくない、たとえ、会話のいとぐちをつくるため、彼が言ったお世辞《せじ》ほど高い知能は持っていないにしろである。彼らはあのパーティにでていたし、また、当日のパーティ開会前、ミセス・ドレイクの手伝いをするために来ていたのである。

　彼らは脚立《きやたつ》にのぼったり、適当な場所に黄色いカボチャを置いたり、飾り電灯にちょっとした細工をくわえたり、ティーンエイジの女の子が、希望に胸をときめかせて想像している、未来の夫のインチキ写真に、手際《てぎわ》よくある効果を生みださせたりしたものだった。また彼らは、たまたま、ラグラン警部が心に描いている最有力容疑者の年齢にぴったり合うし、どうやら、老庭師の見るところもそのあたりのようだった。この年ごろの連中の犯行による殺人事件のパーセンテイジは、この数年うなぎのぼりに増加している。ポアロ自身が、そういう考えに傾いているわけではないが、どんなことでも考えられないことはないからである。二、三年前に起こったあの殺人だって、どこかの男の子、若者、あるいは、十二歳から十四歳くらいの思春期の子供によっておこなわれたと考えられないことはないのである。そういう事件は、最近の新聞記事ではいくらでもお目にかかるのだ。

　こうした頭のなかの可能性を、いわば一時カーテンの向こうに押しこみ、この二人の外貌、衣服、態度、声などの評価に心を集中した。お世辞や大げさな外国風の物腰という隠れみのでごまかす、例のエルキュール・ポアロ一流のやり方で。それで男の子二人のほうは礼儀と作法のかげに隠してはいるものの、ポアロのことを侮《あなど》って飛びついてくるのだった。二人とも礼儀や態度には文句のつけようがなかった。十八歳になるニコラスはなかなかの美青年で、みじかい頬ひげをはやし、髪は頸筋のかなり下までのばし、ちょっと喪服に似た感じの黒い服を着ていた。最近の悲劇の喪に服しているというわけではなく、あきらかにモダンな服装に対する彼の個人的な趣味であった。年下のほうはバラ色のベルベットの上衣、モーヴ色のズボン、フリルのついたシャツを着ていた。二人とも、あきらかに服装にはかなりな金を使っていて、それもこの地元で買ったものではないし、その金というのも、おそらく両親とか保護者にだしてもらったものではなく、自分で払ったものであった。

デズモンドの髪はジンジャー色で、ひどくもじゃもじゃだった。

「きみたちはパーティの日の朝のうちか午後、会場に行って、準備の手伝いをしたそうだね？」

「昼すぎです」とニコラスが訂正した。

「きみたちが手伝った準備というのは、どんなものだったんですか？　何人かの人から準備という話を聞いたが、まだはっきりしないのです。みんなの話が、かならずしも一致しません」

「たとえば、照明の仕事など多かったですね」

「いろんなものを高い場所に取りつけるために、脚立《きゃたつ》にのぼったり」

「非常にすぐれた写真による効果があったと聞いたけどな」

デズモンドが、すぐにポケットをさぐって紙挟みをとりだし、得意気にはさんであったカードを引っぱりだした。

「ぼくたちは前もってこういうのをつくっておいたんですよ。女の子たちのおむこさんをね。女の子って、小鳥みたいにみんな同じようなものでね。今風のものを欲しがるんですよ。わるい取り合わせじゃないでしょう?」

デズモンドがその写真を二、三枚ポアロに渡した。ポアロは興味ぶかげにそのいささか色のぼやけた写真を見た。一人はジンジャー色のあごひげをはやした青年、一人は後光のような髪をしていて、それぞれちがった頬ひげとか、その他のものを顔にくっつけていた。

「どの顔もみんなちがうようにしたんですよ。よくできてるでしょう?」

「モデルがあったんでしょうな?」

「いやあ、みんなぼくたちなんです。ちょっとした組み合わせですよ。ニコラスとぼくとでやったんです。ニコラスにぼくをいくらか混ぜ、ぼくにニコラスをいくらかくっつけるというふうにね。いわゆる髪の特徴を変えるだけでいいんですよ」

「なかなかよくできている」

「さらに霊魂写真とでもいうのですか、あれに見えるように、ぼくたち、わざとピンボケにしておいたんですよ」

片方の男の子が言った。

「ミセス・ドレイクもりっぱにできたと言って、褒《ほ》めてくれました。そして、やっぱり大笑いしました。ほとんどが会場になったあの家でやった、電気的な仕掛けだったんです。女の子が鏡を持ってすわると、ぼくたちのどちらかが位置につく、そして、照明を当てれば、あとはスクリーンの上にちょいと姿をだすだけで、女の子には、鏡のなかに適当な髪の顔が見えるという按配《あんばい》です。あごひげとか頬ひげとか、そのほかのいろんなものをつけてね」

「女の子たちは、それがきみたちだってことを知ってたのかい?」

「いや、知らないんじゃないんですかね。パーティじゃ知りませんでしたよ。ぼくたちが家のなかでいろんなことを手伝ってると思ってたんですから、鏡のなかの顔がぼくたちだとわかったとは思いませんね。ぼくたちはあれほどハンサムでもありませんし。それに、顔かたちを変えるために、ぼくたち、即席扮装みたいなものを用意しておきましたからね。最初にぼく、つぎがニコラスっていうぐあいに。女の子たちはキャーキャー騒ぎましてね、すごくおもしろかったですよ」

「ところで、あの日の午後、あそこにいた人は？　パーティに来た人を憶えているかどうか、まだきいていません」

「パーティには三十人くらい来ていて、うろちょろしてました。あの日の午後にいたのは、もちろん、ミセス・ドレイク、それにミセス・バトラー。学校の先生で、たしか名前はホイッティカーという人。ミセス・フラターバットとか、そんなふうな名前の人。オルガン奏者の妹か奥さんですよ。ファーガソン医師《せんせい》の薬剤師のミス・リー。午後は休みだったので、手伝いに来たんです。それから、子供が何人か、自分たちで役にたつことがあるならっていって来ました。ぼくが見たところじゃ、あんまり役にはたたなかったようです。女の子たちは、そこいらをぶらぶら歩きまわって、笑ってばかりいました」

「なるほど。どんな女の子がいたか、憶えていますか」

「ええっと、レノルズのきょうだいがいました。あの気の毒なジョイスはもちろんです。殺された子ですよ、それに姉のアン。これがとんでもない子でね。もったいぶるなんてものじゃないんですよ。自分のことをすごく利口だと思って。学校の成績だってみんな〝A〟がとれると自信満々なんです。それに、あの小僧のレオポルド、こいつが大変な奴でね」とデズモンドが言った。「こそこそうろつきまわる。盗み聞きはする。告げ口はするというふうでね。まったくいやなちびですよ。ほかにもビアトリス・アードリだのキャシー・グラントだのいましたが、これといって目立たない子でね、もちろん、役にたつ女のひとも二人は来ていましたよ。掃除婦のことを言ってるんですがね。それに女流作家――あなたをここに引っぱってきた人ですよ」

「男は？」

「ああ、牧師さんがちょっと顔をみせました、あの人のことも勘定にいれるならね。目だちはしないが、いい人ですよ。それから新任の牧師補。この人は気がせいてくるともるんですよ。ここに来てからまだ間もないんです。いまのところ、思いだすのはそれくらいのものですね」

「それでは、あの女の子――ジョイス・レノルズ――が殺人の現場を見たとかそんなことを言うのを、聞いたんですね」

「そんなことは聞きませんよ」とデズモンドが言った。「ほんとに言ったんですか？」

「うん、みんなそう言ってるよ」とニコラスが言った。「ぼくも聞いていないんだ。あの子がそんなことを言ったとき、ぼくはその部屋にいなかったんだろう。あの子、どこにいたかな――その話を言ったときのことを言ってるんだがね」

「応接室さ」

「そうだ、たいていのものは、なにか特別のことをしていないかぎり、あの部屋に集まってたもんな。もちろん、ニックとぼくは、女の子たちが鏡のなかでほんとの恋人の姿を見ることになっている部屋に、ほとんどいましたから。配線とかそんなことをするんでね。そうでないときは、階段で飾り電灯をとりつけてましたから。ぼくたち、応接室には、カボチャを高いところに置いたり、電灯をいれられるように内側をくりぬいたのをぶらさげたりするために、一、二度はいっていきました。でも、部屋にいるあいだには、そんな話は耳にしませんでしたよ。きみはどうだい、ニコラス？」

「聞かなかったね」とニコラスは言った。そして、いくぶん興味をこめてつけくわえた。「ジョイスは、人殺しの現場を見たって、ほんとに言ったのかな？　ほんとだとすると、なかなかおもしろいじゃないか、え？」

「なんでそんなにおもしろいんだい？」とデズモンドがきいた。

「だって、そいつはE・S・Pじゃないか？　つまりさ、ジョイスが殺人の現場を見たと言った、そして、その後一時間か二時間のうちに、そういった本人が殺されたんだぜ。ジョイスはそういう幻影みたいなものを見たんだと思うね。過去の経験というものは、電極とかそんなものを頸静脈にとりつけると、また同じことを見ることができるんだってさ。どこかでそんなことを読んだよ」

「そのE・S・Pってやつは、それほど成功してはいないよ」とニコラスが軽蔑するように言った。「別室にある人がいて、一組のなかのトランプとか、四角や幾何学的な図形を描いた紙片を見ているとする。だが、それをちゃんと当てるなんて、いまのところ、まだできやしないんだよ」

「そいつをやるには、ずっと小さな子供でなけりゃだめなんだよ。十かそこいらの子供のほうが、年をとった人より、ずっとよくできるんだよ」

こんな高度な科学的討論に耳をかす意志のないエルキュール・ポアロは言葉をはさんだ。

「きみたちが記憶しているかぎりでは、きみたちがあの家にいるあいだに、どんな意味でいっても、不吉だとか、なにか曰《いわ》くがありそうだと思えるようなことは、起こらなかったんだね。たぶん、ほかの人は気づいていないが、きみたちだけは注意をひかれたというようなことは」

ニコラスとデズモンドは額にふかい皺をよせ、なにか重要な意味のある事件を考えだそうと脳味噌をしぼっていた。

「どうもね、おしゃべりをしたり、準備をしたり、そのほかいろんな仕事をしたり、そんなことばっかりでしたよ」

「きみは自分でなにか考えてることはないかね？」

ポアロはニコラスに向かって話しかけた。

「なんですか、誰がジョイスを殺したかっていう、そのことについての考えですか？」

「そうだよ。おそらく、純粋な心理的基礎に立つ疑念にきみを導いていくもので、きみが、あるいは気づいたことがありはしないかという意味だよ」

「ええ、あなたの質問の意味はわかっています。なにかあるかもしれませんね、あなたの言葉のなかには」

「ぼくの考えでは、ホイッティカーだな」ニコラスの沈思黙考のなかに、デズモンドが割りこんだ。

「学校の先生だね？」とポアロがきいた。

「ええ、そうです。正真正銘のオールド・ミスでね。セックスに飢えている。たくさんの女性のなかにとじこめられて、教壇に立つことばかり。一年か二年前、ほかの教師が絞め殺されたことがありましてね。その女はちっとばかり変わってたっていう噂でしたよ」

「同性愛《レズビアン》？」とニコラスが、いかにもわけしりめいた声で言った。

「不思議だとは思わないな。ノラ・アンブローズってえのを憶えているかい。あの女がいっしょに暮らしていた女さ？　顔もそうわるくなかったしね。一人や二人はボーイフレンドがあったという噂だったが、いっしょに暮らしていたほうの女が、そのことで頭にきてたんだってさ。誰かから聞いたんだが、その女は私生児を産んだんだってね。なにかの病気で二学期間休んで、また帰ってきたことがあるよ。こんなゴシップの温床では、人はどんなことでも言うからね」

「そう、とにかくホイッティカーは、あの日の午前中、たいてい応接室にいたね。おそらく、ジョイスが言ったことは聞いてるよ。そのことが頭のなかに刻みこまれていたってことが、なきにしもあらずじゃないかな？」

「そうだ」とニコラスが言った。「ホイッティカーと考えて——あの女、いくつだと思う？　四十すぎ？　ぼつぼつ五十に手がとどく——女っていうものは、その年ごろになると、すこし変になってくるもんだぜ」

二人はポアロを見たが、そのようすは、主人に命令された、なにか役にたつものを持ってきた、したり顔の犬にそっくりであった。

「もしそうだとしたら、きっとミス・エムリンが知っていますよ。自分の学校のことなら、知らないことってないんですからね」

「話してくれないんじゃないかな？」

「たぶん、ホイッティカーに誠意をもち、かばってやらなくてはいけないと思うでしょうね」

「いや、ぼくはそうは思わないね。もしエリザベス・ホイッティカーの気が変になったとミス・エムリンが思ったらだよ、そうなると、つまりさ、学校の生徒がどれだけ殺されるかしれやしないもんな」

「牧師補はどうだろう？」とデズモンドが、これも容疑者からはずすわけにはいかないぞといった口調で言った。「あの男、頭のネジがすこし狂ってるぜ。だってさ、原罪とかなんとか、それに水だとかリンゴだとか、ほかにも——おい、いい考えが浮かんだぞ。あの男はすこし気がふれてるとしたらどうだい。この土地に来てから、まだいくらもたってないしな。あの男のことは、誰もあまりよく知らないんだ。あんなことを考えついたのも、スナップ・ドラゴンのせいだったと考えたら？　地獄の火！　焰《ほのお》がめらめらと燃えあがっている！　そのうちに、あいつ、ジョイスをつかまえて、〝いっしょに来てごらん、いいものを見せてあげる〟と言って、例のリンゴの部屋に連れこんで、〝膝をついてごらん〟と言ったんだ。それから、〝これは洗礼だよ〟って言って、ジョイスの頭をバケツに突っこんだんだ。どうだい？　なにもかもぴったりじゃないか。アダムとイヴ、それにリンゴ、地獄の火にスナップ・ドラゴン、そして、原罪を浄《きよ》めるために、洗礼のやりなおしだ」

「たぶん、あいつ、その前にジョイスに向かって、自分のからだをだしてみせてるぜ」とニコラスがうれしそうに言った。「つまりさ、こうした犯罪の裏には、つねにセックスがあるはずだって、ぼくは言いたいんだ」

二人は満足しきった顔をしてポアロを見た。

「なるほど」とポアロは言った。「おかげで大いに考えなければならんことを聞くことができたよ」

第十六章

エルキュール・ポアロは興味ありげにミセス・グドボディの顔を見た。魔女のモデルとしては、まさに完璧であった。ほとんど疑問の余地なく、それがきわめて愛想のよい性格と同居しているという事実をもってしても、その幻想を追いはらうことはできなかった。彼女はおもしろおかしく、楽しそうに話した。

「ええ、わたしゃたしかにいましたよ。この界隈じゃ、わたしが魔女の役割をするのにきまってますもんな。去年なんぞ、野外劇でうまくやったってんで牧師さまが褒《ほ》めてくだすって、新しいとんがり帽子を下さったくらいですよ。魔女の帽子だって、使ってるうちにゃ、ほかのものとおんなじにいたみますからね。ええ、あの日はあのお宅にいましたよ。わたしゃね、韻をふんだ歌をつくるのが得手《えて》でね。つまり、女の子のために、名前の韻をつかって歌をつくるんですがね。一つはビアトリス、一つはアン、そのほかみんなのためにね。そして、わたしがその歌を霊魂の声みたいにして女の子に聞かせる、すると、みんなが鏡を見ている女の子に、声をあわせてその歌をとなえる、そこへもってきて、ニコラスやデズモンドなんていう若い男の子が、にせものの写真を天井からひらひらと落とすってわけですよ。ときには、わたしも吹きだしそうになることがありますよ。男の子たちが顔じゅうにひげをくっつけて、おたがいに写真の撮りっこをしてるんですからね。おまけに、着ているものといったら！　こないだもデズモンドに会いましたけれど、着ているものなんか、とても旦那《だんな》はほんとと思やなさりませんよ。バラ色の上衣に、黄色のズボンですよ。あの連中のすることといやあ、女の子をやっつけることばっかり。そのまた女の子が考えつくのは、スカートを上へ上へあげることだけで、しかも、下にもっと着なきゃならないから、女の子にとっちゃあんまり役にたたないわけ。わたしが言ってるのは、女の子がボディ・ストッキングとかタイツとかって言ってるもので、わたしらの若いころにはコーラス・ガールしか、あんなものははかなかったものですよ——女の子たちはありったけのお金を、そんなものに使ってるんですよ。ところが、男の子ときたら——まったく、カワセミや孔雀《くじゃく》や極楽鳥みたいにしてるんですからね。そりゃ、わたしだって、すこしは色のついたものを見るのは好きだし、絵に描いてある古い歴史時代だったらおもしろいだろうなって、つねづね思ってるくらいなんですよ。ところが、猫も杓子もレースをつけたり、カールをしたり、赤い帽子をかぶったりして、女の子の目をひきたいんですよ。それに、からだにきちきちの上衣にストッキング。昔は、わたしが知ってるかぎりでは、女は大きな、風船みたいなスカートを着ていたもので、これのことを後になってクリノリーンと言いましてね、それから、頸には大きなひだ飾りですよ！　わたしのおばあさんがね、よく話してくれたもんですけど、お仕えしていたお嬢さま方は――おばあさんはちゃんとしたヴィクトリア時代のお邸《やしき》に奉公にあがっていたのですよ――そして、そのお邸のお嬢さま方は（たぶん、ヴィクトリア一世の時の前だと思いますけど）――梨のような形の頭をした王様が王座についておられた頃ですよ――ばかじゃありませんか、ウィリアム四世なんて――そこで、お邸のお嬢さま方は、つまり、わたしのおばあさんが奉公にあがっていたお邸のお嬢さまのことですけどね、いつもくるぶしまでくるような、ながいモスリンのガウンをお召しになっていて、それがとてもしとやかに見えたもんですけど、そのモスリンがよく水でびしょ濡れになって、からだにぴったりくっつくんですよ。あんまりぴったりくっつくもんだから、どこもかしこもまる見え。慎みぶかそうに歩きまわっていらっしゃるんですけど、殿方はずいぶんと目の保養をなさったものだそうですよ。

ええ、パーティのために、ミセス・ドレイクにわたしの飾りガラス玉をお貸ししましたよ。どこかの特売市で買ったものです。いまはあそこの煙突のそばにぶらさげてあり、ます。見えるでしょう？　きれいなダーク・ブルー。いつも戸口の上にかけておくんですよ」

「運命占いをするのかね？」

「やるなんて言っちゃいけないんじゃありませんかね？」と彼女はくつくつ笑って言った。「警察じゃ、そういうのを喜ばないんですよ。いえ、わたしが占う運命がどうのこうのと言うんじゃありません。そんなものとは関係ないんです。こんな土地だと、誰が誰とデートしてるなんて、いつだってわかってますから、占いなんてわけありませんよ」

「あんたの飾りガラス玉をのぞいて、あのジョイスという女の子を殺した犯人は誰か、見ることができますか？」

「旦那はごっちゃにしておいでですね。いろんなものを見るのは飾りガラス玉じゃなくて、ありゃ水晶玉ですよ。もしわたしが、あの人殺しの犯人は誰それだと言ったら、旦那のお気にいらないんじゃありませんかね。そんなことは自然に反すると言って。でも、世間じゃたくさんのことが自然に反しておこなわれているんですよ」

「あの家でなにか気づいたことがあるんだね」

「ここは暮らしいい土地ですよ、だいたいのところはね。つまり、たいていの人はちゃんとした人ばかりで。でも、どこへ行っても、悪魔はいつだって自分の悪魔らしさを持ってるもんですよ。生まれおちるときから、自分の身についたものをね」

「というと――黒魔術？」

「いえ、そんなものを言ってるんじゃありませんよ」とミセス・グドボディは軽蔑するように言った。「あんなのはナンセンスです。あれは着かざったり、ばかなことばっかりやってる連中のためのものですよ。セックスとか、そんなことばっかり。いえ、わたしが言ってるのは、悪魔に手を触れられた人々のことです。その人々は、生まれおちるときからそうなのです。魔王《ルシファー》の息子です。その人々は、もし自分に利益さえあれば、人を殺すなんてなんということもないように生まれついているのです。なにか欲しいと思えば、それを欲しがります。そして、それを手にいれるためには情け容赦はありません。天使のような罪のない顔をして。昔、小さな女の子を知っていましたがね。七つでしたよ。自分の弟と妹を殺したんですよ。その二人は双児でね。生まれて、せいぜい五、六カ月でした。乳母車のなかで窒息させたんですよ」

「それはウドリー・コモンで起こったことですか？」

「いえ、ウドリー・コモンでのことじゃありません。たしかあれはヨークシャーで出くわした事件でした。いやな事件です。その子っていうのが、かわいい子なんですよ、また。背中に翼をつけて、壇の上に立たせ、クリスマスの聖歌でも歌わせようものなら、ぴったりな子なんですよ。ところが、そんなんじゃないんですね。中身は腐ってたんですよ。わたしの言う意味はおわかりですね。旦那は若者じゃないんだから。世間にはどんな悪がはびこっているものか、ご存じですものね」

「さよう、残念ながらね！　あんたが言うとおりだ。わたしも知りすぎるほど知っているよ。ところで、もしジョイスがほんとに人殺しの現場を見たとすると――」

「ジョイスが見たと、誰が言ったのです？」

「自分で言ったのだよ」

「そんなこと、ほんとと思う理由はありませんよ。あの子はかねてから嘘つきだったんですからね」ミセス・グドボディは鋭い視線をポアロにくれた。「旦那は、まさかそんなことを信じておいでじゃないでしょうね？」

「いや、ほんとだと思っているよ。あんまりたくさんの人がそう話してくれるので、いつまでも信じないでいるわけにはいかなくなったのだよ」

「一家のなかには、おかしなことが起こるものでね」とミセス・グドボディは言った。「たとえばレノルズ一家ですよ。主人のレノルズ、不動産屋をしていますがね。ぱっとした儲《もう》けをしたことはないし、これからだって同じことでしょう。うだつがあがらないって言うんですかね。また、おかみさんというのが、いつもくよくよばかりして、なにが起こっても取り乱すという性質《たち》なんですよ。三人の子供が、鬼子とでもいいますかね、親に似てる子は一人もいないときています。アンという子がいますが、これは頭がいい。学校だってちゃんとやっていくでしょう。大学に行くって言っていますが、学校の先生になるつもりなんでしょう。あの子はうぬぼれが強いんです。あんまり強いので誰も相手にしなくなるんですよ。男の子だって二度と見向きもしません。つぎがジョイス。この子はアンほど頭がよくないし、弟のレオポルドほどの頭もない。それでも、そんなふうになりたいという願いは強いのです。いつでも、ほかの人よりたくさん知っていたいと思い、ほかの人よりなにごとでも上手にやりたいと思い、人がはっとすわりなおして、聞き耳をたてるようなことを言いたいと思っているのです。でも、あの子が話したことは一言でもほんとだなんて思っちゃいけません。というのは十のうち九つは、ほんとじゃないからですよ」

「それで、その男の子っていうのは？」

「レオポルド？　あれはたった九つか十ですけれどね、まるで眼から鼻にぬけるような子ですよ。手先だってなんだって器用ですしね。物理学っていうんですか、あんなのを勉強したいと言っています。算数もよくできるんですよ。学校じゃ先生がたもすっかり驚いています。ええ、ほんとに頭がよくてね。将来科学者になるだろうと、わたしも思ってます。まあ、おたずねになるなら申しますけれどね、あの子が科学者になったあかつきに、やることや考えつくことといえば――いやなものでしょうね、原子爆弾といったような！　そんなものを研究するような子で、頭はいいのだから、地球の半分くらいはこっぱみじんにし、わたしたち哀れな人間までも道連れにするようなものを考えだすことでしょう。レオポルドには気をつけたほうがようござんすよ。人はごまかすし、盗み聞きはするしですからね。人の秘密をさぐりだすなんかはお茶の子さいさいでね。あの子がどこからお小づかいを手にいれるのか知りたいもんですよ。両親からもらったものじゃありません。両親にはそれほどお小づかいをやれるほどの余裕はありませんからね。あの子はいつでもお金をたくさん持っているのですよ。貯金箱の引き出しにかくしているんです。そして、いろんなものを買います。ずいぶん高い器械やなんかをね。このお金をどこから手にいれるのか？　それが知りたいもんですよ。ひとの秘密を嗅ぎつけ、口止め料として、相手にださせてるんじゃないかと思いますよ」

彼女は言葉を切ってひと息いれた。

「そんなふうで、なにもお役にはたてそうもありませんよ」

「いや、たいへん役にたちました」とポアロは言った。「ところで、逃げたと言われている外国人の娘はどうなりました?」

「わたしの考えでは、遠くへは行っていませんね。〝ディング・ドング・デル、仔猫が井戸に落ちたとさ〟ともかく、わたしはいつもこれが頭にうかぶのですよ」

第十七章

「失礼ですけど、奥さま、ちょっとお話ししたいことがあるのでございますけど」

ミセス・オリヴァは友人の家のヴェランダに立って、エルキュール・ポアロが近づいてくる気配でもありはしないかと待ちもうけていたところだったが――ポアロは、いまごろの時間に訪ねてくると、電話で言ってきていたのだった――その声に振りかえった。こざっぱりした服装の中年の女が、こぎれいな木綿の手袋をはめた手をもみながら立っていた。

「ええ?」とミセス・オリヴァは声の調子に疑問符をつけて言った。

「お邪魔をいたしまして、ほんとにすみませんのですけど、奥さま、わたし、考えまして――ええ、考えまして……」

ミセス・オリヴァは相手の言葉に耳をかしていたのだが、話の先をうながそうとはしなかった。この女は、いったいなんでこれほど心を悩ませているのだろうと考えた。

「噂がほんとだとしますと、あなたは小説をお書きになるんでございますね？　犯罪とか殺人とか、そういった小説を」

「ええ、そうです」

好奇心が燃えあがってきた。サインか、もしかするとサイン入りの写真でもくれというう頼みの前置きだろうか？　誰にだってわかりゃしない。どんな考えられそうもないことでも現実に起こってるんだから。

「あなたこそ、わたしに教えてくださるただ一人の方だと思っておりましたわ」

「まあ、おかけなさいな」とミセス・オリヴァは言った。

この姓氏不詳のミセスが——結婚指輪をはめているので、ミセスであることはたしかだった——要点にはいるには、すこし時間のかかるタイプであることは、すでにミセス・オリヴァは見抜いていた。女は腰をおろしたが、あいかわらず手袋をした手をもみしだいていた。

「なにかご心配のようすですね？」とミセス・オリヴァは話のいとぐちをつくるために言った。

「それがその、どうしていいか教えていただきたいのですけど、それはほんとのことなのです。ずいぶん以前に起こったことなんですけど、その当時はそれほど気にかけておりませんでしたの。でも、ことのなりゆきを知っているもんですから。そこで、とつおいつ考えた末、出かけていって、ご意見をうかがえるような方がいらっしゃれば、なんて誰だって思いますわ」

「ええ、わかりますよ」とミセス・オリヴァは言ったが、こんなまるっきり俗っぽい言葉ででも、相手の信頼を得ることができればと思った。

「つい先日起こったことを見てますと、あなたはご存じないんですね?」

「と申しますと——?」

「あのハロウィーン・パーティとかなんとかで起こったことですわ。わたしが言ってるのは、あの事件のおかげで、この土地には頼りになる人はいないことがわかったということなんです。そして、あの事件以前のことは、世間の人が考えているようではないことも示しております。つまり、わたしが申しあげたいのは、わたしが言っていることを理解してくだされば、事件の真相は、あなたが考えていらっしゃるものとは、あるいはちがっているかもしれないということなんです」

「ええ?」ミセス・オリヴァは、この言葉に前より強い疑問の調子をくわえて言った。

「まだお名前をうかがっておりませんけど」

「リーマンと申します。ミセス・リーマンです。ここいらのご婦人方のお頼みで、お掃除をさせてもらっています。五年前に亭主が死んでからのことでございます。ミセス・ルウェリン・スマイスにもよくお世話になりました。ウェストン大佐ご夫妻の前に〈クオリ・ハウス〉に住んでいらした方です。ご存じかどうか存じませんけど」

「ええ、知らないんですよ。わたし、ウドリー・コモンに来たのは、これがはじめてですから」

「そうですか。では、その当時、どんなことがあったか、当時、世間ではどんな噂がたったか、ご存じありませんわね」

「こんどこちらに来て以来、ある程度のことは聞いておりますわ」

「わたし、法律のことはまるでわかりませんので、法律の問題になると、いつも困るんでございます。弁護士のことでございます、困るっていうのは。話をこんがらからせるばかりで、それかといって、わたし、警察に行くのも気が進みませんし。法律上の問題ですから、警察は関係ないんじゃないでしょうか？」

「たぶん、ないでしょうね」とミセス・オリヴァは慎重に答えた。

「その当時、世間の人が言っていた、コディ――なにかコディに似た言葉だったんですけど――そのコディなんとかのことは、たぶん、ご存じでしょうね」

「遺言補足書《コディシル》のことですの？」

「ええ、それですわ。わたしが言ってるのはそれですわ。ミセス・ルウェリン・スマイスは、そういうコディ――遺言補足書《コディシル》をおつくりになって、財産全部を、自分の世話をしていた外国娘に残したんですよ。これはみんなに意外だったのです、だって、奥さまにはこの土地に住んでいる親戚がありましたし、奥さまがここにいらしたのも、その方たちの近くで暮らすためだったんですものね。奥さまはその方たちを、ことにミスタ・ドレイクを愛していらっしゃいました。だからこれには世間の人もちょっと不思議に思ったものですわ、ほんとに。そのうちに、弁護士たちがいろんなことを言いだしました。ミセス・ルウェリン・スマイスは、そんな補足書なんかはじめっから書いていないのだって言うんです。外国人のオ・ペール娘が、財産全部自分のものにしようと、にせものをつくったんだって。そして、法律にうったえるって。そして、ミセス・ドレイクは遺言状について、そそうを起こすって――たしか、こんな言葉でしたけど」

「弁護士が遺言状について訴訟《そしょう》を起こそうとしたんですね。ええ、たしかそんなふうなことは聞きましたよ」とミセス・オリヴァは励ますように言った。「そして、そのことについて、あんたはなにかご存じなんですね？」

「わたし、なにも悪いことをするつもりはなかったんです」とミセス・リーマンは言った。その声にはかすかに哀れっぽい調子がまじっていた。それはミセス・オリヴァが過去において幾度となく耳にしてきた調子であった。

ミセス・リーマンは、ある意味では信頼のおけない女で、おそらく、こそこそうろついてはドアの前で盗み聞きするような女だ、とミセス・オリヴァは思った。

「そのときは、わたし、なにも口外いたしませんでした」とミセス・リーマンは言った。「というのは、わたし、ちゃんとはわからなかったのです。でも、わたし、おかしいなと思いましたので、あなたのようなこういうことをよくご存じの方に打ち明けて、真相を知りたいと思っていたのです。わたしはしばらくミセス・ルウェリン・スマイスのお邸で働いておりましたし、誰だって、あんなふうなことが起こったいきさつは知りたいものですわ」

「そりゃそうですよ」

「もし、やってはいけないことをやったのだと思ったら、もちろん、わたし、すっかり人に打ち明けてますわ。でも、わたし、ほんとにまちがったことをしたとは思っていなかったんですもの。その時はですよ、わかっていただけますかしら」

「ええ、わかっていますとも。さあ、お話のつづきを。その補足書のことでしたわね」

「そうですわ。ある日のこと、ミセス・ルウェリン・スマイスが――奥さまはその日お加減がわるかったのですが、わたしたちに部屋に来るようにとおっしゃったのです。わたしとジムの二人で、このジムというのは、お庭仕事の手伝いをしたり、薪や石炭を運んだり、そんなふうの仕事をしている若者でした。そこで、わたしたちが奥さまのお部屋に行きますと、奥さまは机の上に書類をおいて、その前にすわっていらっしゃいました。そして奥さまはあの外国娘のほうをお向きになり——その女のことを、わたしたちはミス・オルガと呼んでおりました——〝あんたは部屋から出ていっておくれ、ここんところであんたがいっしょにいるとまずいんだから〟というようなことをおっしゃいました。そこでミス・オルガが部屋から出ていきますと、ミセス・ルウェリン・スマイスはわたしたちに近寄れと言って、それから、〝これはわたしの遺言状です〟とおっしゃいました。その書類の上のほうは吸い取り紙がかぶせてありましたけど、下のほうはすっかり見えていました。奥さまは、〝わたしがこの書類のここのところにあることを書くから、あんたたちに、わたしが書いたことと、その終わりのところの署名の証人になってもらいたいのよ〟とおっしゃいました。それから奥さまは、その紙になにかお書きはじめになりました。奥さまはいつもガサガサのペンをお使いになって、ボールペンとか、そんなふうのものは使おうとなさらなかったのです。奥さまはなにか二、三行お書きになり、自分の名前を署名なさってから、わたしに向かって、〝さあ、ミセス・リーマン、そこんところに名前を書いておくれ。名前と住所とをね〟とおっしゃって、こんどはジムに向かい、〝こんどは、その下におまえの名前と住所を書いておくれ。そう、それでいい。あんたたちはわたしがいまの言葉を書くところを見たし、二人とも自分の名前を書いたのだから、これでその証人になったのよ〟とおっしゃってから、〝これですんだの、ありがとう〟とおっしゃいました。そこで、わたしたちは部屋をでていきました。その時は、それっきりの話だと思っておりましたけど、ちょっとおかしいなとは思いました。そして、部屋をでようとして、ふとうしろを向いたときに、これから申しあげることが眼にうつったのです。あの部屋のドアは、いつもちゃんと閉まらないのです。カチッと音をさせるには、強く引っぱらねばならないのです。それで、わたしはそうしようと思って——わたし、ほんとに見ようと思って見たんじゃありません、もし、わたしの言おうとしていることがわかっていただけるなら——」

「あんたが言おうとしていることは、よくわかっておりますよ」とミセス・オリヴァは
あたりさわりのない声で言った。

「そんなふうで、ミセス・ルウェリン・スマイスがやっとこさと椅子から立ちあがり——奥さまには関節炎の持病があって、からだを動かすのも苦労なときがあるのです——書棚のところに行き、本を一冊引きぬき、たったいま署名なさった書類を——封筒にいれてありました——本のあいだにおいれになるのが見えたのです。いちばん下の棚の、

きな、たけの高い本でした。そして、奥さまはその本を書棚にもどしました。わたしは、そのまま、そのことはすっかり忘れておりました。ええ、ほんとに思いだしもしませんでした。ところが、こんな騒ぎが持ちあがったので、そりゃ、わたしは――すくなくとも、わたしは――」彼女は急に言葉を切った。

ミセス・オリヴァの心に独特の直感がひらめいた。

「でも、きっとあんたは、まさかそのまま、ただ――」

「そこなのです。あなたにはほんとのことを申しあげます。わたしは自分が好奇心の強い女だということは認めます。いずれにしろ、つまりですよ、誰だって自分がなにかに署名したら、いったいなんに署名したか、知りたいものじゃないでしょうか？ それは人間の本性にすぎない、とわたしは言いたいのです」

「ええ、それは人間の本性ですよ」

好奇心こそはミセス・リーマンの人間本性の高度の成分だ、とミセス・オリヴァは思った。

「そこで、正直に申しますと、あくる日、ミセス・ルウェリン・スマイスがメドチェスタにおいでになった留守中、わたしはいつものとおり奥さまの寝室のお掃除をしていました――奥さまはしょっちゅう横におなりになるので、寝室兼用居間にしておいででした。わたしは考えました。〝誰だって自分が署名したときには、なにに署名したのか、知るのが当然ではないだろうか〟ってね。つまり、よく世間で言うように、月賦《げっぷ》で品物を買うときには、あの印刷したものを読んでおかなくちゃいけないって、あれですよ」

「この場合は、奥さんがお書きになったものというわけね」

「そこで、わたしは考えました、誰にも損をさせるわけじゃない——なにも盗むわけじゃないんだからってね。頼まれて署名をした、だから、なにに自分が署名したのか、知るのは当然だと考えただけですものね。そこで、本棚を見ました。埃《ほこり》をかぶっていて、どうせお掃除はしなければならないのです。例の本はみつかりました。下の方の棚に。古い本で、エリザベス女王時代の本みたいでした。あのたたんだ書類のはいった封筒はみつかりました。本は『なんでもわかる万物宝典』という題名でした。それを見たとき、まるでわざとのような気がしました、わたしの言う意味がわかっていただけますかしら」

「ええ、わかりますとも。まるでわざとみたいですわね。そこで、あんたは書類をとりだし、読んでみたというわけですね」

「そうなんですよ、奥さま。わたし、わるいことをしたのか、そうでないのか、自分でわかりません。でも、どっちにしろ、見てしまったんですから。たしかに法律上の書

類でした。最後のページに、前の日の朝、奥さまがお書きになったところがありました。あのとき奥さまが使っておいでになった新しいガサガサのペンで新しくお書きになったものでした。奥さまの字は釘みたいですけど、はっきりしていて読むには困りませんでした」

「それで、それにはなんと書いてあったの?」とミセス・オリヴァは言ったが、いまや彼女の好奇心は、ミセス・リーマンがそのとき燃えたたせていた好奇心に劣らないほどになっていた。

「それが、わたしが憶えているかぎりでは、こんなふうに書いて――正確な言葉は、あまりはっきり憶えていないのですけど――なにか補足書のことかなんかで、遺言状に書いてある遺贈の残りは、全財産をオルガに贈るって――わたし、あの女の苗字をはっきり知らないので、なんでもセミノフとか、そんなふうなSではじまる名でしたわ――それも、自分の病気中の彼女の親切と世話に対し謝意を表するため、というような文句でした。そのとおりのことがそこに書いてあって、それに奥さまが署名なさって、わたしの署名と、ジムの署名がありました。そこで、わたしはその本をもとのところにもどしておきました。だって、わたしがそこいらをいじりまわしたのを、奥さまに知られたくありませんでしたもの。

でも、わたし、心のなかで思いました。こんなこととは思いもかけなかったってね。そして、わたし、考えました。どうだろう、あの外国娘があれだけの財産をすっかり手にいれるなんて。だって、ミセス・ルウェリン＝スマイスが大金持ちだということは、世間で誰でも知ってるんですから。ご主人というのが造船業をなさっていて、たいへんな財産をお残しになったんで、わたしは考えたもんですわ、ね、幸運というものは、ある人々のところにすっかり集まるものだってね。でも、わたし、ミス・オルガがとくに好きというわけではありませんでした。意地のわるいところがあって、癇癪《かんしゃく》をおこすことがよくありました。でも、奥さまに対しては、いつも親切で礼儀ただしくて、よくつくしていたことは認めますわ。そうですとも、よくつくしていたのは自分のためで、結局うまいことやったんです。そこで、わたし、考えたんです、あれだけの財産全部を、自分の身内のものに残さないなんて、ね。それから、わたし、考えたんですよ、たぶん、奥さまは親戚の方と喧嘩でもなさって、おそらくそれがおさまれば、あの書類をやぶいてしまって、新しく遺言状か補足書かを書きなおすんじゃないかってね。でも、どっちにしろ、それはそれだけの話で、わたしはその書類はもとにもどして、そのことは忘れてしまってたのです。

ところが、遺言状のことで騒ぎが持ちあがり、あれは偽造したものだ、ミセス・ルウエリン・スマイスがあんな補足書を自分で書くはずはないなんて噂がひろまって——というのは、世間の人の話では、あれを書いたのは奥さまではなくて、ほかの誰かが——」

「ええ、わかっています」とミセス・オリヴァは言った。「それで、あんたはどうなさったの？」

「なにもしませんでした。だからこそ、わたし、苦しんでるんですの……わたし、すぐにはどうなっているのか、ようすがわかりませんでした。そして、つくづく考えてるうちに、自分がどうすればいいのか、よくわからなくなったのです。いつだって世間の人はそうなんですけど、弁護士も外国娘の敵にまわったんですもの、みんな嘘ですわ。わたしだって外国人はあまり好きじゃありません、それは認めます。いずれにしろ、そんなふうだし、あの外国娘当人がもったいぶって、いばりちらして、得意そうにしているんだし、わたし、考えたんです、なにもかも法律上の問題らしいし、世間では、あの女はミセス・ルウェリン・スマイスとは身内でもなんでもないのだから、財産をもらう権利はないんだっていうんですもの。そのうちに、すっかり片がつくだろうって。そして、ある意味ではそのとおりになりましたわ、というのは、弁護士たちは告訴するのをやめたんですから。はじめっから法廷には持ちだされず、誰でも知ってることですけど、ミス・オルガは逃げだしてしまったんです。ヨーロッパのどこか、自分の生まれ故郷に帰ったんでしょう。そんなふうですから、あの女のほうになにかインチキがあったにちがいないというふうに見えます。奥さまをおどかしといて、あんなことをさせたんです。わかりゃしませんよ、ねえ？　わたしの甥で医者の卵がおりますが、それが言うには、催眠術で思いもかけないことができるそうですね。あの女も奥さまに催眠術をかけたんだと思いますわ」

「それはどのくらい前のことですの？」

「ミセス・ルウェリン・スマイスが亡くなったのは――ええっと、二年近く前ですわ」

「そのことを、あんたはなんとも思わなかったんですね？」

「ええ、なんとも思いませんでした。その時はね。だって、わたし、それが重要なことだなんてわからなかったんですもの。なにもかもちゃんと片づいたし、ミス・オルガが財産をもって逃げようとしていたことに疑いはないし、実際、誰もわたしにたずねもしないので――」

「でも、いまは考えが変わったんですね？」

「あのいやな死のせいですよ――リンゴのバケツに押しつけられた、あの子のせいですよ。人殺しのことを話したとか、人殺しを見たとか知ってるとか話したってんでね。それで、わたし、考えたんですよ、ミス・オルガが財産全部自分のものになると思って奥さまを殺し、そのうちに騒ぎが持ちあがり、弁護士や警察まで動きだしたので、びっくりして逃げだしたんじゃないかってね。そこで、これはどうしても――ええ、これはどうしても誰かに話さなくちゃいけないって考えましてね、あなたなら法律関係の役所やなんかに知り合いがあると考えたんですよ。たぶん警察にも知り合いがおありでしょうから、わたしはただ本棚の埃をはたいていただけで、その書類が本のあいだに挟んであって、わたしはちゃんともとにもどしておいたし、それを持ちだしたりなんかはしていないってことを、よく話していただけないでしょうか」

「でも、そのときは、いまあんたが話したとおりのことがあったのね？　ミセス・ルウェリン・スマイスが遺言状の補足書を書くところを見たのね。奥さんが自分の名前を書くのを見たし、あんたと、そのジムとかいう男と、二人ともその場にいて、二人とも自分の名を自分で書いたのね。それにまちがいないわね？」

「そのとおりです」

「では、あんたたち二人して、ミセス・ルウェリン・スマイスが名前を書くのを見たというのなら、その署名は偽造なんかであるはずはないわね？　ほんとに奥さんが自分で書いているのを、あんたたちが見たのならね」

「わたし、ちゃんと見ましたし、わたしが言っていることは絶対の事実です。それに、ジムだってそう言うでしょうが、ただ彼はオーストラリアに行ってしまいましたのでね。一年以上も前に行って、わたしは住所やなんかも知りませんので。もともと、この辺のものじゃないんです」

「それで、わたしに頼みというのは？」

「わたしが言わなければならないこと、あるいは、やらなければならないこと——それもいますぐに——そんなことがあるかどうか、教えていただきたいのです。誰もわたしにたずねたわけじゃないんですよ。遺言状のことで、わたしがなにか知ってたかなんて、誰もたずねたことはないんですよ」

「あんたの苗字はリーマンなのね。名前は？」

「ハリエット」

「ハリエット・リーマンなのね。それに、ジム、その男の苗字は？」

「ええっと、なんてったっけ？　ジェンキンズ。そうです。ジェイムズ・ジェンキンズです。わたし、とても困っているんですから、力をかしてくださると、ほんとにありがたいんです。こんないざこざが起こって、これでもしあのミス・オルガの仕業《しわざ》だったとしたら、つまりミセス・ルウェリン・スマイスを殺したのがあの女で、ジョイスがその

現場を見たのだったとしたら……ミス・オルガはそのことで、もうえらく得意そうで、

つまり、そのことと言うのは、弁護士から聞いたんですけど、あの女がたいそうな財産を相続するということなので。でも、警察が来て、いろんなことをたずねてまわるとなると、話はちがってくるので、おまけに、あの女は急に姿を消したんですものね。誰ひとり、なんにもわたしにたずねはしません。でも、あのとき、なにか言っておくべきではなかったかって、考えないわけにはいかないのです」

「あんたは、誰でもいいから、弁護士としてミセス・ルウェリン・スマイスの代理をする人に、この話をするべきだと思いますね。いい弁護士なら、きっとあんたの気持ちや動機を理解してくれますよ」

「そりゃ、そうでしょうとも。あなたがわたしのために一言口《ひとこと》添えしてくださり、ものごとの筋道をよくわきまえている人間として、そういった人たちに、どうしてこんなことになったか、わたしとしては、はじめっから——悪いことをするつもりなんか毛筋ほどもなかったことを話してくださりさえすればね。つまり、わたしがしたことといえば——」

「あんたがしたことといえば、いままで黙っていたことだけ」とミセス・オリヴァは言った。「りっぱに筋の通った言い開きになるようですわ」

「あなたのおかげで、ちゃんとなりますなら――言い開きをするために、あなたから一言お口添え願いまして――ご恩は忘れませんでございます」

「わたしでできるだけのことはいたしましょう」

ミセス・オリヴァの眼が庭の小径のほうへさまよい、きちんとした身なりの人影が近づいてくるのを認めた。

「ほんとにありがとうございました。みんな、あなたのことをとってもいい方だとお噂しております。ほんとにお礼の申しあげようもございません」

彼女は立ちあがり、悩みのあまり手をよじったので、とうとう脱《ぬ》げてしまった木綿の手袋をはめ、ちょっと頭をさげるような恰好をして、そのまま立ち去った。ミセス・オリヴァはポアロが近づくまで待った。

「さあ、こちらへ。そして、おかけなさいな。どうしたんですか？　そんな顔をして」

「足がとっても痛いんですよ」とエルキュール・ポアロは言った。

「そのぎゅうぎゅうのエナメル革の靴のせいですよ。さあ、おかけなさいな。そして、なにを話しにいらしたのか話してくださいな。そしたら、わたしのほうも、あなたが聞いたらあっと言うようなことを話してあげますわ！」

第十八章

ポアロは腰をおろし、脚をのばして言った。「ああ！　これで楽になりましたよ」

「靴をぬいで、足をお休めなさいな」

「いえ、いえ、まさかそんなことまではできません」ポアロは、そんなことなんか考えただけでもぞっとするというような口調で言った。

「だって、わたしたち、おたがいに古いつきあいじゃありませんか。それに、ジュディスだって、家から出てきても、なんとも思やしませんわ。ねえ、こんなこと言って失礼ですけど、田舎じゃエナメル革の靴なんかはくものじゃございませんよ。どうして上等のスエードの靴をおはきになりませんの？　でなければ、ちかごろヒッピー風の若者がはいているようなのを？　ほら、つっかけてはけるような靴で、いちいち磨かなくていいんですよ——どうやら、特別の方法かなんかで自動的にきれいになるらしいんですね。例の労力節約の工夫がしてあるんですよ」

「そんなものなんか欲しくはありませんよ」とポアロは強い調子で言った。「ほんとですよ、まったく！」

「あなたの困るところは」とミセス・オリヴァは言いながら、彼女があらかじめ買っておいた、テーブルの上の包みを解きはじめた。「あなたの困るところは、なにがなんでもスマートでいようとなさることですよ。くつろぐということより、服のことだの、ひげのことだの、ようすはどうだろうの、なにを着ようかだのといったことに気を使いすぎますよ。くつろぐというのは、ほんとに大切なことですのよ。人間、まあ五十を過ぎれば、くつろぐというのが唯一の問題ですよ」

「マダム、わたしはあなたの意見に同意いたしかねます」

「まあ、わたしの言うことをおききになったほうがようございますよ。でないと、ずいぶんと苦しい目にあって、年々その苦しみは増すばかりですよ」

ミセス・オリヴァは紙の袋から派手な色の箱をとりだした。そして、箱の蓋をあけ、中身をすこしばかり摘まみあげ、口にもっていった。それから指をなめ、その指をハンカチで拭き、あんまりはっきりしない声で言った。

「べたべたするわ」

「あなたはもうリンゴは食べないんですね？　昔はあなたがリンゴの袋を手に持ってい

る姿や、食べているところや、ときには袋が裂けて、道にリンゴが転がり落ちたりするのを、よく見かけたものですがね」

「もうお話ししておいたはずですよ。二度とリンゴなんか見たくないって。ええ、リンゴなんか大嫌いです。いつかはこの気持ちに打ち勝って、また食べるようになるでしょうけど、それでも――リンゴにまつわる連想がいやなんですよ」

「それで、いま食べてるのはなんですか？」ポアロはヤシの木の絵が描いてある、派手な色の蓋をとりあげた。〈チューニスなつめ《デイト》〉と書いてあった。「ははあ、こんどはなつめ《デイト》ですね」

「そうですわ。なつめ《デイト》ですわ」

彼女はまた一つのなつめをとり、口のなかにいれ、種《たね》をとって藪《やぶ》のなかに投げこみ、むしゃむしゃ食べつづけた。

「デイトか」とポアロは言った。「これは驚くべきことです」

「デイトを食べることが、なんで驚くべきことなんですの？　誰でも食べていますわ」

「いやいや、そういう意味ではないのです。デイトを食べることではありません。そういうこと――デイトという言葉を、わたしに言ってくださったことが、驚くべきことなのですよ」

「なぜですの？」

「というのはですな」とポアロは言った。「いくどとなく、あなたはわたしに道を示してくださった、さて、なんと言いますかな、わたしがとるべき、あるいは、すでにとってきた道《シュマン》をです。わたしが行くべき道を示してくださったのですよ。この瞬間まで、日付け《デイト》がどれだけ重要だったか、それに気づかなかったのですよ」

「この土地で起こった事件と日付け《デイト》と関係があるとは思いませんわ。だって、ほんとの意味の日とか時はかかわりないんですもの。事件そのものが起こったのは――わずか五日前のことなんですよ」

「あの事件が起こったのは四日前です。ええ、それは事実です。でも、あらゆることには過去があるはずです。いまでは今日に織りこまれてはいるが、昨日は、前月は、いや去年は存在していた過去です。現在というものは、ほとんどつねに過去に根をもっています。一年、二年、いや三年前でもいい、ある殺人がおこなわれました。その殺人を一人の子供が見ていた。その殺人を、いまでは遠く過ぎ去ったある日、その子供が見たばっかりに、四日前に殺されたのです。そうではないでしょうか？」

「ええ、そうですわ。すくなくとも、わたしはそう思いますわ。でも、あるいは、まるっきりそうではないかもしれません。人を殺すのが好きで、水遊びといえば、誰かの頭を水のなかにつけて、そのまま押さえておくことだと思っている、どこかの精神異常者だと考えられないこともありません。パーティで、精神異常者がちょっと面白半分にいたずらをしたのだと言えないこともありませんわ」

「あなたがわたしのところに来たのは、そう思ったからではありませんね、マダム」

「そうですわ。そう思ったからではありません。わたし、ものごとの感じっていうのが好きではありませんでした。そして、いまでも好きじゃありませんの」

「わたしも同じです。あなたの考えはまったく正しいと思います。もし、ものごとの感じが好きでないなら、その人は理由を突きとめねばなりません。あなたはそう思ってくださらないかもしれませんが、わたしは理由を突きとめるため一生懸命に努力しているのです」

「歩きまわり、人々に話しかけ、その人たちがいい人かわるい人か探りだし、それから質問をあびせる方法で？」

「そのとおり」

「それで、どんなことがわかりまして？」

「事実ですよ。そのうちに、日付け《デイト》によって、いうならば、錨《いかり》をおろしたようにぴったりとそれぞれの場所におさまる事実ですよ」

「それだけですか？　ほかにわかったことがありまして？」

「ジョイス・レノルズの正直さを、誰も信用していないことです」

「あの子が、誰かが殺されるのを見たと言ったときのことですか？　でも、わたしも聞きましたわ」

「ええ。あの子は確かにそう言ったのです。でも、それをほんとうだとは誰も信じないんですよ。したがって、確率としては、あの子の話は嘘だった、ということになるのです。あの子はそんなものを見てはいなかった、ということになるのです」

「わたしには、あなたの事実というのは、あなたを現在の場所にとめておくか、前へ進めるどころではなく、後退させているように思えてなりませんわ」

「ものごとは事実に適合させられねばなりません。偽造を例にとりましょう。偽造の事実をです。世間の人みんなの噂によると、外国の女、オ・ペール娘が、老人で非常に金持ちの未亡人に対し、自分を可愛いがってくれるように仕向け、そのおかげでその金持ちの未亡人が遺言状とか遺言状の補足書とかで、その女に全財産を残すようにしたというんです。その女はいったい遺言状を偽造したのか、それとも、誰かほかのものが偽造したのか？」

「ほかに誰が偽造します？」

「この村には、もう一人べつに偽造犯人がいたんですよ。つまり、かつて偽造罪で告発されたが、初犯であることと、酌量すべき事情があるというので、軽い罪を言いわたされた人物がいるのです」

「それは新しい人物ですか？　わたしが知っている人ですか？」

「いや、あなたは知りませんよ。死んでるんですから」

「へえ？　いつ死んだんですの？」

「約二年前です。正確な日付け《デイト》は、わたしもまだ知りません。でも、やがては知らなければなりません。その男は実際に偽造をやったことがあるし、この土地に住んでいたんですからね。そして、嫉妬や、そのほかいろんな感情を起こさせる、いわゆる女出入りのために、その男は、ある晩ナイフで刺されて死んだんです。わたしはこんなことを考えています。べつべつに起こった事件の多くは、みんなが考えているよりも、もっと緊密に結びつくのではないかってね。みんながみんなというわけではありませんよ。おそらく、すべてが結びつくわけではないでしょうが、そのうちのいくつかは結びつきます」

「おもしろそうな考えですけど、でも、わたし、どうもわかりかねるところが――」

「わたしも、まだよくわからないのです。でも日付け《デイト》が役にたつのではないかと思っています。いろいろな出来事の日時、そのとき人々はどこにいたか、彼らにどんなことが起こったか、彼らはなにをしていたか。その外国娘が遺言状を偽造したと、誰もかれも考えています。そして、おそらく、すべての人の言うとおりなのでしょう。なにしろ、その女はそれによって利益を得る唯一の人物ですからね。だが、ちょっと待って――待って――」

「なにを待つんですか？」

「わたしの頭をかすめた、ある考えです」

ミセス・オリヴァは溜め息をつき、また一つなつめ《デイト》をつまんだ。

「あなたはロンドンに帰りますか、マダム？　それとも、ここにながく滞在していますか？」

「明後日帰ります。それ以上滞在できませんの。急にいろんなことが起こったものですから」

「どうでしょう――あなたのアパートメント、家だったかな、現在のおすまいがどっちだったか憶えていないのですが、なにしろ、あなたは最近なんども引っ越しなさったものですからね。ところで、お宅にお客を泊める部屋がありますか？」

「あるとは申しあげられませんわ。ロンドンで、もし空いている客間があるなんて言おうものなら、わざわざ厄介《やっかい》を背負いこむようなものですわ。友だちという友だち、友だちばかりでなく、ほんの知り合い、どうかすると知り合いのまたいとこなんていうのから手紙が舞いこんで、一晩泊めてもらえないだろうかなんて言ってくるにきまっています。ごめんこうむります。やれシーツだ、洗濯物だ、枕だ、朝早くお茶が欲しい、たまには食事まで出してもらえると思ってるんですからね。ですから、空いている部屋があるなんて、こんりんざい口はすべらせません。わたしの友だちなら泊めてあげます。わたしが心から会いたいと思っている人なら、でも、ほかの人では――だめ、おあいにくさま。わたしは利用されるのはいやですからね」

「誰だっていやですよ。あなたはなかなか賢明です」

「ところで、これはいったいどういうことですの？」

「どうしても必要となったら、一人か二人、お客を泊めてもらえますか？」

「そりゃ泊めてあげますよ。でも、誰を泊めろとおっしゃるんですか？　あなたじゃありませんわね。あなたはすばらしいご自分のお部屋がおありになるんだから。超モダンで、非常なアブストラクトで、なにもかもが四角と立体ばかりの」

「こういう用心をしておくのも、あるいは賢明ではないかというだけです」

「誰のために？　ほかにも誰か殺されそうな人がいるんですか？」

「そんなことはないと信じ祈ってはいるのですが、可能性の範囲内にあるのではないかと思われます」

「でも、誰ですか？　誰ですか？　わたしには理解できませんわ」

「あなたは、あのお友だちをどのくらいよく知っておいでなのですか？」

「知ってるかって、あのひとを？　あまりよくは。要するに、船で仲よくなり、しょっちゅう二人いっしょにいる癖がついたのですよ。あのひとには、なにかあるもの――なんと言ったらいいか――心を興奮させるものがあるのです。人とはちがってるんですよ」

「いつかは、小説のなかにあの人を登場させようなんて、考えましたか？」

「わたし、いまのような言い方が嫌いなのです。世間の人は、いつもわたしにそう言いますけど、そんなことありませんわ。ほんとうですのよ。人をそのまま小説のなかには入れません。会った人や知ってる人は」

「あなたが小説のなかに、ときどき実在の人を登場させると言うのは、マダム、たぶん事実なのではありませんね？　どこかで会った程度の人は別として、だが、わたしも同じ意見ですが、知っている人は、絶対に。そんなのには、なんの面白味もありませんからね」

「あなたのおっしゃるとおりですわ。あなたは、ときどき、ほんとにみごとに的を射ることがありますわね。そんなふうなんですよ。つまり、バスのなかで肥った女を見かけるとします。その女は干しブドウ入りパンを食べていて、食べながら唇をうごかしています。そして誰かになにかを話しているとか、これからかけようと思っている電話のこととか、書こうと思っている手紙のことを考えているのがわかります。こちらはその女を見て、はいてる靴やスカートや帽子を観察し、年齢とか、結婚指輪をはめているかどうかとか、そのほかいろいろのことを想像してみます。やがてこちらはバスをおります。二度とその女に会おうとは思っていません。ところが、ミセス・カーナビーと称する女についての物語が頭にうかんでくるのです。そのミセス・カーナビーというのは、あるところでとっても妙な人と会って、いまバスで家に帰っているところなんです。会ったというのがパン菓子職人の家でのことで、その人物に会ったために、一度しか会ったことはないけど、死んだという噂を聞いてるけど、どうやら死んではいないらしい人物のことを思いだしたんです。ああ、やれやれ」とミセス・オリヴァは言って、ひと息いれるために言葉を切った。「これは事実なんです。わたし、ロンドンをたつ前、ほんとにバスのなかである人物と向かいあわせになったんです。そして、いまこうして頭のなかで、あざやかにいまのようなことができあがっていくのです。そのうちに話の筋がすっかりまとまることでしょう。彼女が帰ってからどんなことを言うか、そのことのために彼女が危険に追いこまれるか、それとも、ほかの人が危険に追いこまれるか、そんな物語の前後関係などもね。女の名前までわかっているような気がするんですよ。コンスタンス。コンスタンス・カーナビー。ただ一つ、これを台なしにするものがあるのです」

「なんですか、それは？」

「それが、要するに、もしかりに、わたしが彼女とまたほかのバスで会うとか、彼女に話しかけるとか、彼女のほうから話しかけるとか、彼女のことがだんだんわかりはじめてくるとか、そんなことですよ。そうなると、もちろん、なにもかも台なしになるんですよ」

「さよう、さよう。物語もあなたのものでなければならないし、登場人物もあなたのものでなければならない。彼女はあなたの子供なのです。あなたが彼女をつくったんだし、あなたは彼女を理解しはじめ、彼女の気持ちや、住んでいる場所や、なにをしているかなどがわかるようになる。ところが、そういうことはすべて、現実の生きている人間からはじまったもので、もしあなたが、その現実の生きている人間のいろんなことを知ったら——そうなると、物語はだめになってしまう、そうなんですね？」

「そのとおりですわ。ジュディスのことで、あなたが言っていることは、ほんとだと思いますわ。つまり、わたしたちは航海のあいだしょっちゅういっしょにいたし、名所やなんかも見に行きましたけど、あの人のことをとくにくわしく知るところまではいきませんでした。未亡人で、ご主人というのは財産もなく、あなたも会ったことのある、ミランダという子を一人残して亡くなったんです。わたしがあの親子に不思議な感じをいだいたことは事実です。二人がなにかに関係があるといった感じ、なにか興味あるドラマに巻きこまれているといった感じなのです。そのドラマがどんなものか、知りたいとは思いません。あの人に話してもらいたいとも思いません。あの人たちが巻きこまれてよかったな、と思うようなドラマと考えたいのです」

「さよう、さよう、その人たちが——アリアドニ・オリヴァの次のベストセラーの登場人物の候補者であることは、わたしにもわかりますよ」

「あなたは、ときどき、まるっきりの意地悪になることがありますのね。あなたにかかると、なにもかも俗っぽくなりますわ」彼女は言葉を切って考えていた。「たぶん、そうなんですわね」

「いや、いや、俗っぽいなんて。ただ人間的なだけですよ」

「それで、ジュディスとミランダをロンドンのわたしの家に招待しろとおっしゃるのね？」

「まだいいのです。わたしのちょっとした考えが正しいと確信がついてからです」

「あなたの例のちょっとした考え！　ところで、わたし、あなたに知らせたい情報があるんですけど」

「マダム、あなたのご厚意には感謝しております」

「あまり楽しみにしないようにね。もしかすると、あなたの考えというのを、ひっくり返すかもしれませんよ。あなたがあれほど大騒ぎして話してらした偽造というのが、もともと偽造ではなかったとしたら？」

「なんのことを言ってるんですか？」

「ミセス・アプ・ジョンズ・スマイスとかなんとかいう女は、オ・ペール娘に全財産を贈るという、遺言状の補足書をほんとにつくり、それに自分で署名し、二人の証人がそれを見ていて、お互いの眼の前でそれに署名したのですよ。このことをあなたのひげのなかに入れて、煙草がわりに吸って、とっくりお考えなさいな」

第十九章

「ミセス——リーマン——」とポアロは言いながら、その名前を書いた。

「そうです。ハリエット・リーマン。それに、もう一人の証人はジェイムズ・ジェンキンズという男だったようです。最後の消息ではオーストラリアに行ったとか。それに、ミス・オルガ・セミノフは、最後の消息では、チェコスロヴァキアとか、なんでも生まれ故郷に帰ったようです。誰もかれもみんなどこかよそへ行くようですわね」

「そのミセス・リーマンというのは、どのくらい信頼できると思います？」

「まるっきりの作り話だとは思いませんわ、あなたがお聞きになりたかったのが、そういう意味でしたのならですけど。あの女は自分でなにかに署名した、そして、そのことに好奇心をいだいた、そして、自分が署名したものを知る最初の機会にとびついた、ということではないでしょうか」

「その女は読み書きはできるんですか？」

「と思いますわ。でも、老婦人の筆蹟はあまり読みやすい字ではないという意見には、わたしも同意します。ひどくギクシャクして、とっても読みにくいんですから。もし、後になって、その遺言状とか補足書のことで噂が飛びまわったとしたら、あの女は、この噂というのは、あの読みにくい字の書類に書いてあった、あのことだなと思ったのではないでしょうか」

「本物の書類ですな。でも、ほかに偽造の補足書があったんですよ」

「誰がそう言うんですか？」

「弁護士です」

「もともと偽造なんかされなかったのだと思いますけど」

「弁護士はこういう問題にかけては、ひどく厳しいんですよ。専門家の証人をつれて、法廷にでる準備をしていたのですからね」

「ああ、なるほど、それなら、どんないきさつになったか、わけなく想像がつくじゃありませんか？」

「なにがわけないんですか？　どんないきさつですか？」

「もちろん、その翌日か、何日か後か、一週間後でもかまいませんけど、ミセス・ルウエリン・スマイスが、愛するオ・ペール娘とちょっと喧嘩でもしたか、あるいは、甥のヒューゴーか姪のロウィーナと和気あいあいたる和解をし、遺言状を破るとか、補足書を消してしまうとか、そんなふうのことをするとか、なにもかも燃してしまうとかしたんですわ」

「それから？」

「それから、たぶん、ミセス・ルウェリン・スマイスが死んだので、オ・ペール娘は機会をみて、できるだけミセス・ルウェリン・スマイスの筆蹟に似せて、だいたい同じような文句の新しい補足書と、やはりできるだけ似せた二人の証人の署名を書いたのです。たぶん、ミセス・リーマンの筆蹟はよく知っていたでしょう。国民健康保険証書かなにかありますからね。そこで、あの女は遺言状を見たことがあるという人があらわれ、それで万事うまく運ぶと考えて、それを提出したのです。ところが、その偽造があまりうまくなかったので、いざこざがはじまったのです」

「失礼ですが、マダム、あなたの電話を使わせていただけませんでしょうか？」

「ジュディス・バトラーの電話なら使わせてあげますわ」

「お友だちはどこへ？」

「ジュディスは髪を結いに美容院へ。ミランダは散歩に行きました。さあどうぞ、電話はそこの窓の向こうの部屋にありますわ」

ポアロは家にはいっていって、十分ばかりしてもどってきた。

「どうでした？　なにをなさってたんですか？」

「弁護士のミスタ・フラートンに電話をかけてきたのです。あなたに話したいことがあります。補足書、検認をうけるために提出された偽造補足書の立ち会い人として署名しているのはハリエット・リーマンではありません。メアリ・ドハーティなる人物が署名しています。この女はミセス・ルウェリン・スマイスのところに奉公していましたが、つい先ごろ死にました。もう一人の立ち会い人はミセス・リーマンが話したとおり、ジェイムズ・ジェンキンズで、これはオーストラリアに行ってしまいました」

「でも、偽造補足書というのはあったのですね。そして、本物の補足書もあったらしいですね。どうでしょう、ポアロ、ちょっとばかりややこしくなってくるじゃありませんか？」

「とほうもなくややこしくなってきています。わたしに言わせれば、偽造が多すぎますよ」

「たぶん、本物の補足書は、〈クオリ・ハウス〉の図書室の『なんでもわかる万物宝典』のあいだに、いまでもはさまっていますわ」

「あの家の家財道具はすべて、わずかな日常の家具と絵をのぞいて、ミセス・ルウェリン・スマイスが亡くなったときに売却されたと聞いていますよ」

「わたしたちに必要なのは『なんでもわかる万物宝典』みたいなものなのです。いい題名じゃありませんか？　わたしのおばあさんも持っていたのを憶えていますわ。どんなことでもわかるんですよ。法律上の知識、料理の方法。それから――リネンについたインクの汚点《しみ》の取り方。肌を荒らさない自家製お白粉《しろい》の作り方。それから――まだまだいろんなこと。そうですわ、あなた、いまそんな本がここにあったらいいとお思いになりません？」

「そりゃ思いますよ。疲れた足をなおす処方も書いてあるでしょうからね」

「そんなのはいくらでも書いてあると思いますわ。でも、なぜちゃんとした田舎用の靴をおはきになりませんの？」

「マダム、わたしは行きとどいた身なりをしていると思われるのが好きなのです」

「では、痛いものをこれからも身につけて、歯をくいしばって我慢するより仕方がありませんわね。それにしても、わたし、なにもかもわけがわからなくなりましたわ。あのリーマンという女は、いまごろになって、わたしに嘘八百をならべたのでしょうか？」

「そういうことも、つねにあり得ないことじゃありませんよ」

「誰かがわたしに嘘を話せって命令したのかしら？」

「それもあり得ないことではありませんな」

「誰かがわたしに嘘を話せといって、お金をやったのでしょうか？」

「つづけて、先を。いい線をいっていますよ」

「想像するに」とミセス・オリヴァは考え考え言った。「ミセス・ルウェリン・スマイスは、ほかの多くの富裕な女の例にもれず、遺言状をつくって楽しんでたんじゃないでしょうか。一生のうちには、ずいぶんたくさんつくったろうと思いますわ。ある一人に財産を贈る、と思うと、もうほかのものになっている。あっちこっちと変えてばかり。ドレイク夫婦は、いずれにしろ、暮らし向きはいいんですからね。老婦人はこの二人には、すくなくとも相当の遺贈を残しているとは思いますけど、ミセス・リーマンの話や、あなたが言う偽造遺言状によると、あのオルガという娘に残したほどの財産を、相手が誰だろうと、はたしてほかの人に残しただろうかと思うのです。あの娘については、もすこし知りたいと思いますわ。なかなかみごとに姿をくらましたようですわね」

「まもなく、あの女については、もっと詳しいことがわかると思います」

「どういう方法で？」

「まもなく受け取ることになっている情報によってです」

「あなたがこの土地で情報を求めていらっしゃるのは、知っておりますわ」

「この土地だけではありません。ロンドンにわたしのエイジェントがいまして、海外とこの国両方の情報を手にいれてくれるのです。おそらく、近いうちにヘルツェゴヴィナから情報がはいってくるはずです」

「あの女が向こうに帰りついたら、わかるようになってるんですか？」

「そのことも知りたいのですが、でも、それとはちがった情報がはいってくることになりそうです――たぶん、この国に滞在中書いた手紙で、あの女がこの土地でつくり、親密な関係になった友人のことに触れたものです」

「あの学校の教師はどうなんですか？」

「どっちの教師のことです？」

「絞め殺されたほう――ほら、エリザベス・ホイッティカーが、あなたに話してた女ですよ。わたし、エリザベス・ホイッティカーはあまり好きになれませんわ。退屈な女ですが、なかなか頭は切れるようですね。あの女なら、人殺しくらい考えかねないと思いますわ」

「もひとりの教師を絞め殺した、ということを言ってるんですか？」

「可能性はすべて出しつくさねばなりませんわ」

「まいどのことながら、あなたの直観力には信頼をおきますよ、マダム」

ミセス・オリヴァは、また一つ、なつめをとって、考えにふけりながらそれを食べていた。

第二十章

ミセス・バトラーの家をでると、ポアロはさっきミランダが連れてきてくれた道を通って帰った。生け垣の隙間は前よりすこし広くなっているような気がした。たぶん、ミランダよりすこし大きな誰かが、やっぱりこの隙間を使っているのだろう。彼は石切り場の小径をのぼりながら、あらためてこの美しい景色に心をひかれた。美しい場所だ、それでいながら、この前もそんな感じがしたのだが、なんとなく憑《つ》かれた場所という感じがした。ここにはなにか異教的な無残さがある。妖精たちが獲物を追いつめたり、冷酷な女神がいけにえを供えよと命じたりするのは、このような曲がりくねった小径こそふさわしいように思われた。

ここが、いままで、ピクニックの場所に使われなかった理由が、ポアロには納得できた。なんらかの理由で、人々はゆで卵やレタスやオレンジを持ってここに来て、冗談をとばしたり、浮かれ騒いだりする気にならないのだ。ちがっているのだ、ほかの場所とはまるでちがっているのだ。ミセス・ルウェリン・スマイスが、こんな妖精めいた場所に変形しようなどという気を起こさなければよかったのに、と突然ポアロは考えた。こんな雰囲気を持たせないで、石切り場を穏当な隠し庭園に造りかえることだってできたはずだが、なにしろあの老婦人は大がかりなことの好きな女であり、おまけに大金持ちときている。ポアロは、ちょっとのあいだ、遺言状のことを考えた。金満家の女たちがつくる遺言状、金満家の女たちがつくる遺言状に関して取り沙汰される嘘、金満家の未亡人の遺言状が、しばしば隠してある場所のことなど。そして、自分を偽造犯人の心のなかに置いてみようと試みた。検認をうけるために提出された遺言状が、偽造であることに疑問の余地はない。ミスタ・フラートンは慎重で、しかも有能な弁護士である。そして、彼は偽造であることを確信しているのだ。また彼は、そうするだけの確かな証拠と正当な理由がなければ、依頼人に対して訴訟を起こすとか、法的手続きをとるとか、そんなことをすすめるような弁護士ではない。

ポアロは小径の角を曲がったが、そのときは、自分の瞑想よりも足の問題のほうがずっと大切だという気がした。スペンス警視の家へ近道を通っていこうか、どうしようか？　近道なら一直線だ、しかし、本道のほうが足のためにはよさそうだ。この小径は草も苔《こけ》もはえてなく、いかにも石切り場らしく石のようにかたかった。やがて彼は立ちどまった。

眼の前に二人の人の姿が見えた。露出した岩に腰をおろしているのはマイケル・ガーフィールドだった。写生帳を膝にひろげ、なにか描いているのだが、描くことに全精神を集中しているようすだった。彼からすこし離れたところ、高みから流れてきている、細いが、こころよいせせらぎの音をたてている小川の岸ちかくに、ミランダ・バトラーが立っていた。エルキュール・ポアロは自分の足のことを忘れ、人間の肉体の苦痛を忘れ、ふたたび、人類が到達できる美の極致に眼をこらした。マイケル・ガーフィールドが非常な美男子であることは疑いなかった。マイケル・ガーフィールドに好意をいだいているかどうか、ポアロは自分でも判断がつきかねた。美しい人間に好意をいだいているかどうか、自分で判断することはつねにむずかしいものである。美しいものを見るのは誰でも好きであるが、それと同時に、ほとんど原則として、美しいものを好まないものである。女性が美しいのはいい。しかし、エルキュール・ポアロは、男性の美しさに好意が持てるかどうか、まるで確信がなかった。彼は自分でも美男子になりたいとは思わなかった。そういう機会もまるでなかったのだが。自分の容貌に関してエルキュール・ポアロが本心から満足しているものが一つだけあった。それはひげが濃いことと、手入れをし、刈りこんでやると、それだけの苦労のしがいのある、みごとなひげになることだった。まさに、それはすばらしいひげであった。その半分もりっぱなひげを持っているものを、彼はほかに知らなかった。昔から彼はハンサムであったり、美貌であったりしたことはなかった。もちろん美しかったことなど、かつてなかった。

そして、ミランダは？　ポアロは以前にも考えたように、いまもまた考えた。あれだけ人をひきつけるのは、彼女の引力なのだ、と。この子の心には、どんなことが去来しているのだろうか。それは誰にもうかがいしれないようなことなのだ。彼女は自分がどんなことを考えているか、かるがるしくは話そうとしない。たとえ、こちらからたずねても、自分が考えていることを、はたして彼女が話してくれるかどうか、ポアロは疑問に思った。彼女はひとの考えもつかぬ心をもっている、内省的な心をもっている。それにまた、彼女は傷つきやすいのだ。非常に傷つきやすいのだ。彼女についてはほかにもポアロが知っていること、あるいは知っていると思っていることもあった。いままでは、それは単に頭のなかで考えているだけであったが、それでもなお彼は確信にちかいものをもっていた。

マイケル・ガーフィールドが顔をあげて言った。

「やあ！　おひげさん《セニョール・ムスタッシュ》。こんちは」

「あなたがなさっておいでのことを見てもかまいませんか、それとも、お邪魔でしょうか？　でしゃばりたくはありませんのでね」

「見たってかまいませんよ」とマイケル・ガーフィールドは言った。「わたしにはどっちだって同じことですから」そして、彼はおだやかにつけくわえた。「わたしは自分だけで大いに楽しんでるんですから」

ポアロは近よってきて、彼の肩のうしろに立った。彼はうなずいた。それは非常に繊細な鉛筆画で、線はほとんど見えないほどだった。この男は絵も描けるのだ、とポアロは思った。庭園の設計だけじゃないのだ。彼はほとんどささやくように言った。

「じつに美しい！」

「わたしもそう思ってますよ」とマイケル・ガーフィールドは言った。

彼が言っているのは自分が描いている絵のことか、それともモデルのほうのことか、どっちともわからなかった。

「なぜですか？」とポアロはたずねた。

「なぜ、わたしがこんなことをしているのか、というのですか？　わたしに理由があるとお考えですか？」

「理由がないこともないでしょう」

「図星ですな。この土地を離れる場合、心にとめておきたいことが一つ二つあるんですよ。ミランダはそのうちの一つなのです」

「あの子のことをすぐに忘れそうですか?」

「すぐに忘れますよ。わたしはそういう人間です。しかし、あるもの、あるいは、ある人を忘れてしまうこと、顔、肩の形、物腰、木、花、風景、そうしたものがどんなふうだったか思いだそうと思っても、まるでその面影が眼のまえにうかんでこない、そういうことがあると——なんと言ったらいいかな?——ほとんど死の苦しみに近いものになるのです。なにかに記録しておく——そして、すべては消え去るのです」

「〈クオリ・ガーデン〉とか、この公園はそうではありません。いままでも消え去ってはいきませんでした」

「そうお考えになるんですか? みんな、まもなく消えてしまいますよ。ここに誰もいなくなれば、やがて消えてしまいますよ。自然がその後を引きつぎます。人間の愛と世話と手入れと技術が必要なのです。自治体が管理を引きうけるとなると——近ごろでは、じつによくそういうことが行なわれるのですが——いわゆる〝維持〟されている状態になります。流行《はやり》の灌木なんかが植えこまれ、別の路がつくられ、ベンチがきちんとある距離をおいて備えられます。屑入れだって設けられかねないでしょう。そりゃもう係りのものは注意ぶかく、管理するのに心をこめますよ。だが、ここを管理することはできません。ここは自然のままなのです。あるものを自然のままにしておくことは、それを管理することより、はるかにむずかしいのです」

「ムッシュー・ポアロ」ミランダの声が小川の向こうから聞こえた。

ポアロは声の聞こえるところまで近よっていった。

「やっぱりここだったんだね。肖像を描いてもらうために来たの？」

彼女は首を振った。

「そのために来たんじゃないのよ。偶然そうなったんです」

「そうです」とマイケル・ガーフィールドが言った。「偶然こうなったんですよ。幸運の一片《ひとかけら》が、ときには訪れてくることがあるんですよ」

「大好きなお庭にはいりこんだだけなんだね？」

「あたし、井戸を探していたのよ、ほんとは」

「井戸？」

「ずっと前、この森には願いごとの井戸があったんです」

「昔の石切り場に？　石切り場に井戸をつくっておくなんて、聞いたことがないな」

「この石切り場のまわりは、前から森だったんです。木だって、前からここにあったんです。マイケルは井戸のあるところを知っているのに、教えてくれないんです」

「自分で探してみるほうが、ずっとおもしろいんじゃないかな」とマイケル・ガーフィールドが言った。「とくに、井戸がほんとにあると、はっきりわかっていないとなるとね」

「ミセス・グドボディは井戸のことをなんでも知ってるわ」

そして、つけくわえた。

「あのお婆さん、魔女なんだもの」

「そのとおりだよ」とマイケルは言った。「あの婆さんは、この土地の魔女なんですよ、ムッシュー・ポアロ。たいていのところには、その土地土地の魔女がいるものでしてね。自分のことを魔女だって名乗るものはいませんが、みんな知っているんですよ。その連中は運勢判断をしたり、ベゴニアに呪いをかけるとか、シャクヤクを枯らしてしまうとか、農家の牝牛の乳を出なくしたり、惚《ほ》れ薬の一服くらい盛《も》ってやったりするんですよ」

「あれは願いごとの井戸だったのよ」とミランダが言った。「みんなここに来て、願いごとをしたのよ。その井戸のまわりを三度、後ろ向きになって回らなきゃならないの、そして、井戸は丘の中腹にあったので、後ろ向きに回るのはなかなかむずかしかったのよ」彼女の視線がポアロをすぎて、マイケル・ガーフィールドの上でとまった。「あたし、いつかは見つけてみせるわ。たとえ、あんたが教えてくれなくてもよ。このあたりのどこかにあるんだけど、口をふさいであるんですって、ミセス・グドボディがそう言ってたわ。ええ、もう何年も前のことなのよ。危ないからって口をふさいでしまったんですって。子供が一人、何年も前のことだけど、落っこったんですって。キティなんとかという子なのよ。ほかの人だって、あのなかに落っこってるかもしれないわね」

「じゃ、そう思ってるがいいよ」とマイケル・ガーフィールドが言った。「あれは土地の伝え話だよ。でも、リトル・ベリングにはほんとに願いごとの井戸があるよ」

「そりゃあるわよ。あの井戸のことならすっかり知ってるわ。とっても有名なんですもの。誰だって知らないものはないけれど、すごくばかばかしいのよ。銅貨を投げこんでも、その井戸にはまるで水がないもんだから、しぶき一つたたないのよ」

「そいつはお気の毒だったたな」

「見つけたら教えてあげるわね」

「魔女の言うことをなにもかも信じこんじゃいけないよ。あの井戸に子供が落ちたなんていう話は信じないね。猫でも落ちて、溺れ死んだんだろう」

「ディング・ドング・デル、仔猫が井戸に落ちたとさ」とミランダは言った。それから立ちあがった。「あたし、帰らなくちゃ。ママが待ってるから」

彼女はすわっていた岩から用心しいしい離れ、二人に微笑をおくり、小川の向こう側を通っている、さらに輪をかけて歩きにくそうな山路をおりていった。

「ディング・ドング・デル」とポアロは考えこんだようすで言った。「人間は自分が信じたいと思うことを信じるものですよ、マイケル・ガーフィールド。あの子の話はほんとなのですか、ほんとじゃないのですか？」

マイケル・ガーフィールドはじっとポアロを見ていたが、やがてほほえんだ。

「あの子の言ったとおりです。井戸はあります、そして、あの子が言ったように、口がふさいであるのです。たぶん、危険だったからでしょう。わたしはあれが願いごとの井戸だったとは思いません。ミセス・グドボディがつくりだした気まぐれな話だと思いますね。願いごとの樹ってのもありますよ、いや、かつて、あったんですよ。丘の中腹の途中にあるブナの樹でね、世間の人がその樹を後ろ向きになって三度回り、願いごとをしたって話ですよ」

「その樹はどうなりました？　世間の人はもうその樹を回らないのですか？」

「そうなんです。六年前に雷が落ちましてね。まっぷたつに裂けたんです。それでせっかくのお話もおしまいというわけです」

「ミランダにそのことを話しましたか？」

「いや。あの子には井戸のほうがいいと思いましてね。裂けたブナの樹なんて、あの子にはあまりおもしろくないんじゃありませんかね？」

「行くところがありますので、ではこれで」とポアロは言った。

「またお知り合いのおまわりさんのお宅ですか？」

「そうです」

「疲れておいでのようですね」

「疲れています。非常に疲れています」

「ズックの靴かサンダルをはけば、もっと楽になりますよ」

「いや、よしましょう」

「なるほど。あなたは服装にはやかましいんですね」マイケルはポアロをつくづくと見た。「全体的効果《トウ・タンサンブル》、こんなふうに言うのを許していただければ、あなたの壮大なおひげは、じつにみごとで、ほかでは見られませんね」

「お眼にとまりまして光栄です」

「そんなことより、眼にとめないでいられるか、ということのほうが重要ですな」

ポアロは首を片方にむけて言った。

「さっき、あなたは、ミランダを心にとめておきたいから、あんなふうに絵を描いているのだと言いましたね。それは、あなたがこの土地を離れるという意味ですか？」

「そんなことを考えてはいます」

「それでも、わたしの見るところ、ここでは気持ちよくお暮らし《ビヤン・プラセ・イシ》のような気がしますな」

「ええ、たしかにそうです。住む家もあります。小さな家ですが自分で設計した家です。それに自分の仕事もあります。でも、その仕事も昔ほど満足をあたえてくれなくなりました。そこで焦燥にとりつかれているところなんですよ」

「どうしていまの仕事では満足できないのですか？」

「世間の人が、じつに不愉快なことをしろというからですよ。自分たちの庭園を改造しようとする人々、いくらかの土地を買い、家を建てようと思い、庭園の設計をさせようとする人々です」

「ミセス・ドレイクに頼まれて、庭園をつくるんじゃないのですか？」

「頼まれてはいます。いろいろ助言しましたところ、どうやら向こうさまもそれに賛成のようでした。もっとも、わたしのほうじゃ、心から信用しちゃいませんがね」

「というと、あの奥さんはあなたが求めているものを与えようとしないのですか？」

「つまり、敵さんは自分が求めているものは確実に自分のものにし、わたしが出したアイデアに心をひかれているくせに、突然、まるで見当ちがいなことを要求するのです。実利があって、金がかかって、派手なものをね。わたしをいびりだそうとしてるんだと思いますね。自分のアイデアをぜひとも実行しろと言うにきまっています。わたしはそれに賛成しない、そして喧嘩になります。そこで、全体としてみると、喧嘩にならないうちにこの土地を離れるほうがいいのです。それは相手はミセス・ドレイクだけでなく、この界隈の人たちの多くがそうなんですからね。わたしは造園家として相当名がとおってるんですよ。一ヵ所にとどまっている必要はないんです。イギリスのどこかほかの土地でもいいし、なんならノルマンディとかブルターニュの片隅にでも、探せば行くところはいくらでもあるんです」

「どこか、あなたが自然を改造する、いや、自然に力をかすことのできる土地ですね？　実験ができ、いままで生えたことのない変わった植物をうえ、太陽も焦がしたことがなく、霜も破壊したことのない土地ですね？　アダムごっこをして遊べる、ひろびろとした荒地なんですね？　いままでも、いつもこんなふうに腰が落ちつかないのですか？」

「どこに行っても、あまり、ながく居ついたことはありませんね」

「ギリシャに行ったことがありますか？」

「ええ、あります。ギリシャにはもいちど行きたいものですね。そう、ギリシャにはなにかがあります。ギリシャの丘の中腹の庭園。イトスギはあるでしょうが、ほかにはたいしたものはありません。荒れはてた岩地。だが、こちらがその気になれば、できないものはありませんよ」

「神々がそぞろ歩く庭——」

「そうです。あなたは読心術の達人ですね、ミスタ・ポアロ」

「だといいんですけどね。知りたいと思っていながら知らないことがたくさんあるんですよ」

「いまはじつに散文的なことを話してるんですね？」

「不幸にして、そうです」

「放火、殺人、急死？」

「まあそんなところです。放火を考えていたかどうかはっきりしませんがね。ところで、ミスタ・ガーフィールド、あなたはこの土地で相当の期間暮らしておいでですが、レズリー・フェリアという若者をご存じじゃありませんでしたか？」

「ええ、憶えていますよ。メドチェスタの弁護士事務所にいた男でしょう？　フラートン・ハリソン・アンド・レドベター事務所。書記見習いかなにかで。いい男でしたよ」

「突然の死にみまわれたのでしたね？」

「そうです。ある晩、ナイフで刺されたんです。原因は女出入りだと思います。世間ではみんな、当局は誰が犯人かよく知っているのだが、それを証明するだけの証拠が得られないのだと考えているようです。サンドラ——ちょっといま苗字のほうを憶いだせないのですが——サンドラなんとかいう女と関係があったらしいですよ。女の亭主というのは、土地で居酒屋《パブ》をやっていましてね。女とレズリーは関係をつづけていましたが、そのうちにレズリーがほかに女をこさえたんです。すくなくとも、そういう話でした」

「そこで、サンドラにはそれが気にいらなかったというわけですな？」

「そうです、サンドラにはそれが気にくわなかったのです。なにしろ、レズリーっていうのは、女の子のあいだじゃ、たいへんなもてかたでしたからね。仲よくしてた女の二人や三人はいましたよ」

「みんなイギリス人の女でしたか？」

「どうしてそんなことをおききになるんですか？　いや、イギリス人の女にかぎっていたわけじゃないようでしたね、すくなくとも、彼の言うことがわかるし、向こうの言うことがこちらに通ずるくらい英語が話せる女ならばね」

「きっとこのあたりにも、ときには外国の娘がいることがあるでしょうな？」

「そりゃいますとも。近くに外国娘がいないところなんてありますかね？　オ・ペール娘――あの連中は日常生活の一部分ですよ。醜い女、かわいい女、正直な女、不正直な女、困っている母親の手助けになる女、まるで役にたたない女や勝手にやめていく女なども ね」

「オルガという娘みたいにね」

「おっしゃるとおり、オルガという娘みたいにですよ」

「レズリーはオルガの友だちでしたか?」

「ははあ、あなたの頭はそっちのほうに行ってるんですな。ええ、友だちでしたよ。このことはミセス・ルウェリン・スマイスは、あまりよくご存じなかったと思います。オルガは慎重にやってましたからね。故国《くに》には、いつか結婚したいと思っている人がいるんだなんて、まじめな調子で話していました。ほんとの話か作り話か、わたしは知りませんがね。レズリーっていうのは、さっきも言ったようになかなか魅力のある若者でしてね。オルガのどこがよかったのやら――あまりきれいな女じゃなかったんですよ。それでも――」彼はちょっと考えこんだ。「――あの女は烈《はげ》しさみたいなものを持っていましたよ。イギリスの青年にはそれが魅力的に思えたんでしょうね。いずれにせよ、レズリーはうまくやっていたので、奴のほかのガールフレンドはおもしろくない思いをしていたんですよ」

「それは興味ある話です」とポアロは言った。「あるいは、あなたからならわたしが知りたいと思っている情報が得られるんじゃないかと思っていましたよ」

マイケル・ガーフィールドはいぶかしそうな眼でポアロを見た。

「なぜです？　これはどうしたことなんです？　レズリーがこの問題のどこにはいってくるんです。過去のことをこうして根掘り葉掘りなさるのは、どういうわけなのです？」

「人間誰しも知りたいことがあるものですよ。いろいろのことが、どういういきさつでそんなふうになったか、人間は知りたがるものですよ。わたしはもっと前の過去のことをのぞきたいと思っています。その二人、オルガ・セミノフとレズリー・フェリアがミセス・ルウェリン・スマイスの眼を盗んで、ひそかに会っていた時より、さらに以前のことをね」

「いや、確かなことを知っているわけじゃないんですよ。いまの話は、ただわたしの──ええ、ほんのわたしだけの想像なんです。そりゃ二人きりのところになんども出くわしたことはありますが、オルガはわたしにふたりの関係を打ち明けたことはありませんのでね。レズリー・フェリアにいたっては、ほとんど知らないも同然なんです」

「わたしはそれよりも昔にさかのぼりたいのです。聞くところによると、レズリーは過去になにか不都合なことがあったそうですね」

「そうだと思います。ええ、いずれにしろ、この界隈ではそんなふうな噂です。ミスタ・フラートンが雇ってくれて、真人間に仕立てあげようとしたんですがね。フラートンという人はいい人ですよ」

「レズリーの罪状は、たしか偽造罪でしたね？」

「そうです」

「初犯で、それに酌量すべき情状があったそうですね。病気の母親とか、酒飲みの父親があったとか、そんなふうな情状が。ともかく、微罪とされたんですね」

「詳しいことは聞いていません。はじめはまんまと逃げおおせたと思われましたが、そのうちに経理士が来て、ばれてしまったかなんかなんです。わたしのはあいまいな話でね。人から聞いただけなのです。偽造。ええ、そういう罪名でしたよ。偽造」

「そして、ミセス・ルウェリン・スマイスが死んで、遺言状が検認をうけるために提出され、その遺言状が偽造されたものだとわかったのですな」

「なるほど、あなたの頭の働いている方向がわかりましたよ。この二つの事件を、相互に関連があるとして結びつけているのですね」

「もうすこしのところで、偽造に成功するところだった男。遺言状が検認をうけるため提出され容認されたら、莫大な財産の大部分を相続することになっている女と友だちになった男」

「そうです、そういうところですね」

「そして、この女と、かつて偽造事件をおこしたことのあるこの男は、非常に親密な仲だった。男は自分の女を棄《す》て、その外国娘とくっついた」

「あの偽造遺言状はレズリー・フェリアの手で偽造されたものだと言うのですね」

「似ているところがあるようじゃありませんか？」

「オルガはミセス・ルウェリン・スマイスの筆蹟を、かなり上手に真似ることができたと言われていました。しかし、そこはいささか疑問のある点ではないかと、かねてからわたしはそんな気がしていたんです。オルガはミセス・ルウェリン・スマイスのために手紙の代筆をしていましたが、筆蹟がとくによく似ていたとは、わたしは思いませんね。検認を通るほどにはね。しかし、オルガとレズリーが共謀したとなると、話はちがってきます。おそらく、レズリーはなかなかみごとなものをつくり、これなら大丈夫、ばれる気づかいはないと確信していたと思います。しかし、初犯のときも、きっと確信していたことでしょうが、それは大間違いだった。そして、こんどの場合も彼の確信は裏目に出たんだと思います。観測気球があげられ、弁護士たちが面倒なことを言いだし、鑑定のために筆蹟専門家が呼ばれ、尋問がはじまると、女は臆病風にふかれ、レズリーとひと騒動起こしたと考えられないことはありません。そのうちに、女のほうはレズリーが泥をひっかぶるだろうと思って、行方をくらましたんですよ」

マイケルは強く首を振った。「どういうわけで、わたしの美しい森に来て、そんなことを話しかけるんですか？」

「知りたいからですよ」

「知らないほうがいいですよ。なんにも知らないほうがいいですよ。ものごとは、あるがままにそっとしておいたほうがいいですよ。むりに探したり、せんさくしたり、鼻をつっこんだりしないほうが」

「あなたは美を求めている」とエルキュール・ポアロは言った。「いかなる犠牲をはらってでも、美を。わたしとしては、求めているのは事実です。つねに、事実です」

マイケル・ガーフィールドは声をあげて笑った。「さあ、おまわりさんの友だちのところにおいでなさい、そして、わたしをこのわたしだけの楽園に残しておいてください。なんじ、我より去れ、悪魔よ」

第二十一章

ポアロは丘をのぼっていった。とつぜん、足の痛みを感じなくなった。なにかが訪れたのだ。いままで考え感じてきたこと、それらが相互に関連があるとはわかっていながら、どんなふうに関連しているかわからなかったことを、結びあわせてみる。彼は危険を意識した——それを防ぐ手段をとらないと、いまにも誰かの身にふりかかりかねない危険。命にもかかわる危険である。

エルスペス・マッケイが玄関まで出て、彼を迎えた。「疲れていらっしゃるようね。さあ、はいっておかけなさいな」

「兄上はおいでですか？」

「いいえ。警察署まで参りましたの。なにか起こったらしいんです」

「なにか起こったって？」ポアロはぎくりとした。「こんなに早く？　とても考えられん」

「え？　それはどういう意味ですの？」

「なんでもないんです。なんでもないんです。すると、誰かの身になにかが起こったとおっしゃるんですね？」

「ええ、そうですの、でも、誰かははっきり存じません。ともかく、ティム・ラグランが電話をかけて、署まで来てくれって言ってきたんです。お茶をさしあげましょうか？」

「いや結構です。ご厚意はありがたいんですが——家に帰ろうと思いますから」ポアロは黒い、苦いお茶のことを考えるとぞっとした。そして、非礼をごまかすいい口実を考えついた。「この足なのです。田舎を歩く靴としては、あまり適当なものをはいていないのです」

エルスペス・マッケイはポアロの靴を見おろした。「そうですわ。だめなことはすぐわかりますわ。エナメル革じゃ足が疲れますよ。ところで、あなた宛てに手紙がきていますわ。外国の切手がはってあります。海外からきたんですね——パイン・クレスト荘、スペンス警視気付けになっています。持ってまいりますわ」

彼女はすぐもどってきて、手紙をポアロに渡した。

「封筒がご入り用でなかったら、甥にやるのにいただきたいんですけど——切手を集めているんですよ」

「いいですとも」ポアロは手紙をひらき、封筒を彼女に渡した。彼女はお礼を言って、家のなかにはいっていった。

ポアロは便箋をひろげて読んだ。

ミスタ・ゴビーの外国調査部は、彼がイギリス国内調査部で示すのに劣らぬ有能さで運営されていた。彼は費用を惜しまず、すぐに結果を手にいれた。

結果はたいしたものではなかった——はじめからポアロはたいして期待はしていなかったのである。

オルガ・セミノフは故郷の町には帰っていなかった。いまも生きている家族はいない。年配の女性の友人が一人おり、この人物とは途切れがちではあるが文通をしていて、イギリスの自分の生活など書き送っていた。ときには厳しいこともあるが、いっぽう気前よくもある雇い主とのあいだは、うまくいっていた。

オルガからの最後の手紙は、約一年半前の日付けであった。その手紙にはある若い男性のことが書いてあった。二人は結婚を考慮しているような口ぶりであったが、その青年は——名前は書いてなかった——オルガの言葉によると、出世の道がひらけているので、まだなにもきめるわけにはいかない、ということだった。最後の手紙で、オルガは彼らの前途が明るいことを、幸福そうに書いていた。それで、それっきり手紙がこなくなっても、その年配の友人は、オルガはイギリス人の青年と結婚し、住所を変えたのだろうと思った。若い娘がイギリスに行くと、そういうことはよく起こりがちなのであった。幸福な結婚をすると、それっきり手紙をよこさなくなることは、しばしばあることだった。

その年配の女性は気にかけなかった。

ぴったり合う、とポアロは思った。レズリーは結婚のことを口にはだしたが、本気ではなかったらしい。ミセス・ルウェリン・スマイスのことを〝気前がいい〟と言っている。レズリーは誰かから、おそらくオルガだろうが、彼女のために偽造をするよう頼まれ、金をもらっているのだ。（その金も、もとはといえばオルガの雇い主から出たものなのである）

エルスペス・マッケイが、ふたたびテラスに出てきた。ポアロはオルガとレズリーとのあいだの共犯関係についての自分の推測に関し、意見を求めた。

彼女はちょっと考えていた。やがてこの巫女《みこ》は神託をつげた。

「もしそうなら、非常に秘密にしておいたんですね。あの二人についての噂は、まるでありませんでした。もしなにかあれば、こんな土地では、たいてい噂が聞こえるものですけどね」

「フェリアという青年は人妻と関係があったのです。もしかすると、雇い主に自分のことはなんにも言ってはならんと、オルガに言ってあったかもしれませんな」

「当然、考えられることですわ。ミセス・スマイスはレズリー・フェリアがよからぬ人物であることは、おそらく知っていたでしょうし、オルガにあんな男と交際しないようにと、つねづね言っていたでしょうね」

ポアロは手紙をたたみ、ポケットにいれた。

「お茶でもさしあげたいのですけど」

「いや、ありがとう——宿に帰って靴をとりかえなくては。兄上はいつお帰りになるか、ご存じないでしょうね？」

「まるで見当がつきませんわ。ラグランはどんな用事かも言いませんでしたもの」

ポアロは宿に向かって歩いていった。わずか数百ヤードの距離だった。玄関まであがっていくと、ドアが開いて、陽気な三十歳ばかりのおかみさんが出てきた。

「女の方が会いにみえていますよ。だいぶお待ちでした。あなたがどこにおいでになったのやら、いつお帰りになるのやら知らないと申しあげたんですけど、待ってるとおっしゃるもんで」彼女はつけくわえた。「ミセス・ドレイクなんですよ。取り乱しておいでのようですわ。ふだんはなにごとにつけ落ちついた方なんですけど、きっとなにかショックをうけたんだと思いますわ。居間にいらっしゃいますよ。お茶かなにかお持ちいたしましょうか？」

「いや、結構です。お茶はいただかないほうがいいと思います。なんの話か先に聞くことにしましょう」

ポアロはドアを開けて居間にはいった。ロウィーナ・ドレイクは窓ぎわに立っていた。表の道を見おろす窓ではなかったので、彼が近づくのが見えなかったのである。ドアの音を聞いて、はっと振りかえった。

「ムッシュー・ポアロ。やっとお帰りになりましたわね。ずいぶんながくお待ちしたような気がいたしますわ」

「すみませんでした、マダム。〈クオリ・ウッド〉に行っていて、それから、友人のミセス・オリヴァと話をしていたのです。それに、二人の男の子とも話をしました。ニコラスとデズモンドです」

「ニコラスとデズモンド？　ええ、存じておりますわ。でも、どうして——まあ、人間っていろんなことを考えるものですわね」

「なにか取り乱しておいでですね」とポアロはやさしく言った。

これはポアロが眼にしようとは思いもしないものだった。もはや催し物の女主人でもなく、もはやすべてを自由にとりきめ、自分の決定を他人に押しつけることもない、取り乱したロウィーナ・ドレイク。

「もうお耳にはいっていますかしら？　ああ、たぶん、まだなんですわね」

「どんなことがわたしの耳に？」

「おそろしいことですわ。あの子が——あの子が死んだんです。誰かに殺されたのです」

「誰が死んだんですか、マダム？」

「では、ほんとにまだ聞いていらっしゃらないんですね。まだほんの子供だっていうのに。それで、わたくし、考えたんですけど——ああ、なんてわたくし、ばかだったのでしょう。あなたにはお話ししておくべきでしたわ。あなたから訊かれたとき、お話ししておくべきでしたわ。怖ろしい気持ちで——自分がいちばんよく知っていると考えるなんて、ひどくうしろめたい気持ちで、おまけに——でも、わたくし、よかれと思ったからこそそうしたのですわ、ムッシュー・ポアロ、ほんとによかれと思って」

「まあ、おかけください、マダム、おかけください。よく気を落ちつけて話してください。子供が死んだんですね——またほかの子ですか？」

「あの子の弟です。レオポルドです」

「レオポルド・レノルズ？」

「そうですの。原っぱの小径で死体がみつかったんです。きっと学校からの帰りに、その近くの小川で遊ぼうと思って、みちくさをしたんですわ。なにものかがあの子を小川に押しこんだんです——顔を水につけたまま押さえて」

「ジョイスという子にしたと同じことをしたわけですな？」

「ええ、そうですの。きっと——きっとなにか狂気みたいなものですわ。そして、犯人が誰だか、誰も知らない、それが怖ろしいんです。誰にもまるで見当がつかないのです。そして、わたくし、自分では知っていると思ってたのです。ほんとに、わたくし——ええ、とってもいやなことですわ」

「ぜひ話してくださらなくてはいけません、マダム」

「ええ、あなたにはお話ししなければなりません。そのためにうかがったんですから。だって、あなたはエリザベス・ホイッティカーと話をなさった後、わたくしのところにいらっしゃったんですもの。なにかでわたくしがはっと驚いたという話を、あの女からお聞きになった後で。わたくしがなにかを見たんだって。わたくしの家のホールで、なにかを。わたくし、なにも見なかった、驚いたりしなかったと申しましたわね、だってわたくし、考えたんですけど——」彼女は言葉を切った。

「あのとき、当然あなたには話しておかなければならなかったのです。図書室のドアが開くのを、用心しながら開くのを、そして——あの子が出てくるのを見たんです。いえ、ちゃんと外まで出たのじゃありません。入り口に立っていただけで、それから、すばやくドアを閉め、またなかにはいったのです」

「誰ですか、それは?」

「レオポルドです。いまでは殺されてしまったレオポルドです。それで、わたくし、考えたのですけど——ああ、なんという失敗でしょう。なんという怖ろしい失敗でしょう。あのとき、あなたにお話ししておけば、おそらく——あの背後にあるものを見いだしてくださったでしょうに」

「あなたは考えたのですか? レオポルドが姉を殺したのだと考えたのですか? あなたが考えたのは、そのことですか?」

「ええ、わたくしが考えたのはそのことなんです。もちろん、そのときじゃございません、だって、ジョイスが死んでることは、まだ知らなかったんですから。でも、レオポルドは顔に妙な表情をうかべていましたわ。前から妙な子ではありましたけど。あの子はなんとなく――正常じゃないような気がするものですから、ある意味では、ちょっと怖《こわ》い子ですわ。すごく頭がよくて、知能指数も高いんですけど、だからといって、頭がおかしくないとは言えませんもの。

わたくし、考えたんですの。〝どうしてレオポルドはスナップ・ドラゴンのところにいないで、この部屋から出てきてるんだろう？〟それから、こうも考えましたの。〝なにをしてたんだろう――あんな妙な顔をして？〟そして、そのままその後は二度と思いだしもしませんでしたけど、そのときは、たぶん、あの子のようすに気が顚倒《てんとう》したのですわ。だから花びんをとりおとしたんです。エリザベスがガラスの破片《かけら》を拾ってくれ、わたくしはスナップ・ドラゴンに行き、それっきり忘れてしまってました。ジョイスが見つかるまでは。そして、そのときなのです、わたくし、考えたんですけど――」

「レオポルドの犯行だと考えたんですね」

「ええ、そうなんです、そう考えたんです。それであのときのあの子の態度も説明がつくと考えたんです。自分ではわかったと考えました。昔から、わたくし――自分はなんでも知っている、なんでも自分の考えが正しいのだって、わたくし、あまり考えすぎていましたわ。わたくしだって、まちがうことはあるのです。だって、レオポルドが殺されてみると、事情がいままでとはまるでちがってくるんですから。きっとレオポルドはあの部屋にはいって、姉を――死んでいる姉を見つけたのですわ、それで、ひどいショックを受けて、怯《おび》えていたんですわ。そこで、誰にも見つからないようにして部屋を出ようとしたんですけど、ふと見あげると、わたくしの姿が見えたもんですから、また部屋にひっこみ、ドアを閉め、ホールに誰もいなくなるのを待ったんですわ。でも、姉を殺したからじゃありません。ちがいます。姉の死体を見つけたショックですわ」

「それなのに、あなたはなにも言わなかったんですな？　ご自分でごらんになったのが誰か、口にださなかったんですな、ジョイスの死体が発見された後でも」

「ええ。わたくし――ええ、とても言えなかったんです。あの子は――だって、まだほんの子供なんですもの――子供だった、といまでは言わなくちゃならないんでしょうけど。十ですもの。十歳――せいぜい十一になるかならず、それで、わたくしの言いたいのは――わたくしの気持ちとしては、あの子は自分のしていることがわかっていなかったんだし、正確に言って、あの子が悪いんじゃなかったのだっていうことなんです。道徳上の責任が持てるはずはありませんわ。昔から変わったところのある子で、処置の方法はあるはずだと思っておりましたの。警察にばかり委《まか》せておかないで。更生施設なんかに送らないで。もし必要なら、特殊の心理治療をほどこすことだってできると思いますわ。わたくし――わたくし、よかれと思ってしたことです。これだけは信じていただきたいんです。わたくし、よかれと思ってしたことなのです」

なんと悲しい言葉だろう、〝よかれと思って〟世にも悲しい言葉だ、とポアロは思った。ミセス・ドレイクはいまポアロが考えていることがわかっているらしかった。

「そうなのですわ」と彼女は言った。「〝わたしはよかれと思ってしたんです〟〝悪意はなかったんです〟人間って、他人に対してどうすれば一番いいか、自分ではわかっているとつねに考えるものですけど、ほんとはわかっていないんですわ。と申しますのは、あの子があんなに怯えたようすをしていたのは、殺人犯の姿を見たか、あるいは、殺人犯人が誰かという手掛かりになるものを見たにちがいないからです。犯人が自分の身の危険をおぼえるようなことです。そこで——そこで犯人はあの子がひとりきりのところを見つけるまで待ち、口がきけないようにするため、告げ口をしないようにするため、小川で溺死させたのです。わたくしが打ち明けてさえいれば、あなたに話していれば、警察にとどけておけば、誰かに話しておけばね。でも、わたくし、自分がいちばんわかっていると思っていたんです」

「今日になってはじめて」とポアロは、すすりなきをおさえているミセス・ドレイクを見ながら、しばらく無言のままでいて、やがて言った。「ちかごろレオポルドがばかにお金を持っていたという話を耳にしたばかりです。誰かが口止め料として、金をやっていたにちがいありませんな」

「でも、誰――誰でしょう？」

「そのうちにわかります」とポアロは言った。「もうそうながいことはかからないでしょう」

第二十二章

他人の意見をきくのは、あまりエルキュール・ポアロらしからぬことであった。ふだんの彼は自分の考え方でちゃんと満足していたのである。それにもかかわらず、例外をもうけることがときどきあった。こんどがそういう場合の一つであった。ポアロとスペンスはちょっと相談をし、それからポアロはハイヤー会社に連絡をし、それから、またスペンスとラグラン警部とちょっと話しあった後、自動車で出かけた。ロンドンに帰る予定だったのだが、途中で一カ所寄り道をした。エルムズ校に行ったのである。ポアロは運転手にそんなにながくはかからないから——せいぜい十五分くらい——と言っておき、それから、ミス・エムリンに面会を求めた。

「こんな時刻にお邪魔してすみません。きっとご夕食の時間だったでしょう」

「いえ、よほど正当な理由がないかぎり、あなたにかぎって夕食の時間にご訪問なさるはずはないと存じますので」

「ありがとうございます。率直に申しあげると、あなたのご助言を求めたいのです」

「まさか？」

ミス・エムリンはちょっと意外そうな顔をした。意外そうなというより、むしろ疑わしそうな顔をした。

「それはあなたにはまことに似つかわしからぬことでございますわね、ムッシュー・ポアロ。ふだんはご自分の考え方で満足なすっていらっしゃるのではございません？」

「さよう、わたしは自分の考え方で満足しております。しかし、もしわたしが尊敬している方のご意見が、わたしの考え方と同じであったら、それはわたしに慰めと支持とを与えてくれます」

ミス・エムリンは無言のまま、ただいぶかしそうにポアロを見ているだけであった。

「わたしはジョイス・レノルズ殺しの犯人を知っております」とポアロは言った。「あなたもご存じだと信じておりますが」

「わたくし、そんなことを申したことはございません」

「さよう。口になさったことはありません。それだからこそ、あなたの場合は、単に考え方だけだという信念にわたしを導いたのだと思われます」

「勘《かん》ですか？」とミス・エムリンは言ったが、その口調は前より冷ややかだった。

「わたしとしましては、その言葉は使いたくありません。あなたははっきりしたご意見をおもちだと申しあげたいですな」

「それならそれで結構です。わたくしがはっきりした意見をもっていることは認めます。でも、それだからといって、自分の考えをお話しすることにはなりませんよ」

「わたしは、ここで、マドモアゼル、紙きれに四つの言葉を書きたいと思います。そして、わたしが書いた四つの言葉を、あなたもお認めになるかどうか、おたずねいたします」

ミス・エムリンは立ちあがった。そして、部屋の奥の机に行き、便箋を一枚とり、ポアロのところへ引き返してきた。

「わたくしも興味をひかれました。四つの言葉ですよ」

ポアロはポケットからペンをとりだした。そして、紙になにか書き、それをたたみ、ミス・エムリンに渡した。彼女はそれを受けとり、紙をひろげ、手に持って見た。

「どうです?」とポアロは言った。

「二つの言葉については、確かにわたくしも同意見です。ほかの二つは、どうもむずかしゅうございますわね。証拠がありませんし、じつを申しますと、この考えはわたくしの頭にははいっておりませんでした」

「でも、最初の二つの言葉の場合、はっきりした証拠があるのですか？」

「自分ではそう思っております」

「水」とポアロは考え考え言った。「この言葉をお聞きになると、すぐあなたにはわかった。わたくしもそれを聞くと、すぐわかりました。あなたも確信し、わたしも確信しております。そして、ここでまた一人の男の子が小川で水につけられて殺されました。そのことはもうお耳にはいっておりましょうな？」

「はい。ある人が電話で教えてくれました。ジョイスの弟だそうでございますね。どうしてこの事件に巻きこまれたのでしょう？」

「お金を要求したのです。そして、手にいれたのです。そこで適当な機会に、小川で殺されたのです」

彼の声は変わらなかった。どちらかといえば、やわらいだ調子でなく、厳しい調子だった。

「このことを報《しら》せてくれた人は、同情のあまりわけがわからなくなっていました。心が混乱していたのです。でも、わたしはそんなふうにはなりません。死んだこの男の子は、まだほんの子供といっていいくらいですが、彼の死は偶然ではありません。人生ではしばしば見られるように、本人の行為の結果だったのです。金が欲しかったので、いちかばちかの危険を冒したのです。頭はいいし、抜けめのない子だったので、危険を冒していることは自分にも充分わかっていたのですが、なにしろ金が欲しかったのです。まだ十歳でしたが、原因と結果の法則は、三十歳だろうと五十歳だろうと九十歳だろうと、同じように働くのです。こういう場合、最初にわたしが考えるのはどんなことか、おわかりですか？」

「おそらく、同情よりも正義に関心をお持ちでございましょう」

「わたしのほうでいくら同情したとて、レオポルドを助けるのにはなんの役にも立たなかったでしょう。あの子はもう助けの手もおよばないところにいるのです。正義、たとえ、わたしたちが正義を達成できるとしても、あなたとわたしがですよ、というのは、この事件ではあなたもわたしと同じ考えだと思うからですが——正義といえどもやはりレオポルドを助けることにならないと言えましょう。しかし、もしわたしたちが間にあううちに正義を味方にすることができれば、それによって他のレオポルドを助けることもできましょうし、他の子供を死なせずにすむこともできるでしょう。一度ならず殺人をあえてして、当人としては殺人が身の安全を保証する方法だと思っている犯人は、けっして安心できる人間ではありません。わたしは、いまロンドンに向かう途中ですが、ロンドンである人々に会い、どこから手をつければいいか、その方法を相談するつもりです。この事件でのわたしの確信に、その人たちの考えを同調させるのです」

「それはむずかしいんではないでしょうか」

「いやわたしはそうは思いません。それに対する方法と手段とはむずかしいかもしれませんが、この事件に関してわたしが知っていることには、その人たちの意見を同調させることができると思います。なぜなら、その人たちは犯罪的な精神を理解する心をもっているからです。もうひとつだけおたずねしたいことがあります。あなたのご意見をうかがいたいのです。こんどはご意見だけで、証拠ではありません。ニコラス・ランサムとデズモンド・ホランドの性格についてのご意見です。彼らを信頼するようにと、ご助言なさいますか？」

「あの二人なら、まったく信頼していいと申しあげます。これがわたくしの意見でございます。あの二人はいろいろとひどくばかなところはありますが、それはまったくつまらない事柄でだけのことです。根本的には、あの二人は健全です。虫にくわれていないリンゴのように健全です」

「みんな、なにかといえばリンゴの話にもどります」とエルキュール・ポアロは悲しげに言った。「もうおいとましなければなりません。車を待たせてありますので。それに、もう一カ所訪ねなければならないところがありますので」

第二十三章

I

「〈クオリ・ウッド〉でなにをやってるかお聞きになりまして?」とミセス・カートライトが、フラッフィ・フレイクレットとワンダー・ホワイトの箱を買い物袋にいれながら言った。

「〈クオリ・ウッド〉?」と話しかけられたエルスペス・マッケイは言った。「いいえ、とくになんにも聞きませんけど」彼女はシリアルの箱を選りだした。二人は最近開業したスーパーマーケットで、午前の買い物をしているところであった。

「人の話じゃ、あそこの木が危険だっていうんですの。樵夫《きこり》が二、三人、けさ来ていますわ。けわしい傾斜になっていて、木が一本傾いている、丘の中腹なんですって。木が倒れるおそれがあるからって言うことらしいんです。去年、あのうちの一本に雷が落ちて裂けたんですけど、これにはもっと曰《いわ》くがあると思いますわ。いずれにしろ、木の根のまわりをすこし、そして、ずっと深く掘ってますわ。ひどいもんですわね。これじゃあそこはめちゃめちゃになりますわ」

「だって、ちゃんとした目的があってやってるんでしょう。たぶん、誰かがその人たちを呼んだんだと思いますわ」

「おまわりさんが二、三人来ていて、人が近づかないように見張っていますわ。現場から人々を厳重に遠ざけてね。なんでも、なにかを探しているんだとかですわ」

「わかってますわ」とエルスペス・マッケイは言った。

おそらく、彼女にはわかったのだろう。誰かに聞いたわけではなく、エルスペスには教えてもらう必要はなかったのである。

Ⅱ

アリアドニ・オリヴァは、玄関で受けとったばかりの電報用紙をひろげた。いつも電話で電報を受け、電文を写すのに大慌てで鉛筆を探したりするものだから、確認のための写しを送ってくれるように、厳重に申しこんでいたので、自分で〝ほんとの電報〟と呼んでいるものを受けとって、すっかり驚いたものだった。

ミセス・バトラートミランダヲスグオタクヘツレテユカレタシ。イッコクノユーヨモユルサレズ。シュジュツノタメイシャノシンダンヲウケルコトジューヨー

彼女はジュディス・バトラーがマルメロのジェリーをつくっている台所にはいっていった。

「ジュディス」とミセス・オリヴァは言った。「行って、手まわりのものを荷造りしてちょうだい。わたし、いまからロンドンに帰るんだけど、あなたもいっしょに来るのよ、それにミランダも」

「それはご親切に、どうも、アリアドニ、でも、わたし、こっちに山ほど用事があるのよ。まあとにかく、今日いそいで帰ることはないんでしょう？」

「それが、必要なのよ。わたし、そうしろって言われたのよ」

「誰に言われたの――家政婦さんに？」

「そうじゃないの。ほかの人よ。わたしが命令にしたがう数少ないうちの一人なのよ。

さあ、いそいでちょうだい」

「わたし、いまは家を留守にしたくないの。できないのよ」

「行かなきゃだめよ。車の支度はしてあるの。玄関にまわしておいたわ。すぐに出かけられるわ」

「ミランダは連れていきたくないんだけど。誰か、レノルズ家かロウィーナ・ドレイクのところにあずけていってもかまわないんじゃない？」

「ミランダも行くのよ」とミセス・オリヴァはきっぱりと申しわたした。「聞きわけのないことを言わないで、ジュディス。これはあだやおろそかなことじゃないのよ。よくもまあ、ミランダをレノルズ家にあずけるなんて気をおこしたものね。レノルズ家じゃ、二人も子供が殺されたんじゃないの？」

「ええ、ええ、それは事実よ。あの家にはなにかおかしなところがあると、あなた、考えてるのね。わたしが言おうとしたのは、あそこの家には誰か――あら、なにを言おうとしていたのかしら、わたし？」

「わたしたち、おしゃべりが長すぎたわ。とにかく」とミセス・オリヴァは言った。「こんどまた殺人事件が起こるとすると、いちばん考えられる被害者はアン・レノルズじゃないかっていう気がするのよ」

「あの一家がどうしたっていうの？　どうしてみんな殺されなきゃならないの、つぎからつぎへと？　ああ、アリアドニ、こわいわ！」

「そうなのよ。でも、こわがるのが当たり前という場合もあるのよ。わたし、たったいま電報を受けとったので、それによって行動してるのよ」

「まあ、電話の音なんか聞こえなかったのに」

「電話できたんじゃないの。玄関に配達してきたのよ」

ミセス・オリヴァはちょっとためらっていたが、すぐにその電報を友人のほうに差しだした。

「これはなんのこと？　手術って？」

「扁桃腺《へんとうせん》のことでしょう、たぶん」とミセス・オリヴァは言った。「前週、ミランダは喉をわるくしてたんじゃなかった？　だから、ロンドンの咽喉科の専門医に診察してもらうため、連れてこいっていうこと以上に、考えられることがあって？」

「あなた、どうかしちゃったの、アリアドニ？」

「たぶん、めちゃくちゃ言うほどおかしくなってるのね。さあ、出かけましょう。ロンドンに行けばミランダは喜ぶわ。心配することはないのよ。手術なんかしやしないんだから。スパイ小説で〝見せかけ《カバー》〟って言ってるものなのよ。ミランダをお芝居かオペラかバレエか、なんでも好きなところへ連れていきましょう。だいたいにおいて、バレエがいちばんいいと思うけど」

「わたし、こわいわ」とジュディスは言った。

アリアドニ・オリヴァは友人を見た。かすかに震えていた。ますますウンディーネに似てくる、とミセス・オリヴァは思った。現実とは縁がきれたように見えた。

「さあ、行くのよ」とミセス・オリヴァは言った。「わたし、言葉をかけられたら、あなたがたを連れていくって、エルキュール・ポアロに約束したんです。そして、その言葉をかけられたんですよ」

「この土地でなにが起こってるんでしょう?」とジュディスが言った。「わたし、どうしてこんなところへ来たんでしょうね」

「わたしも、どうしてあなたがこんなところへ来たのだろうって思うことがあるのよ。でも、人間がどこに行って住むか、理由なんかないのよ。わたしの友人が、先日、湿地帯のモートンで暮らすって言って行ったの。わたし、なぜそんなところで暮らすのかってきいたんですよ。すると、昔からそこで暮らしたいと思って、そのことばかり考えていたんですって。隠退して行くつもりでね。わたし、行ったことはないけど、なんだか湿っぽい土地のような気がする、ほんとはどんなところかってきいたんですよ。するとね、自分も行ったことがないから、どんなところか知らない。でも、昔からそこで暮らしたいと思ってたんだと言うんですよ。しかも、その人、まったくの正気なのよ」

「それで、その人、行ったの？」

「ええ」

「向こうに行ってから、その土地が気にいったのかしら？」

「そうね、まだそのことはきいてないわ。でも、人間ておかしなものじゃない？ 人間がこうしたいと思っていること、ただなんとなくしないではいられないこと……」ミセス・オリヴァは庭に行って、大声で呼んだ。「ミランダ、わたしたちロンドンに行くのよ」

ミランダはそろそろと彼らのほうに近寄ってきた。

「ロンドンに行くの？」

「アリアドニが車で連れてってくださるそうよ」とジュディスが言った。「あたしたち、ロンドンでお芝居を見にいくのよ。オリヴァおばさまは、たぶん、バレエの切符が手に入るっておっしゃってるわ。あんた、バレエには行きたいでしょう？」

「行きたいわ」とミランダは言った。眼がかがやいていた。「あたし、行く前に友だちの一人にさよならを言ってこなくちゃ」

「あたしたち、いまからすぐにも行くのよ」

「ええ、そんなに時間はかかりゃしないわ。でも、よくわけを言っておかなくちゃ。約束しておいたことがあるんですもの」

ミランダは庭を走っていき、門から姿を消した。

「ミランダの友だちって、どんな人？」とミセス・オリヴァがすこし興味ありげにたずねた。

「ほんとは、わたしも知らないのよ」とジュディスが言った。「あれは人になんにも言わない子でね。どうかしたとき、わたし、あの子がほんとに友だちと思ってるのは、森のなかで見てる小鳥たちじゃないかと思うことがあるのよ。でなきゃ、リスとかそんなもの。みなさんがあの子のことを可愛がってくださるとは思うんだけど、これといって特別の友だちは知らないのよ。つまり、女の子をお茶に連れてきたりしたことがないの。ほかの女の子はよくそんなことをするものなのにね。あの子のいちばんの仲よしはジョイス・レノルズだったと思うわ」それから、彼女はあいまいな調子でつけくわえた。「ジョイスはよくあの子に象だとか虎だとか、でまかせの話をしてきかせたのよ」彼女は立ちあがった。「では、二階に行って荷造りしなくちゃ、あなたがどうしてもって言うのならね。でも、わたし、この土地離れたくないのよ。やりかけの仕事が山ほどあるんですもの、たとえば、このジェリーとか――」

「どうしても行かなきゃだめなのよ」とミセス・オリヴァは言った。そのことではすこぶる頑強であった。

ジュディスがスーツケースを二つさげて降りてきたとき、ミランダがすこし息を切らして横手のドアから駆けこんできた。

「出かける前に、お昼をたべるんじゃないの?」と彼女はきいた。

森の小妖精のような顔かたちにもかかわらず、ミランダはやはり食べざかりの健康な子供であった。

「お昼はどこか途中ですますことにしましょう」とミセス・オリヴァが言った。「ハヴァシャムの〈ブラック・ボーイ〉に寄りましょう。ちょうどいい時分よ。ここから四十五分くらいだし、あそこなら料理もおいしいし。さあ、ミランダ、すぐ出かけますよ」

「明日いっしょに映画に行けないって、キャシーに言う暇もないでしょうね。ああ、電話をかければいいわ」

「では、はやくなさい」と、ジュディスが言った。

ミランダは電話のある居間に駆けこんだ。ジュディスとミセス・オリヴァはスーツケースを車に運びこんだ。ミランダが居間からでてきた。

「ことづてを頼んでおいたわ」と彼女は息をきらしながら言った。

「さあ、これでみんなすんだわ」

「あなた、おかしくなってるよ。アリアドニ」とみんなで車に乗りこみながらジュディスが言った。「まるで狂気の沙汰だわ。いったい、どうしたって言うの、これは？」

「そのうちにわかると思うわ」とミセス・オリヴァが言った。「わたしがおかしいのか、あの人がおかしいのか、わたしにもわからないのよ」

「あの人って？　誰のこと？」

「エルキュール・ポアロよ」

Ⅲ

ロンドンでは、エルキュール・ポアロが、とある一室で四人の人物と話をしていた。一人はティモシー・ラグラン警部で、上官の前にでたときのいつも変わらない習癖で、礼儀ただしく、無表情な顔をしていた。二人目はスペンス警視であった。三人目はこの州の警察本部長アルフレッド・リチモンド、そして四人目は検察庁から来た、鋭い、いかにも法の代理者のような顔をした男であった。一同はそれぞれ違った表情、というよりは、無表情とでもいうべき顔をして、エルキュール・ポアロを見つめていた。

「あなたはじつに確信ありげですな、ムッシュー・ポアロ？」

「ほんとうに、確信があるのです」とエルキュール・ポアロは言った。「ものごとが整理されてくれば、そうなるべきことがわかってきます。あとはただ、その反証をさがすのです。もし反証が見つからなければ、その考えはより確実なものになる、ということですよ」

「こう言っちゃなんですが、動機は少々複雑なようですね」

「いや、ほんとは複雑じゃありません。ただ、あまり単純なので、はっきり見きわめることが非常に困難なのです」

検察庁の紳士は疑わしそうな顔をした。

「もうすぐ、われわれは決定的な証拠を手に入れることになるでしょう」とラグラン警部が言った。「もちろん、あのことに誤りがあったとなると……」

「ディング・ドング・デル、井戸のなかに仔猫はいなかった、ですか？」とエルキュール・ポアロが言った。「あなたが言おうとしているのは、このことですか？」

「あなただって、それはあなただけの推測にすぎないことは、まさか否定なさらないでしょう」

「証拠はずっと前から、そのことを指《さ》していたのです。若い女の行方がわからなくなる場合、理由はそう多くはありません。第一は、男と逃げた場合です。第二は、死んでいる場合です。ほかのものは不自然な理由か、実際には起こり得ない場合です」

「われわれの注意をひくような、特別なことはほかにないのですか、ムッシュー・ポアロ?」

「あります。わたしは有名な不動産会社と連絡をとっていたのです。わたしの友人で、西インド諸島、アドリア海、地中海その他の不動産専門なのです。太陽を売り物にしていて、お得意さまは、たいてい金持ちです。ここに最近の売買表がありますが、あるいはあなた方の興味をひくのではないでしょうか」

ポアロはたたんだ紙を渡した。

「これが関係があるとお考えなのですか?」

「そうだと確信しています」

「島の売買は、その国の政府によって禁じられていると思っておりましたがね?」

「金は、つねに方法を見いだしますよ」

「そのほかに、あなたがこれぞと思っておられるものはないのですか?」

「二十四時間以内に、事件のだいたいの決着がつくようなことを、あなた方に提供することができますよ」

「どんなことを？」

「現場の証人です」

「と言いますと——？」

「現行犯の目撃者ですよ」

検察庁の役人はいよいよもって不信の眼でポアロを見つめた。

「その目撃者というのは、現在どこにいるのですか？」

「ロンドンへ向かっている、そうわたしは願っているし、また信じてもいます」

「どうも——不安なようですな」

「そうです、なにもかもできるだけの準備はしてきましたが、じつをいうと、わたしは恐《こわ》いのです。さよう、いろいろと予防手段をとっているにもかかわらず、恐いのです。というのは、われわれは——なんと言ったらいいのかな？——予想できない人間の限界を越えた残忍冷酷さ、すばやい反応、貪欲、さらにおそらく——はっきりとは言えませんが、その可能性はあると思います——いわば狂気の気味のある人間に立ちむかっているのだからです。狂気といっても、もともとそうなのではなく、培《つちか》われたものです。一粒の種子が根をおろし、急速に成長したのです。そして、いまでは、おそらく収拾がつかなくなり、生命に対し、人間的というよりも、非人間的な態度を助長しているのです」

「このことに関しては、二、三ほかの考え方もあるはずだと思います」と検察官が言った。「前後の見境いなく突進するのは禁物です。もちろん、すべては――ええっと――森のなかの捜査次第です。もし、それから肯定的な結果がでれば、先に進むのもいいが、もし、それが否定的だったら、われわれはもう一度考えなおさなければなりません」

エルキュール・ポアロは立ちあがった。

「これでおいとまします。わたしが知っているかぎりのこと、わたしが危惧《きぐ》し、想像できるかぎりのことは、もう話しました。これからも、あなた方とはいままでどおり連絡します」

ポアロは外国流にきちょうめんに一同と握手してまわり、出ていった。

「あの男はいささかはったり屋ですな」と検察庁の役人が言った。「すこし、いかれていると思いませんか？　ご本尊の頭がいかれているとは？　いずれにしろ、もう相当の年ですな。あの年配の男の能力に頼ることができるとは思いませんね」

「わたしはあの男は信頼していいと思います」と警察本部長が言った。「すくなくとも、わたしの印象としてはそうでしたよ。スペンス、あなたとはずいぶん長いつきあいだ。そして、あなたはあの男の友人だ。あの男はすこし老いぼれたと思いますかね？」

「いや、思いませんな」とスペンス警視は言った。「きみはどう思う、ラグラン？」

「わたしがあの方に会ったのは、ほんの最近なのでね。はじめ、あの方の——さよう、話し方とか、ものの考え方とか、どうも風変わりだと思いましたよ。しかし、だいたいにおいて、わたしの考えは変わりました。そのうちに、あの方の言葉が正しかったことがわかると思いますね」

第二十四章

I

ミセス・オリヴァは〈ブラック・ボーイ〉の窓ぎわのテーブルについていた。まだ時刻はかなり早かったので、食堂はそれほど混んでいなかった。やがて、顔をなおしにいっていたジュディス・バトラーがもどってきて、向かい側の席につき、メニューに眼を通した。

「ミランダはなにが好きなの?」とミセス・オリヴァがきいた。「代わりにわたしたちで注文しておいてやろうじゃないの。すぐもどってくると思うわ」

「ロースト・チキンが好きなのよ」

「それなら、簡単ね。あなたはなににする?」

「おんなじでいいわ」

「ロースト・チキン三つ」とミセス・オリヴァは注文した。

そして、椅子のうしろによりかかり、つくづくと友人を見た。

「なぜそんなふうにわたしを見つめてるの？」

「わたし、考えていたのよ」ミセス・オリヴァは言った。

「考えてたって、どんなことを？」

「あなたのことを、ほんとはなんてわずかしか知らないんだろうって」

「それはどんな人にも言えることじゃないかしら？」

「というのは、誰でも他人のことをすっかり知ってるわけじゃないってことね」

「わたし、そう思うわ」

「たぶん、あなたの言うとおりでしょうね」

二人はしばらく黙っていた。

「ここはサーヴィスがおそいのね」

「もうすぐ来ると思うけど」とミセス・オリヴァが言った。

ウェイトレスが料理をいっぱい盛《も》ったお盆を運んできた。

「ミランダはずいぶんおそいわね。食堂の場所、知ってるの？」

「ええ、もちろん知ってるわよ。途中でちょっとのぞいたんですもの」ジュディスはいらいらしたようすで立ちあがった。「行って連れてくるわ」

「車酔いしたんじゃないかと思うんだけど」

「もっと小さいときは、よく車酔いしたものだけどね」

ジュディスは四、五分してもどってきた。

「手洗いにいないのよ。庭に出るドアがあるの。たぶん、小鳥かなんか見ようと思って、そのドアから出ていったのよ。そんなふうなの、あの子は」

「今日は小鳥なんか見てる場合じゃないのにね」とミセス・オリヴァは言った。「外にでて、呼ぶかなにかしてちょうだい。はやくロンドンへ行かなきゃならないんだから」

Ⅱ

エルスペス・マッケイはソーセージをフォークで刺し、それをベイキング・ディシュにならべ、冷蔵庫にいれ、ジャガイモの皮をむきはじめた。

電話が鳴った。

「ミセス・マッケイですか？　こちらはグドウィン部長刑事です。兄上はご在宅ですか？」

「いいえ。今日はロンドンに参っておりますけど」

「ロンドンには電話したんですけど——お帰りになった後でした。ご帰宅になりましたら、肯定の結果が出たとお伝え願います」

「といいますと、あの井戸から死体が発見されたというんですか？」

「口止めしてもあまり役にたたないようですね。もう噂はひろまっていますよ」

「誰だったんですの？　オ・ペール娘？」

「どうやらそうらしいです」

「かわいそうに。身投げをしたんですか——それとも、なにか？」

「自殺じゃありません——刃物で刺されています。たしかに他殺です」

Ⅲ

母親が手洗いを出た後、ミランダはしばらく待った。それから、ドアを開け、用心ぶかくあたりをうかがい、すぐ近くの庭に通じる横手のドアを開け、昔は馬車小屋だったが、いまはガレージになっている建物の裏庭へつづく庭の小径を駆けていった。小径をちょっと行ったところに、車が一台とまっていた。灰色の突きでた眉と灰色のあごひげをした男が一人、車に乗っていて新聞を読んでいた。ミランダはドアを開け運転席のそばに乗りこんだ。彼女は笑った。

「おかしな恰好」

「笑えるだけ笑うがいいさ、とめるものはなにもないんだからね」

車はスタートし、小径を走りだし、右に曲がり、左に曲がり、また右に曲がって、二級道路に出た。

「時間は予定どおりだよ」と灰色のひげの男が言った。「予定どおりの時刻に、ちゃんとそのままの姿で、〈もろ刃の斧〉が見えてくるよ。それにキルタベリー・ダウンもね。すばらしい景色だよ」

車が一台、そばすれすれに走りすぎたので、彼らはすんでのところで生け垣に突っこむところであった。

「ばかな若者どもだ」と灰色のひげの男が言った。

若者の一人は肩まで垂れるほど髪を長くのばし、大きな、フクロウのような眼鏡をかけていた。もうひとりのほうは、頬ひげをはやし、スペイン人ふうに見せていた。

「ママがあたしのこと心配すると思わない？」とミランダが言った。

「きみのことを心配する暇なんかないよ。ママが心配しはじめるときには、きみは行きたいと言っているところに、もう行ってるんだからね」

Ⅳ

ロンドンでは、エルキュール・ポアロが電話をとりあげていた。ミセス・オリヴァの声が伝わってきた。

「ミランダを見失ったんです」

「どういう意味ですか、見失ったというのは？」

「わたしたち〈ブラック・ボーイ〉でお昼をたべたんです。ミランダはトイレに行きました。そのままもどってこないのです。ある人が言うには、年配の男と車で行くのを見たそうです。でも、ミランダじゃないかもしれません。誰かほかの女の子っていうこともありますもの。たとえば――」

「誰かそばについていなければいけなかったのに。あなたがたはあの子から眼を離しちゃいけなかったのです。危険が待っていると言っておいたでしょう。ミセス・バトラーはひどく心配してますか？」

「そりゃ心配してるにきまってますわ。あなたはどう思ってるんですか？　もう気がちがったようですわ。警察に電話するといってきかないのですよ」

「さよう、それが当然でしょうな。わたしからも電話しておきましょう」

「でも、どうしてミランダが危険なのです？」

「知らないのですか？　もう教えてあげていい時ですね。死体が発見されたのですよ。わたしもたったいま聞いたばかりで――」

「なんの死体です？」

「井戸のなかに死体が」

第二十五章

「きれいね」とミランダはあたりを見まわしながら言った。

キルタベリー・リングは、その遺跡はそれほど有名ではないが、その地方の景勝の地だった。何百年もの昔、それらは取り壊されてしまったのだ。それでも、あちらこちらに高い巨石がまっすぐ立っていて、遠い過去の宗教的礼拝のあとを語っていた。ミランダが質問した。

「どうしてこんな石を立てたの？」

「儀式のためだよ。儀式で拝《おが》むためだよ。儀式のいけにえのためさ。きみはいけにえの意味は知ってるだろうね、ミランダ？」

「ええ、知ってるつもりだけど」

「それはぜひ必要なものなんだよ。大切なものなんだよ」

「では、ほんとに罰の一種じゃないのね？　なにかほかのものなのね？」

「うん、ほかのものだよ。ほかの人々が生きるために、きみが死ぬのだよ。美が生きながらえるために、きみが死ぬのだよ。美を生みだすために。それは大切なことなんだ」

「あたし、考えてたんだけど、たぶん――」

「なんだい、ミランダ？」

「あたし、考えてたんだけど、たぶん、人が自分でしたことのために、ほかの人を殺すはめになったんだとすると、その人は死ぬのが当たり前だっていうふうによ」

「なんでまたそんなことを考えたんだい？」

「あたし、ジョイスのことを考えてたの。もし、あたしがあることを話さなかったら、ジョイスは死にゃしなかったんだわね？」

「たぶん、そうだろうな」

「ジョイスが死んでから、あたし、心配になってきたの。あたし、ジョイスに話す必要なんかなかったわね？　ジョイスに話してあげるだけの値打ちのあるものが、あたしにも欲しかったので話したのよ。ジョイスはインドに行ったことがあるので、しょっちゅうそのことを話すの――虎のことだの、象のことだの、象の黄金の鞍掛《くらか》けや飾りや罠などのことを。それで、あたしも――だしぬけに、ほかの人にも教えてやりたくなったの、だって、そのことは、それまで本気で考えたことはなかったんだもん。それも――それもいけにえだったの？」

「ある意味ではね」

ミランダはじっと考えこんでいたが、やがて言った。「まだ、はじめないの？」

「まだ太陽がちゃんとした位置に来ないんだよ。もう五分もすると、あの石の真向こうに落ちるよ」

ふたたび、彼らは自動車のかたわらに無言のまますわっていた。

「さあ、いまだ」と灰色のひげの男が空を見あげながら言った。太陽が地平線にむかって沈んでいくところだった。「いまこそすばらしい瞬間だ。ここには誰もいない。いまのような時刻に、キルタベリー・リングの景色を見るため、キルタベリー・ダウンの頂上まで登ってくるものはいない。十一月は寒すぎるし、黒イチゴの季節は終わったからね。まず最初に〈もろ刃の斧〉を見せてあげよう。石に彫った〈もろ刃の斧〉だよ。何百年も前に、古代人がミケーネかクレタから来た時代に彫ったものだよ。すばらしいじゃないか、ミランダ？」

「ええ、ほんとにすばらしいわ。見せてよ」

彼らは頂上の石柱まで登っていった。そのかたわらには倒れた石柱、それから斜面をすこし下ったところには、さながら歳月のための疲労に力つきたとでもいうように、すこしばかり傾いた石柱が横たわっていた。

「幸福かい、ミランダ？」

「ええ、とっても幸福よ」

「ここに、そのしるしがあるよ」

「それ、ほんとに〈もろ刃の斧〉なの？」

「そうさ、古びて消えかかっているけど、これなんだよ。シンボルなのだ。手をこの上においで。さあ——過去と未来と美のために乾盃しよう」

「ああ、なんて美しいんでしょう」とミランダは言った。

黄金のコップが彼女の手に握らされ、水筒から灰色のひげの男が、黄金の液体をそれに注いだ。「果物の味だよ、桃の味がするんだよ。さあ、お飲み、ミランダ、そうすればもっともっと幸福になるよ」

ミランダは黄金のコップをとりあげた。匂いを嗅いだ。

「ええ。そうよ、桃の匂いがするわ。まあ、見てよ。ほら、太陽が。ほんとに、赤い金色——まるで地球が太陽のはじに横たわってるみたいね」

彼はミランダを太陽のほうに向かせた。

「コップをあげて、飲むんだ」

彼女はおとなしく太陽のほうを向いた。片手はなおも巨石とその半ば消えたしるしの上において。男は彼女の背後に立っていた。丘を下ったところの、例の傾いた石の下から、二つの影が屈《かが》みこむようにして、そっと姿をあらわした。頂上にいる二人は、その人影に背を向けているので、気づきもしなかった。すばやく、しかし、足音を忍ばせて、その人影は丘を駆けあがった。

「美のための乾盃だよ、ミランダ」

「いけない！」と二人の背後から誰かが叫んだ。

バラ色の上衣が頭の上に投げかけられ、ゆっくりと持ちあげられていた手から、ナイフがたたき落とされた。ニコラス・ランサムがミランダをつかまえ、しっかりと抱きしめて、格闘しているほかの二人から引きはなした。

「なんというばかだ」とニコラス・ランサムが言った。「気のふれた人殺しといっしょに、こんなところに来るなんて。自分のしていることぐらい、自分でわかっていそうなものなのに」

「ある意味では、あたし、わかっていたのよ」とミランダは言った。「あたし、いけにえになるつもりだったの、だって、みんなあたしが悪かったんだもん。ジョイスが殺されたのも、あたしのせいなのよ。だから、あたしがいけにえになるのは、正しいことだったんじゃない？　儀式として殺されるはずだったのよ」

「儀式として殺されるなんて、くだらんことを言うんじゃないよ。あのもう一人の女がみつかったんだぜ。ずっと前、行方がわからなくなっていた、あのオ・ペール娘だよ。二年かそこいら前のことだよ。遺言状を偽造したので逃げたんだって、世間の人はみんな考えていたんだ。ところが、逃げてたんじゃなかった。死体があの井戸のなかで発見されたんだよ」

「まあ！」ミランダは、とつぜん、苦悩にみちた叫び声をあげた。「まさか、あの願いごとの井戸じゃないでしょうね？　あたしがあんなに見つけたいと思っていた、あの願いごとの井戸のなかでじゃないでしょうね？　ああ、あの願いごとの井戸のなかには、あの女のひとを入れてもらいたくなかったわ。誰なの——誰が入れたの？」

「きみをここに連れてきた人物だよ」

第二十六章

ふたたび四人の男がポアロを見まもっていた。ティモシー・ラグラン、スペンス警視、警察本部長は、いまにも皿いっぱいのクリームがあらわれるかと、期待に舌なめずりしている猫のような表情をしていた。四人目の男はいまだに信じかねるといった表情をうかべていた。

「さて、ムッシュー・ポアロ」と警察本部長が進行係りをつとめ、検察庁の役人のあいまいな態度はそのままにして言った。「われわれはこうして一同顔をそろえ――」

ポアロが片手で合図した。ラグラン警部が部屋を出ていって、三十すぎの女性と女の子と、二人の青年を連れてきた。

彼は四人を警察本部長に紹介した。「ミセス・バトラー、ミス・ミランダ・バトラー、ミスタ・ニコラス・ランサム、ミスタ・デズモンド・ホランド」

ポアロは立ちあがってミランダの手をとった。「こっちに来て、お母さまのそばにおかけなさい、ミランダ――こちらはミスタ・リチモンドといってね、ほら、警察の本部長さんなんだよ、この方がきみにききたいことがあるんだって。だから、それに答えてもらいたいんだって。それはきみが見たこと――もう一年以上、二年ちかくも前のことに関係のあることだよ。きみはこのことをある人に話した、そして、たしかその人にしか話さなかった、そうなんだね？」

「あたし、ジョイスに話したの」

「正確にいって、どんなことをジョイスに話したの？」

「あたし、人殺しを見たことがあるって」

「ほかの人に話した？」

「いいえ。でも、レオポルドはだいたい知ってたと思うの。だって、あの子、立ち聞きするんですもの。ドアの外で。そんなふうなことをよ。あの子、ひとの秘密をかぎつけるのが大好きなの」

「ジョイス・レノルズが、ハロウィーン・パーティの前の午後、人殺しの現場を自分が見たと話したこと、きみも聞いてるね。あれほんとなの？」

「ちがいます。ジョイスはあたしが話してやったことを、また話しただけなの――自分が見たっていうふりをして」

「では、きみがほんとに見たということを、わたしたちに話してくれないか」

「あたし、最初はそれが人殺しだなんて知らなかったの、なにか事故があったと思ったの。あの女のひと、どこか高いところから落っこったんだと思ったの」

「それは、どこのこと？」

「〈クオリ・ガーデン〉——昔、井戸があった窪地。あたし、木の枝にのぼってたの。リスを見てたんだけど、そんなときは、静かにしていなきゃだめなのよ、でないと、リスが逃げてしまうから。リスって、そりゃすばしっこいのよ」

「きみが見たことを話すんだよ」

「男のひとが一人、女のひとが一人、二人でその女のひとを抱えて、小径を運びあげてるの。あたし、病院か〈クオリ・ハウス〉に連れてってるんだろうと思ったの。そのうちに、女のひとのほうが、急に立ちどまって、〝誰かがわたしたちを見てるわ〟と言うと、あたしがのぼってる木をじっと見たの。なんとなく、あたし、ぞっとしたわ。あたし、じっと身動きもせずにいたの。男のひとのほうが、〝ばかばかしい〟って言って、そのまま二人は行ってしまったわ。スカーフに血がついているのが見えたし、血まみれのナイフも見えたし——あたし、誰かが自殺でもしようとしたんだろうと思って——そのまま、息を殺していたの」

「こわかったから？」

「ええ、でも、なぜだかわかんない」

「お母さまには話さなかったんだね？」

「ええ。あたし、あんなところで見てちゃいけないんだと思ったんだもん。すると、あくる日になっても、事故のことなど誰も言わないから、あたし、忘れてしまってたの。そして、それっきり思いだしもしなかったのに――」

彼女は急に話をやめた。警察本部長が口を開けた――そして、また閉じた。彼はポアロを見やり、ほんのかすかに身振りをしてみせた。

「うん、ミランダ」とポアロが言った。「それなのに、どうした？」

「まるであのときのことが、そっくり繰りかえされてるみたいだったの。こんどのはミドリキッツキで、あたし、息を殺し、藪《やぶ》のかげからそれを見てたの。すると、あのときの二人が、そこに腰をおろして、島のこと――ギリシャの島のことを話しているの。女のほうが、〝すっかり契約はすんだわ。もうわたしたちのもので、いつでも好きなときに行けるの。でもまだゆっくりしたほうがいいわ――急いではだめよ〟というようなことを言ってたわ。そのときキッツキが飛んでいって、あたし、身動きしたのよ。すると、女のほうが言ったの――〝しっ――静かに――誰かがわたしたちを見てるわ〟それは前に言ったと同じ調子で、前と同じ表情をしていて、あたし、こんどもこわくなって、それでよく憶えているのよ。そして、こんどは、あたしにもわかったわ。あたしが見たのは人殺しだったんだって。そしてどこかに隠そうと、あの人たちが運んでいたのは死体だったんだって。ねえ、あたしだって、まるでの赤ん坊じゃなかったのよ。あたしにはわかったわ――いろんなことや、それがどういう意味かということ――血、ナイフ、ぐったりした死体――」

「それはいつのことだったの？」と警察本部長がきいた。「どのくらい前のこと？」

「今年の三月――イースターのすぐあと」

「その二人っていうのは誰だったかはっきり言えるかい、ミランダ？」

「もちろん、言えるわ」ミランダはちょっとうろたえたようすだった。

「その人たちの顔を見たの？」

「もちろんよ」

「それは誰だった？」

「ミセス・ドレイクとマイケル……」

それは劇的な宣告ではなかった。ミランダの声は静かで、驚きに似たものがこもっていたが、しかし、確信にみちていた。

警察本部長が言った。「あんたは誰にも話さなかったんだね。どうして？」

「あたし――あたし、もしかするといけにえではなかったろうかと考えたからなの」

「そんなことを話したのは、誰？」

「マイケルが話してくれたの――いけにえが必要なんだって」

ポアロがやさしく言った。「きみはマイケルを愛していたんだね？」

「ええ、あたし、マイケルのことを、そりゃ愛してたわ」とミランダは言った。

第二十七章

「やっと来てくださいましたわね」とミセス・オリヴァは言った。「なにもかもすっかり知りたいんですよ」

彼女は梃子《てこ》でも動かぬようすでポアロを見すえ、厳しい調子で聞いた。

「もっと早く、どうしていらっしゃらなかったんですか？」

「謝りますよ、マダム、警察の尋問の手伝いに、とても忙しかったのです」

「あんなことをするなんて、ひどい連中ですわ。いったい、なんであなたはロウィーナ・ドレイクが殺人事件に関係があるとお考えになったんですか？ ほかのものは、みんな夢にも思っていなかったのに」

「決定的な手掛かりをつかんでからは、簡単でしたよ」

「決定的な手掛かりって、なんのことを言ってらっしゃるんですか？」

「水です。あのパーティに出席していて、水に濡れていて、しかも濡れるはずのない人物を探したのです。ジョイス・レノルズを殺した人物は、当然水に濡れているはずです。元気な子供の頭を、水のいっぱいはいったバケツに押しこめば、あばれたり、水がはねたりするでしょうから、濡れないわけにはいきません。そこで、なぜ濡れたかという、なんでもない理由をこしらえるため、なにか事件が起こらざるを得ません。みんながスナップ・ドラゴンのために食堂にはいったとき、ミセス・ドレイクはジョイスを図書室に連れこみました。パーティの主催者がいっしょにおいでと言えば、当然、誰でも行きますよ。ジョイスもミセス・ドレイクにはまるで疑いをもたなかったにちがいありません。ジョイスがミランダから聞いた話というのは、前に人殺しの現場を見たことがあるということだけでした。そのためにジョイスは殺され、殺人犯人は水で相当に濡れました。濡れたなら濡れただけの理由がなくてはならない、そこで彼女は理由づくりにとりかかりました。自分がどうして濡れたか、その目撃者が必要です。彼女は水を満たして花をいけた、大きな花びんをもって踊り場で待っていました。そのうちにミス・ホイッティカーがスナップ・ドラゴンの部屋から出てきました——その部屋が暑かったからです。ミセス・ドレイクは急に驚いたふりをし、花びんをとり落とし、下のホールに落ちて割れるとき、自分のからだに水がかかるようにしました。ミセス・ドレイクは階段を駆けおり、ミス・ホイッティカーと二人で破片や花を拾い、きれいな花びんをだめにしたとぐちをこぼしたりしてみせたのです。そして、ミス・ホイッティカーに、殺人がおこなわれた部屋から、誰かが、あるいは何かが出てきたのだという印象を与えることに成功しました。ミス・ホイッティカーはその話を額面どおりに受けとりましたが、そのことをきいたミス・エムリンは、その話のほんとに興味ある部分に気づいたのです。そこでミス・エムリンはそのことをわたしに話すよう、ミス・ホイッティカーに勧めたのです。そこで」とポアロは口ひげをひねりながら言った。「わたしにも、ジョイス殺しの犯人がわかったというわけです」

「すると、ジョイスは人殺しの現場なんかはじめっから見てなかったんですね！」

「ミセス・ドレイクはそのことを知らなかったのです。しかし、マイケル・ガーフィールドと二人でオルガ・セミノフを殺したとき、〈クオリ・ウッド〉に誰かがいて、見ていたのではないかという疑いを、ずっと抱いていたのです」

「見ていたのはジョイスではなく、ミランダだったとあなたが知ったのは、いつのことですか？」

「ジョイスは嘘つきだという一般の評決を、常識として受けいれざるを得なくなったときです。そのとき、はっきりとミランダが浮かびあがりました。ミランダはよく〈クオリ・ウッド〉に行って、小鳥やリスを観察しているのです。ジョイスは、ミランダの話によると、あの子の大の仲よしでした。〝あたしたち、おたがいになんでも話しあうのよ〟とあの子は言っていました。ミランダはあのパーティに出席しませんでした。そこで、衝動的な嘘つきのジョイスは、殺人の現場を見たことがあるという、ミランダから聞いた話をそのまま使うことができたわけです――おそらく、あなたに、マダム、有名な犯罪小説作家に、自分の印象をつよくうえつけるためだったでしょう」

「そのとおりですわ、みんなわたしのせいですわ」

「いや、そんなことはありません」

「ロウィーナ・ドレイク」とミセス・オリヴァは考えこんで言った。「わたし、いまだにあの人の犯行だとは信じられませんわ」

「あの女には必要な要素はすべてそろっています。わたしは昔から考えているのですが、いったいマクベス夫人というのは、正確にはどんな女だったのでしょう。現実の世界で出会ったら、どんなふうだったのでしょうね？　いや、わたしはげんにマクベス夫人に会ったんですよ」

「それで、マイケル・ガーフィールドは？　とても考えられないほど不似合いな二人ですけど」

「興味ぶかいですね――マクベス夫人とナルキッソス、妙な組み合わせです」

「マクベス夫人ね」とミセス・オリヴァは考えこんでつぶやいた。

「この女は美人で――有能なやり手で――生まれながらの支配者で――思いもかけないほどの名女優でした。レオポルドの死を嘆き悲しみ、濡れてもいないハンカチにそら涙をこぼす、あの大げさな泣きっぷりを見せてあげたかったですな」

「胸がむかむかしますわ」

「憶えていますか、誰それはいい人かそうでないかについてあなたの意見をたずねたのを」

「マイケル・ガーフィールドは、ロウィーナと恋仲だったのですか？」

「マイケル・ガーフィールドが、自分以外、かつて誰かを愛したことがあるかどうか、わたしは疑問に思いますよ。彼はお金が欲しかったのです――莫大なお金が。おそらく、最初は、自分に有利な遺言状をつくらせるよう、ミセス・ルウェリン・スマイスをたぶらかすくらいのことはできると信じていたでしょう――ところが、ミセス・ルウェリン・スマイスはそういう種類の女ではなかったのです」

「あの偽造というのはどうしたんでしょう？　わたし、いまだにわかりませんのよ。狙いはなんだったのですか？」

「はじめはこんぐらがっていました。いわば、偽造事件が多すぎるんですな。しかし、よく考えれば、あれの目的ははっきりしています。ただ、実際におこったことを考えればいいのですよ。

ミセス・ルウェリン・スマイスの財産は、すべてロウィーナ・ドレイクのものになりました。作成された補足書は、一見して偽造とわかる代物なので、どんな弁護士だって指摘するでしょう。論争になり、筆跡鑑定家の証言によって、結局逆転となり、もとの遺言状が有効になります。ロウィーナ・ドレイクの夫は最近亡くなっているので、ロウィーナ・ドレイクがいっさい相続することになります」

「でも、掃除婦が立ち会い人になった補足書はどうしたんですか？」

「これはわたしの推測ですが、ミセス・ルウェリン・スマイスはマイケル・ガーフィールドとロウィーナ・ドレイクが恋仲であることを知ったのです——おそらく、ロウィーナのご主人が亡くなる前からでしょう。腹だちまぎれにミセス・ルウェリン・スマイスは、全財産をオ・ペール娘に贈るという、遺言補足書をつくったのです。おそらく、オルガはこのことをマイケルに話したのでしょう——なにしろ、彼女はマイケルと結婚するつもりだったのですからね」

「わたしはまた相手はフェリアかと思っていましたわ」

「いかにももっともらしい話ですが、それを話してくれたのはマイケルだったのです。それを確認する方法はありませんでした」

「じゃ、ほんとの補足書があると知っていたとすれば、なぜマイケルはオルガと結婚して、そっちの方法で財産を手にいれなかったのでしょう？」

「それは、オルガがほんとに財産を相続するかどうか、マイケルには疑問に思われたからですよ。法律上にいう不当圧迫というものがありましてね。ミセス・ルウェリン・スマイスは老人だし、また病人です。これまでの遺言状はすべて、彼女自身の親戚に有利なものでした――法廷でも承認されるような、りっぱな分別のある遺言状だったのです。ところが、この外国から来た娘は、ミセス・ルウェリン・スマイスと知りあってから、わずか一年しかたっていない――そして、老夫人に遺産を請求するいかなる権利もない。あの補足書は、たとえ本物であっても、破棄されないとはかぎらない。そのうえ、ギリシャの島を買うなんてことが、オルガに我慢できるかどうか――いや、自分からすすんでそんなことをするかどうか、怪しいものだとわたしは思います。彼女には有力な友人もないし、実務的な社会との接触もない。彼女はマイケルに心をひかれていたが、彼のことは結婚の有望な候補者と見なしていたのです。マイケルと結婚すればイギリスに住むことができるだろうというのでね――これが彼女の願望だったのです」

「そして、ロウィーナ・ドレイクは？」

「彼女は血迷ったんですよ。夫はながいあいだ、病人です。自分は中年ですが、情熱的な女で、そこへもってきて、自分の生活軌道のなかに、なみなみならぬ美男子がはいってきました。女たちは彼にはやすやすと恋のとりこになります――しかし、彼が求めるものは――女性の美ではなく――美をつくろうとする自分自身の創造的衝動の実行でした。そのためには金が必要でした――それも莫大な金が。愛についていえば――彼が愛したのは自分自身だけです。彼はナルキッソスなのです。ずっと昔聞いたことのある、古いフランスの歌があります――」

彼は静かにくちずさんだ。

見よ、ナルキッソス
見よ、水のなかを
見よ、ナルキッソス、いかになんじの美しきか
この世のなかに
美と
若さにまさるものあらじ
ああ！　しかも、その若さは……
見よ、ナルキッソス

見よ、水のなかを……


「わたしには信じられませんわ――ギリシャの島に庭園をつくりたいばっかりに人殺しをするなんて、とてもわたしには信じられませんわ」とミセス・オリヴァは言った。

「そうですか？　あの男がそのことをどれだけ心にあたためていたか、想像できませんか？　むきだしの岩、しかし、可能性をひそませているその姿。裸の骨のような岩を包む、肥沃《ひよく》な土を船で運ぶ――それから、種子、灌木、樹木、草。たぶん、あの男は新聞かなにかで、愛する女のために一つの島を庭につくりなおした、海運業の百万長者のことでも読んだのでしょう。そこで、彼は思いついたのです――よし、庭園をつくろう、それも女のためでなく――自分のために、とね」

「それでもまだ、まるで狂人みたいな気がしますわ」

「さよう。そういうこともあるんですよ。彼が自分の動機をそれほど下劣なものだと思っていたかどうか、わたしは疑問に思います。より高い美を創造するために必要なだけだと考えていたのです。彼は創造ということにかけては、まさに狂人です。〈クオリ・ウッド〉の美、彼が設計し造営した他の庭園の美――そしてこんどは、さらに大規模な――一つの島全体の美を心に描いたのです。そして、彼に夢中になったロウィーナ・ドレイクがあらわれました。彼にとって彼女の存在は、彼が美を創造することのできる金づるという意味しかありませんでした。さよう——彼は気が狂ったのです、おそらくはね。神は破滅させせようとする人間に対しては、まず狂気に追いやるものです」

「あの男は、ほんとにそれほど島が欲しかったのでしょうか？　それといっしょに、ロウィーナ・ドレイクが頸にしがみついていても？」

「事故が起こるということもありますよ。そのうち、朝から晩までパトロン面していても？　そのうち、ミセス・ドレイクの身に、あるいは事故が起こったのじゃないかと思いますね」

「また一つ事件が？」

「そうです。はじめはしごく単純でした。オルガは補足書のことを知っているがゆえに、消さねばなりませんでした——それにまた、偽造犯人という烙印《らくいん》を押された身代わりの羊になるはずでした。ミセス・ルウェリン・スマイスは本物の遺言状を隠していたので、フェリアは金をもらって、よく似た偽造書類をつくったのでしょう。それが一見して偽造とわかるようなものだったので、すぐに嫌疑をまねきました。このことは彼の死を決定したのです。わたしにはすぐ想像がつきましたが、レズリー・フェリアはオルガとはなんの取りきめもなければ、恋愛関係もなかったのです。そんなことを言いだしたのはマイケル・ガーフィールドでしたが、レズリーに金をやったのもマイケルじゃないかと思います。マイケル・ガーフィールドがしつこくオ・ペール娘の愛を求め、このことは黙っているよう、雇い主には話さないよう警告し、将来結婚するようなことを匂わせ、しかも、それと同時に、もし財産が手にはいるようなことにでもなった場合、彼とロウィーナ・ドレイクが必要とするいけにえとして、冷酷にもオルガに目星をつけていたのです。オルガ・セミノフは偽造罪で告訴され起訴される必要はありませんでした。その嫌疑をうけるだけで充分だったのです。偽造書類は彼女の利益になるもののようでした。彼女ならそれぐらいのことはわけなくできるし、彼女が雇い主の筆跡を真似ていたという証拠もあるので、もし彼女が急に姿を消したら、彼女は偽造犯人というだけでなく、雇い主の急死になにかの力をかしたのではないか、と世間は臆測するのではないでしょうか。そこで、じつに適当な時にオルガ・セミノフは死にました。レズリー・フェリアはギャングに刺された、あるいは、嫉妬に狂った女に刺されたという状態で殺されました。ところが、井戸のなかで発見されたナイフは、彼がうけたナイフの傷とじつにぴったり合致するのです。オルガの死体がこの近くのどこかに隠されているにちがいないとわかっていたのですが、ある日ミランダが願いごとの井戸のことをたずね、マイケル・ガーフィールドに連れていってくれとせがんでいるのを聞くまでは、まるで見当がつかなかったのです。ミランダの頼みをマイケルはことわったのですよ。それからまもなく、ミセス・グドボディと話をしているとき、わたしがあのオ・ペール娘はどこに姿を隠したのだろうと言うと、ミセス・グドボディが〝ディング・ドング・デル、仔猫は井戸に落ちたとさ〟と言ったのです。それを聞いて、あの娘の死体は願いごとの井戸のなかにある、とわたしは確信しました。井戸が〈クオリ・ウッド〉の、マイケル・ガーフィールドの家からさほど離れていない斜面にあることを発見しましたので、わたしは、ミランダが殺人の現場か、後日、死体の処理をしているところか、いずれかを見た可能性はあると考えました。ミセス・ドレイクとマイケルは、誰かが見ていたのではないかと心配しました――しかし、それが誰であるかは見当がつきませんでした――そして、なんにも起こらないので、彼らはほっとして大丈夫だと思ったのです。彼らは計画をたてました――けっして急ぎはしませんでしたが、いろいろと動きだしはじめました。ロウィーナは外国に土地を買うようなことを口にし――彼女がウドリー・コモンから逃げだしたいと思っているという考えを、人々に吹きこみました。つねに夫の死への悲歎に触れて、あまりにも悲しい思い出が多すぎると言うのです。あらゆることがうまく運んでいましたが、やがてハロウィーン・パーティと、人殺しを見たというジョイスのだしぬけの話のショックに見舞われたのです。これを聞いて、ロウィーナは、あの日森のなかにいた人物の正体がわかりました。いやわかったと思いました。そこで彼女は電光石火のごとく行動しました。ところが、それだけではすまなかったのです。レオポルドが金を要求したのです——買いたいものがいろいろあるから、と言うのです。レオポルドが推測していること、あるいは知っていることは確かではない、だが、なにしろジョイスの弟だ、そこで彼らは、おそらく、レオポルドが実際に知っているよりずっと多くのことを知っていると考えたのでしょう。したがって——彼もまた死んだのです」

「あなたがロウィーナに嫌疑をかけたのは、水という手掛かりがあったからですわね」とミセス・オリヴァが言った。「マイケル・ガーフィールドはどうして嫌疑をおかけになったのですか？」

「条件にぴったり合うんですよ」とポアロはこともなげに言った。「それに——マイケル・ガーフィールドと最後に話したとき、わたしは確信をもちました。あの男はわたしに向かって、笑いながら言ったんですよ——〝なんじ、我より去れ、悪魔よ。さあ、おまわりさんの友だちのところにおいでなさい〟ってね。そのとき、わたしにははっきりわかったのです。これじゃあべこべだ。わたしは心のなかで言ったものです。〝いまはおまえを後に残して行くぞ、悪魔よ〟って。若くて、美しくて、まるで魔王《ルシファー》を人間にしたようで……」

部屋にはもひとり婦人がいた——いままで口をきかなかったが、やっと椅子のなかで身を動かした。

「魔王」と彼女は言った。「ええ、それでわたしにもわかりました。あの男は前から魔王でしたわ」

「彼は非常に美貌でした」とポアロは言った。「そして、美を愛していました。おのれの頭と想像と手でつくった美を。そのためにはあらゆるものを犠牲にしたでしょう。彼流にではありましたが、ミランダを愛していたと思います――しかし、ミランダを犠牲にすることに躊躇《ちゅうちょ》しませんでした――自分を救うためには。ミランダを殺すには、きわめて慎重に計画をねりました――それを一つの儀式にするんです。そして、いうならば、この計画をミランダに教えこんだんです。ミランダはウドリー・コモンを離れることがあったら、彼にしらせることになっていました――そこで彼は、あなたやミセス・オリヴァが昼食をした食堂で待っているようにとミランダに指示しました。彼女はキルタベリー・リングに連れていかれることになっていた――〈もろ刃の斧〉のしるしのそばで、黄金の盃をかたわらにおいて――儀式としてのいけにえなのです」

「狂ってる」とジュディス・バトラーが言った。「きっと、あの男、気が狂っていたにちがいないわ」

「マダム、お嬢さんは無事ですよ――それよりも、わたしは非常に知りたいことがあるのですが」

「わたしでお話しできることでしたら、どんなことでもおききになってくださいませ、ムッシュー・ポアロ」

「ミランダはあなたのお嬢さんです——ところで、マイケル・ガーフィールドの娘でもあったんじゃありませんか？」

ジュディスはちょっとのあいだ黙っていたが、やがて言った。

「そうです」

「しかし、ミランダは知らないんですね？」

「はい。まるで存じておりません。ここで会ったのは、まったくの偶然なんです。わたし、まだ娘のころ、彼と知り合いになりました。そして、はげしい恋におちたのですけど、そのうちに——そのうちに、わたし、こわくなったのです」

「こわくなった？」

「ええ、なぜか、わけはわたしにもわかりません。あの人がどうしたからとか、そんなことではありません。ただ、あの人の性格がこわかったのです。あの人の優しさ、でも、その背後の冷酷さ、非情さが。あの人の美に対する情熱、仕事における創造性に対する情熱すらが、わたしにはこわかったのです。わたし、妊娠していることは話しませんでした。わたし、あの人と別れました——逃げだしたんです。そして、赤ん坊が生まれました。事故で死んだパイロットの夫の話をこしらえました。そして、あちこちと引っ越してまわりました。ウドリー・コモンに来たのも、いわば偶然なのです。メドチェスタに手づるがあったものですから、そこで秘書の仕事につくことができたのです。

ところが、ある日、マイケル・ガーフィールドが〈クオリ・ウッド〉で仕事をするためにこの土地に来ました。わたしは気にかけませんでした。向こうもそのようでした。すべてはずっと昔に終わったことですもの。ところが、ミランダがどんなにしょっちゅう森に行っているか知らなかったのですが、わたしは、その後になって、心配に——」

「さよう」とポアロが言った。「二人のあいだには絆《きずな》があったのですな。自然の親和力です。わたしは二人が似ているのに気づきました——ただ、魔王の僕《しもべ》マイケル・ガーフィールドの美しさは邪悪であり、お嬢さんには純潔さと知恵があって、邪悪さがありません」

ポアロは自分の机に行って、一通の封筒をもってきた。そして、そのなかから、繊細な鉛筆画をとりだした。

「お嬢さんですよ」

ジュディスはその絵を見た。〈マイケル・ガーフィールド〉と署名してあった。

「彼は〈クオリ・ウッド〉の小川のほとりで、ミランダを描いていました」とポアロは言った。「そして、忘れないように、これを描いているのだと言っていました。忘れることがこわかったのです。それでもなお、ミランダを殺すことをやめようとはしませんでした」

それから、ポアロは上のほうの左手の隅に鉛筆で書いてある言葉を指さした。

「これが読めますか？」

ジュディスはゆっくりとその綴りを声にだして読んだ。

「イフィゲネイア」

「さよう」とポアロは言った。「イフィゲネイア。アガメムノンは、自分の船をトロイまでやってくれる風を呼ぶため、おのれの娘をいけにえに捧げました。マイケルは新しいエデンの園を手にいれるために、自分の娘をいけにえに捧げようとしたのです」

「あの人は自分のしていることを知っていたのですね」とジュディスは言った。「どうでしょう――あの人、後悔というものをしたことがあるのでしょうか？」

ポアロは答えなかった。彼の心には、異常なほど美しい一人の青年の姿が形をとりつつあった。その青年は〈もろ刃の斧〉のしるしのある巨石のそばに横たわり、その生命のない指には、彼のいけにえを救いだし、彼を正義の裁きに引き渡すために、突如として報復の手が襲いかかったとき、とっさに奪いとって飲みほした黄金の盃が、しっかりと握られていた。

マイケル・ガーフィールドはこうして死んだ——あの男にふさわしい死に方だ、とポアロは思った——しかし、残念ながら、ギリシャの海の一孤島に花ひらく庭は、ついに実現しないのだ……

そのかわり、ミランダがいる——生きて、若々しくて、美しいミランダが。

ポアロはジュディスの手をとり、接吻した。

「さよなら、マダム、そして、お嬢さんによろしく」

「ミランダは、どんなときでも、あなたのことと、あなたから受けたご恩を忘れるはずはございませんわ」

「忘れた方がいい——憶い出のなかには、埋めてしまったほうがいいものもあります」

ポアロは、こんどはミセス・オリヴァに向かって言った。

「さよなら、マダム。マクベス夫人とナルキッソス。まことに興味ある事件でした。わたしの注意をひくように仕向けてくださったことに、お礼を申しあげなければ——」

「もう結構」とミセス・オリヴァは腹だたしそうな声で言った。「いつものとおり、みんなわたしのせいになさいまし！」

解説

文芸評論家
長谷部史親

本書『ハロウィーン・パーティ』は、アガサ・クリスティーによるエルキュール・ポアロ探偵シリーズの長篇作品である。イギリス版の原書はコリンズ社のクライム・クラブ叢書の一冊として、またアメリカ版の原書はドッド・ミード社から、ともに一九六九年に刊行された。このころのクリスティーは、春から初夏までに書き上げた新作の草稿を出版社へ渡すのを習慣にしており、それが年末を控えたシーズンに本になって店頭へ並ぶため、クリスマスにクリスティーをというフレーズが盛んに聞かれたものである。

リレー式合作のようなものを除外するなら、クリスティーは生涯に長篇ミステリを六十六作ほど遺した。本書『ハロウィーン・パーティ』は発表順では六十番目にあたり、六八年の『親指のうずき』と七〇年の『フランクフルトへの乗客』に挟まれている。ポアロが登場する最後の作品『カーテン』と、ミス・マープルものの最終作『スリーピング・マーダー』については、実のところかなり早い時点で脱稿した上で保管していたとのことなので、本書はクリスティーの執筆活動の最末期に属すといってもよかろう。なおクリスティーの六十六作の長篇ミステリのうち、エルキュール・ポアロが活躍するのは、ちょうど半分の三十三作を数える。そして本書『ハロウィーン・パーティ』は、ポアロ・シリーズの長篇にかぎっていえば第三十一作であり、結果的には最後から三つ目ということになった。すなわちこのあとの第三十二作が七二年の『象は忘れない』であり、第三十三作が先にも挙げた七五年発表の『カーテン』である。本書を味わうに際して、そのあたりの前後関係も念頭に置けば、いっそう楽しめるにちがいない。

物語は、ミセス・バトラーの家で開かれたハロウィーン・パーティが一段落を迎えたとき、参加していたはずの十三歳の少女ジョイスの姿がなく、別室で他殺死体となって発見されるところから始まる。このパーティを準備したのはミセス・バトラーをはじめとする大人たちだが、招かれたのは主に近所の十代の子どもばかりだった。無残にもリンゴを入れていたバケツで水死させられたとおぼしいジョイスは、パーティの席上で自分が以前に殺人事件を目撃した経験があると声高に語っていたことがわかる。はなはだ穏やかでない発言が、ジョイス殺害の動機だったと仮定すると、その内容を慎重に吟味しなければならない。しかるに生前のジョイスには虚言癖の疑いがあって、額面どおりに受けとめるのも危険だった。型どおりに警察の捜査が始まるものの、ちょうどミセス・バトラー宅に友人として滞在していて、パーティの手伝いもしたミセス・アリアドニ・オリヴァは、困りはてたあげく旧知のエルキュール・ポアロのもとへ押しかけるとともに、かくかくしかじかの窮状を訴えて彼の出馬を要請する。

話を聞いたポアロは、事件の起きたウドリー・コモンに、退職したスペンス警視が隠棲しているのを思い出した。まずスペンス警視に会いに行ったポアロは、過去に近隣で発生した犯罪を含めて町内の情報を収集する。そうこうするうちに浮かび上がってきたもののひとつが、遺産相続にまつわるトラブルであった。しかしながらジョイスが何かを目撃したのが本当だとしても、具体的な手がかりがないため調査は容易に進まない。ポアロは事件の周辺の人々を丹念に訪ねてまわりつつ、徐々に真相に近づいてゆく。

物語の後半に起きる第二の事件をはじめ、謎の解明に直結しそうな諸要素については、じっさいに読んで楽しんでいただくのが一番なので、あえてここでは言及を避けておきたい。ともあれこの作品の大きな見どころは、主な舞台となるウドリー・コモンの人間模様であろう。十三歳の少女が殺されたという設定は、たしかにひどく痛ましいにはちがいないけれども、必ずしも殺伐とした空気のみに支配されることなく、調和のとれた小説世界の醸成に役立っているのが、ポアロの前に出現する人々の面白みである。もちろん犯罪の謎を解くミステリであるからには、そうした愉快だったり、あるいは不愉快だったりする人々の中に、真犯人が潜んでいる可能性は否定できない。本書にかぎらず、好感を覚えていた登場人物が犯人だったとわかって、ちょっとびっくりさせられることもありうるのがミステリの常道だといえる。同時に、探偵役が事件関係者の談話をもとに推論の材料を見つけるのも、典型的なミステリでは基本線のひとつなので、そのあたりから楽しみを引き出せる本書は佳品と呼ぶに価するのではなかろうか。

もっとも本書には、初期のクリスティーの作品にしばしば見うけられたような派手な仕掛けは期待できない。ついでにいえばポアロの導き出す結論も、かなりの部分が偶然に助けられたように感じられ、鮮やかさの面で物足りなさを覚える読者がいたとしても不思議ではなかろう。だがクリスティーのミステリ作品の人気は、独創的なアイデアや緻密な推理ばかりによって支えられてきたわけではなかった。むしろ人間関係の綾をまじえた総合的な小説づくりの巧さが、クリスティーの魅力の源泉のような気がする。

一九二〇年代のはじめから長期にわたって活躍したクリスティーは、おおむね四〇年代を境に犯罪が起きるまでの描写に力を注ぐようになった。六九年発表の本書の場合は、ほとんど冒頭の場面で死体が転がっているにせよ、やはりそこへ至る経緯を掘り下げるのが興味の的である。なおかつ、にぎやかなハロウィーン・パーティの最中に少女が殺されたと考えられる謎をめぐって、ときにポアロの言葉の中に処世訓めいたフレーズが見てとれるところなどは、まさに成熟しきった作家ならではの味わいであろう。

前述のとおり、すでにポアロの最期の瞬間を書き終えていたクリスティーが、はたしてどんな意図をこめて本書の筆をとったのかは、むろん今となっては明言できない。ただ、あくまでも個人的な意見を少し述べさせてもらうと、ポアロが悠然とした態度をくずさないまま、多彩な人物を相手に淡々と質問を繰り返す様子を、こちらもゆったりとした気分で眺めているのは、ちょっとした快感だった。そんな意味あいで本書は、ポアロ・シリーズの末尾に近い時期に位置する一服の清涼剤だともいえよう。

いささか余談にわたるが、庭園づくりが重要な役割を占めているのも本書の特色のひとつである。自身が筆にしたところによればクリスティーは、もともと太陽や海など自然の景観を愛する一方、樹木や草花にも関心が深かった。あいにく私はイギリスの造園については無知だが、どこへ何を配置するかによって美を追求するとともに、そこにいくばくかの思想性が介在する点だけは、洋の東西を問わず共通しているように思われる。本書の叙述を基底に、クリスティーの庭園へのこだわりを探るのも一興であろう。

舞台装置のひとつであるハロウィーンについては、とくに説明する必要がないかもしれない。キリスト教文化圏の年中行事のひとつで、十一月一日の万聖節の前夜祭にあたる。起源は古代のケルト民族に根ざし、箒にまたがった魔女のイメージやら、本書の中に描かれているリンゴ食い競争などは、ハロウィーンのつきものとされているらしい。ただし、ときおりミステリでも見かけられるドンチャン騒ぎのたぐいは、どちらかといえばアメリカに特有の現象だそうで、幸いにもこれだけは日本には定着しなかった。

なおポアロ・シリーズにおいては、初期にはヘイスティングス大尉がポアロの相棒を務めることが多かったが、最後の『カーテン』を特例とすると、彼の恒常的な出番は早いうちに打ち切られてしまっている。その代わりにポアロが単独で調査に携わったり、あるいは非常勤のようなかたちで臨機応変に誰かとパートナーを組む作品が増えた。絶妙な脇役として複数の長篇作品に顔を出す人物は何人か知られており、本書で縦横に活躍するミセス・アリアドニ・オリヴァもそのうちのひとりである。

小説の登場人物は、多かれ少なかれ作者の分身だけれども、ミセス・アリアドニ・オリヴァはミステリ作家という設定なので、その傾向が強いと見てさしつかえあるまい。このミセス・オリヴァは、クリスティーの作品ではパーカー・パイン・シリーズの短篇に初登場し、ポアロ・シリーズの長篇では三六年発表の『ひらいたトランプ』をはじめ、五二年発表の『マギンティ夫人は死んだ』や五六年発表の『死者のあやまち』など、全部で七作に姿を見せた。本書が六つ目の登場で、七つ目は『象は忘れない』である。

さらに本書の脇役としては、スペンス警視の存在も無視できない。文中にも説明のあるとおり、すでにスペンス警視は『マギンティ夫人は死んだ』において、ポアロやミセス・オリヴァと一緒に事件に取り組んでおり、このあと『象は忘れない』でもまた顔を合わせることになる。どうでもいいといえばそれまでだが、こうした登場人物どうしの相関は遊び心に富んでおり、さほど目立たない部分においてさえ熱心な読者を楽しませてくれるのも、アガサ・クリスティーの小説世界の魅力のひとつであろう。

訳者略歴　1903年生，英米文学翻訳家　訳書『死者との結婚』アイリッシュ，『ホロー荘の殺人』『運命の裏木戸』『象は忘れない』クリスティー（以上早川書房刊）他

ハロウィーン・パーティ

〈クリスティー文庫 31〉

二〇〇三年十一月十日　印刷
二〇〇三年十一月十五日　発行
（定価はカバーに表示してあります）

著　者　アガサ・クリスティー

訳　者　中《なか》村《むら》能《よし》三《み》

発行者　早川　浩

発行所　株式会社　早川書房

郵便番号一〇一－〇〇四六
東京都千代田区神田多町二ノ二
電話　〇三－三二五二－三一一一（大代表）
振替　〇〇一六〇－三－四七七九九
http://www.hayakawa-online.co.jp

乱丁・落丁本は小社制作部宛お送り下さい。
送料小社負担にてお取りかえいたします。

印刷・信毎書籍印刷株式会社　製本・株式会社明光社
Printed and bound in Japan
ISBN4-15-130031-7 C0197